Bolwieser

Roman eines Ehemannes

von

Oskar Maria Graf

Indem,

daß von meiner verehrlichen Leserschaft und von den Herren Rezensenten schon oft verlangt worden ist, ich soll nicht immer _soviele Personen_ in meinen Romanen und Geschichten aufmarschieren lassen, habe ich mir das sehr zu Herzen genommen. Im nachfolgenden Roman treten hauptsächlich nur _zwei Personen_ – ein Ehemann und eine Ehefrau – in Aktion. Folgedessen glaube ich allerseits zu befriedigen und bitte das pp. Publikum um geneigten Zuspruch. Dummerweise aber ist die Geschichte _sehr ernst_ geworden, wenngleich ich überall versucht habe, ein bißl Lustigkeit und eine gewiß begreifliche _Pikanterie_ hineinzumischen. Die bestgekochte Suppe ist schließlich nichts, wenn das richtige Gewürz fehlt. Alles in allem also: Ich hoffe, mein Gericht konveniert.

Oskar M. Graf

Bolwieser

Roman eines Ehemannes

von

Oskar Maria Graf

Büchergilde Gutenberg Frankfurt am Main Wien Zürich

1. Auflage. Alle Rechte vorbehalten. Mit Genehmigung des Süddeutschen Verlages, München. Die Erstausgabe erschien 1931 im Drei Masken Verlag München. Die auf Seite 2 abgedruckte handschriftliche Notiz des Autors wurde für den Schutzumschlag der Erstausgabe geschrieben und lautet: »Indem, daß von meiner verehrlichen Leserschaft und von den Herrn Recensenten schon oft verlangt worden ist, ich soll nicht immer *soviele Personen* in meinen Romanen und Geschichten aufmarschieren lassen, habe ich mir das sehr zu Herzen genommen. Im nachfolgenden Roman treten hauptsächlich *zwei Personen* — ein Ehemann und seine Ehefrau — in Aktion. Folgedessen glaube ich allerseits zu befriedigen und bitte das pp. Publikum um geneigten Zuspruch. Dummerweise aber ist die Geschichte *sehr ernst* geworden, wenngleich ich überall verfügt habe, ein bißl Lustigkeit und eine gewiß begreifliche *Pikanterie* hineinzumischen. Die bestgekochte Suppe ist schließlich nichts, wenn das richtige Gewürz fehlt. Alles in allem also: Ich hoffe, mein Gericht konveniert. Oskar Maria Graf«
Gesamtausstattung Juergen Seuss, Niddatal bei Frankfurt am Main. Gesamtherstellung Gerhard Stalling AG, Oldenburg. Schrift Korpus Century Expanded. Papier 90 g Daunendruckpapier der Papierfabrik Scheufelen Oberlenningen. Printed in Germany 1977. ISBN 3 7632 2118 2

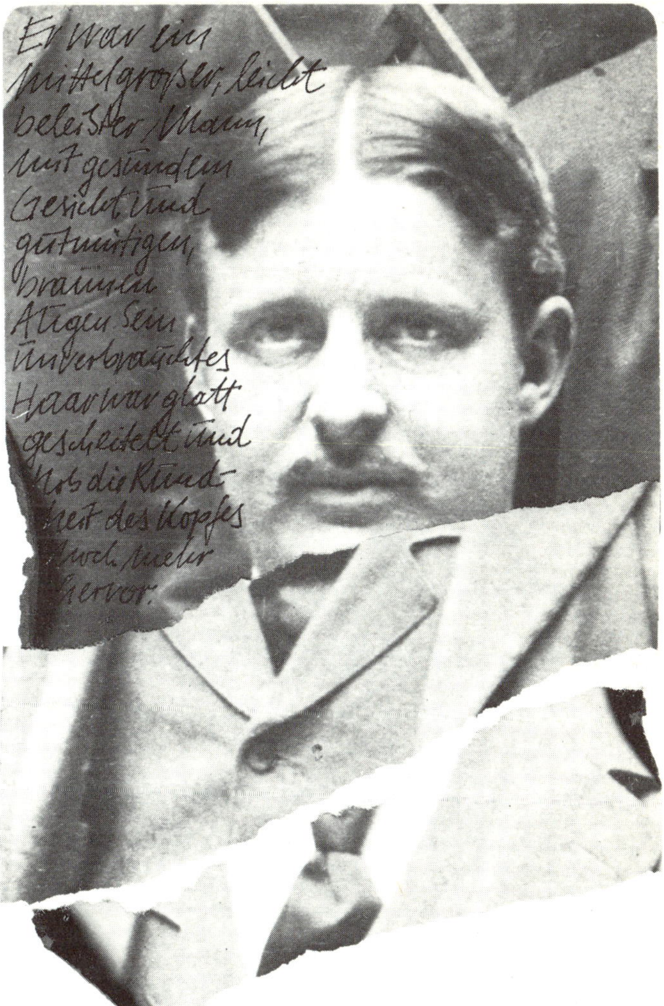
Er war ein
mittelgroßer, leicht
beleibter Mann,
mit gesundem
Gesicht und
gutmütigen,
braunen
Augen. Sein
unverbrauchtes
Haar war glatt
gescheitelt und
hob die Rund-
heit des Kopfes
noch mehr
hervor.

›Beschaffenheit des Menschen: Haltlosigkeit, Langeweile, Angst.‹

›Wäre unsere Beschaffenheit wirklich glücklich, so brauchten wir uns nicht zu scheuen, an sie zu denken, um glücklich zu sein...‹ Pascal.

›Nur eines ist in der Welt sicher: *Das Weib.*

Du erwartest von ihr nichts als Süßes. Das Süße kommt aber nur von dir selbst. Etwas anderes erwartest du von ihr nicht, darum gibt es auch keinen Betrug.‹ Aus ›Der Russe redet‹

I.

In einer Kleinstadt, an einem strahlenden Sommermorgen, ein unaufgeräumtes, nett möbliertes Schlafzimmer noch nicht lang verheirateter Leute — wenn aus den offenen Fenstern die blühweißen Decken und Leintücher gestülpt sind, und die Sonne allmählich den ganzen Raum erglänzen läßt —, das hat etwas Bestrickendes!
Die Erinnerung an die vergangene Nacht umwebt noch jedes Möbelstück. Die heitere Helligkeit kriecht nach und nach in die heimlichsten Nischen. Die frische Morgenluft vermengt sich mit dem eigentümlich erregenden Körpergeruch, welcher sich noch nicht ganz verflüchtigt hat, lockert ihn langsam auf und erfüllt den Menschen, der sich zufällig in dem betreffenden Zimmer aufhält, mit einem verschwiegenen, unbeschreiblich wohltuenden Triumph.
Ein Mann von fünfundzwanzig Jahren verfällt dabei in eine zärtliche Illusion. Ein neugebackener Ehemann Mitte der Dreißig aber steht gelassen da wie ein überlegener Sieger und empfindet ganz körperlich.
Er ist satt.
»Schön war's!... Wunderschön!« resümiert er. Alle Geschehnisse der Nacht wachen wieder auf in ihm. Die Regungen, deren er sich entsinnt, hält er mit lüsterner Bedachtsamkeit fest. Er denkt an die lächerlichsten Kleinigkeiten. An vieles! Und es ist doch immer nur der Körper seiner Frau.
›Alles gehört dir! Ganz dir! Nur dir!‹ jauchzt er insgeheim und spürt Kraft und Leben. Jung, unsagbar jung glaubt er zu sein, und es ist ihm, als seien alle Frauen der Welt wie die

seine, als hätten auch sie nur quellende Brüste, einen ebenso feuchten Mund, dieselben weichen Arme und die gleichen heißen, zuckenden Schenkel.
Dieses Gefühl steigert sich bis zur gierigen Zuversicht, daß jede Nacht so und nicht anders, ja, womöglich noch berauschender sein wird! Er taumelt in Gedanken in die verwegensten Lüste...
Solcherart stand der Bahnhofsvorstand Xaver Bolwieser im Schlafzimmer seiner Dienstwohnung vor dem großen Spiegel und zog an den beiden Enden seines karierten Selbstbinders. Er war ein mittelgroßer, leicht beleibter Mann, mit gesundem Gesicht und gutmütigen braunen Augen. Sein unverbrauchtes Haar war glatt gescheitelt und hob die Rundheit des Kopfes noch mehr hervor. Zwischen den rosigen Backen hügelte sich die stumpfe, kurze Sattelnase, und darunter borstete sich ein dichter, sorgfältig zurechtgestutzter Schnurrbart.
Die Tür zum Gang stand offen, und von der nach hinten liegenden Küche kam Tellergeklapper und ein summendes Singen. Seine Frau bereitete das Frühstück. Der Duft des eben aufgebrühten Kaffees schwamm daher. Bolwieser schnupperte behaglich daran und bekam ein noch glücklicheres Gesicht. Er ließ den Selbstbinder los und atmete tief. Draußen vor den Fenstern stand der freundliche Tag. Silbern funkelten die Gleise in der Sonne und liefen vielverschlungen unter die hohe verrußte Brücke. Die Stadt mit ihren altertümlichen, ineinandergeschachtelten Häusern sah appetitlich aus, und der klare Himmel spannte sich wie eine durchsichtige Glasglocke darüber.
Bolwieser wandte sich wieder dem Spiegel zu und entdeckte

darin das zart rosafarbige, reichbestickte Nachthemd auf dem Bett seiner Frau. Mechanisch griff er nach seinem Selbstbinder, aber seine Hände blieben untätig. Er betrachtete immer und immer dieses hübsche Hemd. Der weiche Batist rann über die Bettkante. Flach ausgebreitet war das Hemd und verriet trotzdem noch deutlich die Formen des Körpers, welcher es getragen hatte.
Der Bahnhofsvorstand bekam merkwürdig haltlose Züge. Seine Lippen öffneten sich ein wenig. Dann verschwamm ihm der Blick.
Hm, ja, gestern nacht, hmhm!
Beim Greinbräu war er mit dem Oberförster Windegger und dem Oberinspektor Lederer zum Tarock gewesen.
»Zahlen jetzt, zahlen, Mariele!« sagte der Oberinspektor und legte die Karten hin. Jeder steifte den müdgekrümmten Rücken. Bolwiesers Kopf war dumpf und ein wenig drehrig.
Die strammgewachsene, blutjunge Kellnerin kam herbei: »Drei Maß Helles, Herr Oberinspektor, und ein Gulasch.« Ihre sanft ausbuchtende Hüfte berührte die Schulter des Sitzenden, und dieser hob nickend sein unbelebtes, blasses Stubengesicht, lächelte verspielt und tätschelte wie zufällig den Hintern des Mädchens. Nur so...
Die drei im rauchigen Nebenzimmer waren die einzigen Gäste zu so später Stunde. Längst war draußen die Wirtsstube dunkel und still. Ausgelaugt vom Kartenspiel und leicht angeheitert vom Bier saß man da. Jeder blickte auf die Kellnerin. Die hatte ihren Oberkörper in den Tisch gebeugt und rechnete zusammen.
Drei sozusagen erprobte Ehemänner umgaben sie.
Bolwieser lugte in ihren Blusenausschnitt und entdeckte

unter dem Gekräusel der bespitzten Unterwäsche eine prächtig erblühte weiße feste Brust. Er nahm etliche gierige Augen voll. Verborgen und geschwind. Das aber entging dem Oberförster Windegger nicht. Auch er fuhr jetzt angeregt über die prallen Hinterbacken des Mädchens und scherzte: »Mariele?... Mariele! Du scheinst ja direkt gar nichts unten drinn' anzuhaben, was?«
Die Kellnerin fand nichts Anstößiges an diesen Zudringlichkeiten und gab vorwitzig zurück: »Ja, warten S'! Anpumpeln werd' ich mich bei so einer Hitz' wie eine Klosterfrau!«
Das erheiterte.
»Hast recht, Mariele!« unterstützte sie Windegger lustig. »Ganz recht! Wo nichts ist, braucht man nichts wegräumen, wenn's drauf ankommt.« Und keck kniff er sie, daß sie sich lässig wegwandte und ungeniert sagte: »Ah Sie!... Was Sie schon wieder alles meinen, Herr Oberförster!«
Jeder amüsierte sich darüber. Dann ging man gemütlich.
Als Bolwieser später im ehelichen Schlafzimmer ankam, traf er seine Frau noch wach. Er beugte sich nieder und küßte sie, aber sie wischte wie enttäuscht mit der Hand über ihren Mund und schalt vorwurfsvoll: »Pfui! Du riechst so nach Bier! Pfui!« Sie streckte sich atmend: »Ach, ist das eine Hitze heut'! Nicht zum Einschlafen!« Er überflog sie mit jäh erweckten Augen, murmelte einige Entschuldigungsworte heraus und verschwand hastig durch die Türe. Im Bad machte er Licht, ließ das kalte Wasser über seinen Kopf rinnen und spülte sich gurgelnd den Mund aus.
»He! Du!... Xaver?« hörte er sie mittendrinnen halblaut rufen und gab ebenso Antwort: »Ja! Jaja! Gleich komm' ich! Gleich!«

Eilig trocknete er sich ab, und als er zurückkam, brannte das Licht auf ihrem Nachttisch. Sie lag erwartungsvoll bereit im aufgedeckten Bett und lächelte ihn sonderbar an. Ihr Haar war geordnet, ein feiner, süßer Duft entstieg ihrem Körper, und das rosa Nachthemd hatte sie an.
»Komm!« hauchte sie verhalten. »So spät ist's schon!«
»E—entschuldige! Entschuldige!« stammelte er. »A—aber morgen hab' ich ja keinen Dienst.« Er war ganz frisch.
»Komm! Komm doch!« hob sie ihre nackten, weichen Arme, und er erbebte. — Das Licht erlosch erst, als die milchweiße Dämmerung durch die offenen, verhängten Fenster rann...

»Xaver! Na, was ist's denn? Wie lang brauchst du denn noch?« erklang nun die helle Stimme der Frau Bahnhofsvorstand in der Küche. Bolwieser schrak zusammen und zog und zerrte heftiger an seinem Selbstbinder.
»Verdammt und nochmal verdammt«, knurrte er und rief lauter: »Hanni! Geh! So komm doch einmal her! Ich bring' und bring' die Krawatte nicht ein!«
»Mit diesen verdammten modernen Umlegkragen wird man ewig nicht fertig!« murrte er, als seine Frau daherkam. Die neckte ihn spöttelnd: »Ich sag' ja! Ich sag' ja! Ihr Männer!... Wie Kinder muß man euch anziehn!« Geschickt zog sie die Schleife zurecht. Auf seinem gereckten Hals stand der Kopf wie eine runde, rote Kugel. Seine Blicke ruhten beständig auf ihrem frischen, kirschbackigen Gesicht.
»Gott sei Dank!« atmete er auf. Ganz nah war sie. Er spürte ihren warmen Leib.
»Du!... Ich weiß nicht — ich kann kaum ruhig stehen neben

dir!« raunte er mit belegter Stimme und preßte sie an sich. Sie ließ ihn gewähren. Schmatzend küßte er ihre gespannte Wange.
Sie riß sich endlich los von ihm und sagte mit freundlicher Resolutheit: »So, jetzt aber Schluß! Gockel!« Im Sonntagsstaat stand er da. Er mußte als Beisitzer zu einem Disziplinarverfahren gegen einen Kollegen nach München.
Beim Frühstück fragte Hanni einmal nebenher: »Kommst du heut' noch zurück, oder dauert's wieder länger, meinst du?«
Die Signale drunten im Stationsgebäude läuteten scheppernd. Ab und zu pfiff eine Lokomotive schrill und fauchte langhin. An- und abfahrende Züge ließen das Haus leise erzittern. Bolwieser hörte durch dieses vertraute Geräusch nur den Wunsch der eben gesprochenen Worte.
»Jaja, sicher! Sicher komm' ich heut' noch! Sicher«, erwiderte er und zerkaute mit größtem Appetit die zurechtgemachten röschen Buttersemmeln. Zufrieden schlürfte er den Kaffee in sich hinein. Der Kanarienvogel trillerte hell und munter im Bauer. Die Pendeluhr an der Wand tickte gemächlich. Auf den tauglänzenden Topfblumen, welche das Fenster umrahmten, stand die blinkende Sonne. Von den Straßen herauf drang der fleißige Lärm des Tages.
»Herrgott, so ein dienstfreier Tag ist doch was sehr Schönes«, sagte der Bahnhofsvorstand und setzte zweideutig zwinkernd hinzu: »Und nach so einer Nacht, da schmeckt mir das Frühstück immer noch mal so gut.«
Hannis Blicke umflogen ihn wohlgefällig. Er aß und aß.
»Es wär' mir schon sehr recht, wenn du heut' noch heimkämst«, sagte sie abermals und betonte dabei das Wörtchen

›sehr‹. Gesund und füllig saß sie ihm gegenüber. Ihr dichtes schwarzes Haar war streng nach hinten gekämmt und gab ihrem frischen Gesicht eine erregende Nacktheit. Wie zwei rosige Muscheln klebten die Ohren an den Kopfseiten. Eine einfache, gestreifte Waschbluse trug sie, die ihre Formen vorteilhaft verriet. Ihr ebenmäßiger Hals verlief im dreiekkigen, mit einem schmalen, weißen Krägelchen umsäumten Ausschnitt, und darunter lugte die zartgebuchtete Brustgrube hervor.

»Ich komm', sobald ich kann«, versprach er erneut und weidete sich an ihrer Erscheinung.

Endlich erhob er sich, streckte sich ein paarmal, machte sich fertig und ging.

Prüfend durchschritt er drunten noch einmal alle Stationsräume und zeigte dabei eine ernste, pflichtwichtige Miene. Laut, daß es jeder hören mußte, regierte er herum. Kurz und sachlich erteilte er seinem Stellvertreter, dem dürren devoten Sekretär Mangst, nebensächliche Anweisungen. Dann wünschte er allen herablassend einen ›guten Morgen‹ und trat durch den Stellwerkraum auf den Perron hinaus. Es warteten nur wenige Leute auf den Zug. Der Oberförster Windegger war darunter und gesellte sich zu ihm. Er mußte drei Stationen weiter zur Holzrevision fahren. Während des Fahrens kamen sie ins schönste Gespräch.

»Gestern — das war einmal wieder ein handfester Männertarock«, meinte Windegger und kam auf den Oberinspektor Lederer zu sprechen, von dem jeder Bekannte wußte, was für eine bissige Frau er hatte.

»Gestern war er aufgekratzt, der Oberinspektor«, erzählte der Förster geschwätzig weiter, »ja, wissen S', Herr Vorstand, seine Frau ist augenblicklich verreist... Da darf er ja ausbleiben... Da macht's nichts. Aber sonst! O je! O je! Wenn er da nicht um elf Uhr daheim ist, da kracht's grausam... Hmhmhm, so ein patenter Mensch, hm, und so ein Drachen! Ganz Werburg spricht darüber... Förmlich zum Gespött hat er sich schon gemacht, der arme Mensch... Mein Gott, so was!« Er kam immer mehr in Fluß: »Na, ich kann's verstehen, daß man seiner Frau Gemahlin da und dort ein wenig nachgibt. Nichts einzuwenden gegen eine schickliche Rücksicht, aber so was von unterm Pantoffel, das geht denn doch schon über die Hutschnur!«

Bolwieser kam gar nicht zu Wort. Er konnte nur ab und zu nicken oder den Kopf schütteln.

»Ein Mann in seiner Stellung und dabei so verträglich. Trinkt nicht, wirft das Geld nicht 'naus, hmhm, und ewig ist er krank auch noch... Keine Sorgen haben die zwei Leut'ln, keine Kinder... Ich versteh das nicht. Ganz vergrämt ist er schon. Und gestern, da hat man's wieder gesehen. Humor hätt' er sogar...«

»Jaja, gestern war er fidel«, wollte der Bahnhofsvorstand einfallen, doch schon redete sein Begleiter darüber hinweg: »Ich kenn' ihn, seit er in Werburg ist. Das sind jetzt vierzehn Jahr'... Entgegenkommend, kulant, pflichttreu und absolut ohne jeden Stolz. Jeder mag ihn — daheim aber, bei ihr, da hat er die reinste Höll'!... Direkt aufschnaufen tut er jedesmal, wenn er unter die Leut' kommt.«

»Bedauerlich! Bedauerlich so was«, brummte Bolwieser.

»Sie wird doch nicht etwa gar eifern, die Frau Oberinspektor?«

»Eifern? Ah! Er ist doch weit über fünfzig!«

»Soso... Ausschauen tut er wie siebzig... Recht was Leidendes hat er«, sagte der Bahnhofsvorstand wiederum.
»Ja eben! Eben! Na, wie lang wird er denn schon noch das Leben haben?... An der Leber soll's ihm fehlen. Höchstens fünf oder zehn Jahr' geb' ich ihm noch... Und was hat er alsdann gehabt von seinem Leben? Radikal nichts wie Kummer und Verdruß!« sagte Windegger und schloß mit der üblichen Betrachtung: »Ein Mann will seinen Frieden, weiter nichts; aber so ein Weib, das ist der Teufel auf der Welt.«
Bolwieser zog sein Taschentuch und wischte sich den Schweiß aus dem Gesicht. Ihn interessierten anderer Leute Angelegenheiten wenig. Er blickte flüchtig durch das Fenster. Erntegelbe Felder und abgemähte Wiesen flogen vorüber. Fern an den buckligen Hügeln hingen dunkle Wälder, und kein Windhauch rührte sie.
»So eine mordialische Hitze heut'«, bog der Bahnhofsvorstand das Gespräch in eine andere Richtung.
»Ja, und ewig will's nicht regnen, ewig nicht'«, pflichtete Windegger bei und betrachtete ebenfalls die vorüberkreisende Landschaft.
»Überall klagen die Bauern.«
So plätscherte das Gespräch inhaltslos weiter, bis der Zug mit einem harten Ruck in Plandorf anhielt. Herzlich verabschiedete sich Windegger. Bolwieser war froh, als er allein war. Er knöpfte seine Weste auf, streckte die Füße gradaus und machte sich's bequem auf seinem Sitz. Ab und zu fielen seine Augenlider herab. Einem ruhigen Nachdenken gab er sich hin.
Der Oberinspektor Lederer kam ihm in den Sinn. Was für ein mürbgewordener, kränklicher Mensch! Wie gestern dieses

verkümmerte Gesicht auf einmal erschimmerte, als er die Kellnerin betätschelte.

Mitleid mit diesem Mann überkam ihn. Er sah Lederer vor sich und sah dessen Frau, sah beide öd und schweigsam in einem ewig aufgeräumten, unbehaglich sauberen Wohnzimmer — sie häkelt womöglich unentwegt, er sitzt da und liest uninteressiert die Zeitung, langweilt sich, möchte reden, aber sie gibt karge Antworten.

»Könntest mir doch wenigstens was vorlesen!« sagt sie muffig. Er möchte ganz etwas anderes, hätte Lust auf eine Zigarre oder sich mit jemandem zu unterhalten und fängt tonlos und gleichgültig zu lesen an. Sie sitzt da mit ihrem zerfallenen, abgeblühten Gesicht. Ihre lichtlosen Augen hebt sie nach einer Weile, ihr magerer zänkischer Hals bekommt noch mehr Buchtungen, und dann weist sie ihn feindselig zurecht: »Danke! Danke!... Wenn du nicht fortgehen kannst, bockst du mir was vor!« Er schweigt, wagt nicht einmal zu seufzen und geht schließlich zu Bett...

»Die sollten Kinder haben, dann wär's vielleicht besser«, brümmelte Bolwieser gedankenversunken vor sich hin: »*Die* schon...« Überraschend zwängte sich eine Erinnerung in seine trüben Betrachtungen. In der Hochzeitsnacht, als sich ihre bis zum Platzen erregten Körper ineinander verkrampften, hatte Hanni fast ängstlich herausgestoßen: »Aber gell, Xaverl, kein Kind vorläufig! Kein Kind, ja kein's, gell! Da warten wir noch!« Eigentümlich — er erschrak damals fast darüber. Später aber, an ruhigen Tagen, waren sie übereingekommen, daß ihre Ehe viel reizender ohne Kind sei.

Auf einmal zerrann all die Traurigkeit um Lederer. Aus dem

Bereiche dieses unfrohen Beispiels wechselte Bolwieser in sein eigenes hinüber. Er spürte plötzlich wieder Hanni in sich. Beinahe etwas wie ein schadenfroher Übermut überwältigte ihn, als er Lederers Ehe mit der seinen verglich. Es gibt nichts Grausameres als glückliche Ehemänner!

Kurz vor seiner Beförderung zum Bahnhofsvorstand in Werburg — knappe zwei Jahre war es erst her — hatte Bolwieser die Brauereibesitzerstochter Hanni Neithart aus Passau geheiratet, und alles an ihr war wie für ihn bestellt: drei Jahre jünger als er, längst über die Mädchenschwärmereien hinaus, ganz aufgeblüht, tüchtig und reif, lebhaft und heiter.

Und?

Bolwieser suchte nach einem Wort. Erst kurz vor München fand er den richtigen Ausdruck.

›Ganz aufeinander eingefahren‹, fiel ihm ein, ›ganz und gar.‹ Sein Beruf gab ihm oft solche Bezeichnungen ein. In der besten Stimmung verließ er den Bahnhof.

II.

Wenn ein kleinstädtischer Familienmensch, der gewohnt ist, tagaus, tagein streng eingeteilt seine liebgewonnene Arbeit zu verrichten, auf einmal zwei, drei Stunden in einer fremden, heißen, lärmenden Großstadt wartend zubringen muß, das macht ihn müde und unlustig. Anfangs hat er noch einen klaren Kopf. Er überlegt geruhig, wie er seiner Frau eine Freude machen könnte. Tausend wünschenswerte Dinge sieht er in den Auslagen aufgestapelt. So viele Nettigkeiten entdeckt er darunter, daß ihm die Wahl schwer wird. Endlich geht er doch in einen Laden, kauft schüchtern etwas, freut sich darüber, aber schon drei, vier Schritte weiter, in einer anderen Auslage oder im Warenhaus, fällt ihm weit Schöneres in die Augen und ist womöglich noch billiger. Er ärgert sich, daß er sich beim ersten Antrieb gleich so überrumpeln ließ. Die Fülle der Abwechslung verwirrt ihn. Die Menge stumpft ihn schnell ab. Er sieht zuletzt überhaupt nichts mehr und will auch nichts mehr sehen. Er läuft planlos durch die Straßen und weiß nicht, was er unter den vielen hastigen Menschen anfangen soll. Jeder und jede fliehen an ihm vorüber, seine Blicke wollen verweilen, wollen ein Bild, ein Ganzes, aber ehe er richtig zum Schauen kommt, ist alles schon wieder weggeweht. Die grellen Farben kühner Damenkleider, ein schöngeschwungenes, glänzend bestrumpftes Bein, verstörte und heitere Gesichter, eine geschwinde Welle Duft, ratternde Trambahnen, surrende Autos, Schutzmannshelme, Hupen, Klingeln, Signale, Krachen und Wortfetzen — alles wirbelt als undeutliches Gemeng durch ihn, und er wird mehr und immer mehr interesselos. Verhetzt kommt er in ein Café, durchblättert gleichgültig die Zeitungen, er verdöst da und dort die Zeit, steht zum Schluß noch verdrießlicher auf, geht wiederum zwecklos herum und kommt sich ganz ausgepumpt und verloren vor.

So kam Bolwieser viel zu früh in den Justizpalast. Mißmutig suchte er die Türe des auf seiner Vorladung bezeichneten Sitzungssaales, doch sie war verschlossen.

Was nun? Etwa wieder auf die Straßen? Die restliche Zeit abermals so sinnlos in einem Café oder Wirtshaus verwarten? Unschlüssig tappte er in den leeren, kühlen, hochgewölbten Gängen hin und her. Einsam hallten seine Schritte auf dem glatten Steinpflaster.

In seiner Mappe hatte er zwei Paar Seidenstrümpfe für seine Frau und eine nettbedruckte Schachtel wohlriechender Seife. In einem daneben baumelnden Päckchen trug er ein Hemdhöschen, Größe 44. Die Nummer hatte er sich einmal gemerkt. Sie paßte. Er sah Hanni in dem anschmiegsamen, fließenden Crêpe de Chine und wurde sekundenlang freudig erregt. Doch das Päckchen genierte ihn fürchterlich. So verräterisch sichtbar stand die Firma auf dem weißen Papier. Jeder Mensch witterte schnell, was er bei sich trug, und belächelte ihn insgeheim.

Was hatte er nicht ohnehin schon beim Einkauf ausgestanden! Tölpisch und mit beklommener Verlegenheit verlangte er, und die Verkäuferin zeigte ihm eine verführerisch wirre Auswahl der neuesten Modelle. Sie richtete kecke Fragen an ihn, und er wußte kaum zu antworten. Er empfand ihre Überfreundlichkeit als beschämenden Spott, als eine derartige Bloßstellung seiner geheimsten Regungen, daß er

brandrot wurde und sich das teuerste Ding willenlos aufschwatzen ließ.
Und jetzt? Er schämte sich noch mehr. Hilflos schaute er auf das Päckchen. Endlich nahm er sich ein Herz und pfropfte es in die Mappe, die sich nun prall bauchte. Mit aller Kraft zog er die Schließe zu. Gott sei Dank! Er war wieder ein Mensch ohne jede Verfänglichkeit. Sein Geheimes war wieder geheim und unsichtbar.
Aus purer Langeweile ging er in den nächstbesten Zuhörerraum einer Schwurgerichtsverhandlung. Er wollte eigentlich nur ausrasten und setzte sich still zwischen die vielen Leute. Seine Mappe legte er auf den Schoß. Langsam verebbte das tausendfache Geräusch der Straßen in ihm. Beruhigt atmete er und hörte anfangs kaum hin. Vorläufig vergewisserte er sich nur über seine Umgebung. Er betrachtete den langschädeligen bebrillten Vorsitzenden mit dem grauen Bart, er schaute der Reihe nach jedes Gesicht am Richtertisch an. Wie ein praller Steinpilz sah der schiefbekappte Kopf des Staatsanwaltes aus. Dicke, rote Schmisse waren auf den Backen. Die beiden Beisitzer lispelten einander manchmal etwas ins Ohr, dann spielte der eine wieder mit seinem Bleistift. Die meisten Geschworenen starrten wie Ölgötzen geradeaus und hatten ihre Hände auf dem Tisch. Zwei Bauern waren darunter mit breiten, braungerösteten Schädeln. Die hatten lebhaftere Augen. Der Gerichtsschreiber beugte sich hin und wieder tief ins Papier und schrieb hastig.
Ausschließlich bäuerliche Leute saßen auf der Zeugenbank: Dörfler mit ledernen Gesichtern und hängenden Bärten, zerfaltete Weiber mit enganliegenden Spenzern, langen,

wallenden Röcken und Kopftüchern, festgewachsene, unruhig dreinschauende Mägde, ein Gendarm und etliche Knechte.
Bolwieser hatte draußen vor der Tür nicht einmal das Register gelesen und wußte nun nicht, was hier verhandelt wurde. Auch zu fragen wagte er niemanden, da alle höchst gespannt lauschten. Das beeinflußte auch ihn. Seine Gleichgültigkeit wich. Nach den ersten vier oder fünf Fragen war auch er gebannt.
Eine rothaarige Magd stand vor den Richtern. Ein breitbeiniges, kräftiges Gestell machte sie her und redete merkwürdig gehemmt. Sie fiel vom halbwegigen Hochdeutsch immer wieder in den Dialekt. Sie fing an wie ein benommenes Schulkind, kaum aber war sie im Schwung, so wurde sie sicherer.
»Ja«, erzählte sie, »das ist g'wesen am Rosenkranzsonntag. Da hat der Baur zu mir gesagt, ich soll ihm den Wagen reinschieben helfen... Es regnet ihn sonst voll, sagt er. Und wie wir in der Tenn' g'wesen sind, geht er von der Deichsel hinterwärts und sagt: ›Wart a bissl, Liesl!‹ Ich hab auf und davon wollen, aber er hat mich packt und gesagt hat er: ›Liesl, auf Ehr und Seligkeit, ich heirat' di, wenn die Oit' (Alte) hin is! Es daurt sowieso nimmer lang bei ihr. Dofür konn i einsteh'!‹«
Der Vorsitzende nahm sie fest aufs Korn und fragte: »Können Sie sich ganz genau erinnern, daß er gesagt hat: ›Dafür kann ich einstehen?‹« Mit lauernd vorgebeugtem Kopf saß er da. Rundum stockte es.
»J—ja, g—gnau so«, stotterte die Magd zaudernd.
In diesem Augenblick erhob sich der Angeklagte, ein riesen-

hafter Bauer mit viereckigen Schultern, und schrie dazwischen: »Dös is lauter Lug und Trug! Dö lüagt, wenn s' 's Mäu (Maul) aufmacht!«
Der Verteidiger wollte ihn mit einer Handbewegung besänftigen. Doch der Bauer stand steil da und schrie schon wieder: »Jed's do herinn' hot si' geg'n mi verschwor'n!«
»Ruhe! Wenn Sie nicht endlich Ihre Zwischenrufe lassen, werden Sie abgeführt. Reden Sie, wenn Sie gefragt werden!« donnerte ihn der Vorsitzende an. Aufregung schwirrte durch den Saal.
»Na, gor it bin i stad (still)... Gor it aa! I loss mi it 'neireiten von dö Saumenscher!« plärrte der Bauer. Zwei Schutzleute näherten sich auf ein Zeichen des Vorsitzenden dem Angeklagten. Er machte eine Gebärde, als wolle er auf sie losspringen, und brüllte wild auf: »Ungerechtigkeit...!«
Da faßten ihn die beiden Polizisten und zerrten ihn aus dem Saal. Noch an der Türe schrie er zurück: »Wenn Sie fünf Johr lang a lahm's Weib hob'n und san g'sund, nachher gehnger S' (gehen Sie) aa neb'n naus.«
Einige Zuhörer waren halb aufgestanden. Ein Gemurmel ging um. Wie gelähmt saßen die Zeugen da. Die Magd vor dem Richtertisch hatte sich umgedreht und sah unruhig in die Gegend der Türe. Ihr sommersprossiges Gesicht wurde blaß, dann ebenso schnell rot. Ihre kleinen, stechenden Augen flackerten kurz auf.
»Ruhe!« wiederholte der Vorsitzende und wandte sich erneut an die Zeugin: »Also er hat gesagt: ›Dafür kann er einstehen, daß seine Frau nicht mehr lange lebt?‹«
»Daß 's nimmer lang daurt bei ihr«, verbesserte ihn die Magd.

»Jajaja, aber gemeint hat er doch, daß sie nicht mehr lang lebt?« beharrte der Vorsitzende: »Oder wie haben Sie das verstanden, Fräulein Hocheder?«
»Sie is ja scho hübsch schwaar (schwer) dro'gwen (darangewesen), d' Bichlerin... Ob er grod gmoant (gemeint) hot, er raamt s' (räumt sie) weg, dös will i' it behaupten«, redete sich die Magd geschickt heraus. Es ging eine Zeitlang hartnäckig hin und her. Der Ausdruck: ›Dafür kann ich einstehen‹ galt als erwiesen.
»Also und dann, damals am Rosenkranzsonntag nachts um neun Uhr... Wie ist das dann weitergegangen?« half der Vorsitzende der etwas eingeschüchterten Zeugin nach, und sie fuhr fort: »Und ich hab zu ihm g'sagt: ›I mog net, Baur! A Schand' is's! Wennst a Wittiber waarst, nachher tat i nix sog'n.‹ Und auf das hin bin i dieselbige Nacht noch auf und davon, weil ich mich gforchten hab.«
»Und dann sind Sie aber doch wieder zurückgekommen am Dienstag drauf? Warum haben Sie denn das gemacht?« erkundigte sich der Vorsitzende.
Die Magd schien schwer zu überlegen.
»Nach dem, was vorgefallen war, hätten Sie doch auch wegbleiben können — oder?« ließ der Vorsitzende nicht nach.
Da sagte sie endlich: »Ja, aber ich hab das G'red' von dö Leut' net ming (mögen)...«
»Und die Frau Bichler ist Montag nachts gestorben?« warf der Vorsitzende ganz arglos dazwischen. Jetzt schauten alle vom Richtertisch auf die Zeugin. Die zappelte schweigend. So totenstill wurde es, daß man eine Maus hätte laufen hören.

»Jaja, daß d' Bichlerin g'storben is, das haben mir die Leut' schon voreh g'sagt«, antwortete die Magd holperig.
»Welche Leute waren denn das?« wollte der Staatsanwalt wissen.
»Tja mei'... D' Leut' halt... Der Mesma (Mesner), glaab i, hat mir's am ersten g'sogt«, erwiderte die Magd.
»Genau wissen Sie das nicht mehr?« fragte der Vorsitzende. Eine eisgraue, zusammengedrückte Bäuerin auf der Zeugenbank fing leise zu weinen an. Die Magd wandte unwillkürlich den Kopf danach. Viel jammernder gab sie an: »Ich hab dem Bichler nie nicht eing'redt, daß er sei' Bäurin wegraama sollt'... Gor it aa!« Sie verfiel langsam in ein Schluchzen und wehrte sich in einem fort: »Wegn meiner hätt' er it so a Schlechtigkeit macha braucha! I hob eahm (ihm) nix wolln... Er hot mir ja nia koa (keine) Ruah lossn!« Immer bröckelnder kamen die Klagelaute aus ihr. Immer deutlicher wurde es: Da war ein gesunder Bauer, der hatte ein lahmes Weib, und fünf Jahre lag es da. Es kamen drei Mägde, zwei liefen weg, als der Bauer zudringlich wurde, aber diese dritte, die Kreszenzia Hocheder, die sagte: »Wenn du ein Wittiber wärst!«, und kam wieder, als die Bäuerin ganz plötzlich gestorben war. Und er sagte zu ihr: »Jetzt, wo ich das getan hab', wennst jetzt nicht magst, bring' ich dich um und häng' mich auf.«
Der Bürgermeister vom Dorf trat vor die Richter und stellte dem Bauern das beste Zeugnis aus.
»Es ist ein rechtes Elend gewesn, meine Herrn, und hat Kost'n und Kost'n gmacht mit die Dokter, und grad gut gestanden ist der Bichler auch net... Um und um ist er g'sund g'wesn, der Bichler... Mein Gott, koaner (keiner)

kann's beim Hirn außischwitz'n! Wenn sei' Bäurin grod so gsund gwesn waar, hätt' nix gfeit (gefehlt)... Voreh's der Schlog troffa hot, d' Bichlerin, do hobn dö zwoa Leut'ln z'sammglebt wia dö Turtltaubn«, erklärte er und fuhr würdiger fort: »Als Amtsperson muß ich aussag'n: Er ist ein sehr ein guata Mensch g'wesn, der Bichler. Er hat gespart und g'rackert Tog und Nocht. Er hot it gsuffa (gesoffen) und it g'stritten und er ist am O'fang (Anfang) ganz narrisch g'wesn auf sei Bäurin.«

Kleinigkeiten kamen heraus. Der einen Magd, einer schiefmäuligen, mit einem angefetteten Körperbau, habe der Bauer einmal einen Ring geschenkt und zu ihr gesagt, mehr zieren müßte sie sich, dann hätte er sie gleich lieber. Und auch das kam zum Vorschein: Die Lahme habe ihrem Mann ewig zugesetzt mit Eifersucht und ihm stets vorgeworfen, bloß deswegen bringe er keinen richtigen Doktor, weil sie sterben sollte, damit er mit seinen ›Menschern‹ freien Schwung habe. Oft an Sonntagen, bestätigten Zeugen übereinstimmend, habe der Bauer den ganzen Nachmittag am Bett der Kranken sitzen müssen, einfach dasitzen, und da sei das unleidige Weib dann aufsässig geworden: »Gell, dös is dir arg! Gell, dös host dick! Gell, dös tuat dir weh, daß d' it auskonnst und umananderhuarn!«

Die alte Mutter vom Bichler kam an die Reihe. Bolwieser sah auf die Uhr. Es war Zeit. Er mußte weg. Er sah das alte Weib noch stelzig an den Richtertisch treten und hörte es seufzen: »Sie is' nia guat g'wesen zu eahm (ihm)...«

Er kam bedrückt auf den kühlen Gang. Immer noch klang der Schrei des abgeführten Bauern in seinen Ohren, immer noch sah er diese rothaarige Magd, und wenn er weiterdachte, an die lahme, rachsüchtige Bäuerin beispielsweise, dann faßte ihn ein Grauen. Er riß sich zusammen, schüttelte gleichsam all diese Eindrücke von sich ab und trat mit vertrauter Amtsmiene ins Vorzimmer des Saales, in welchem das Disziplinarverfahren gegen den Bahnhofsvorstand Karl Berger stattfinden sollte. Nach kurzer Begrüßung und Vorstellung begann die Sitzung. Man kam ziemlich schnell vorwärts. Der Vorsitzende verlas gleichgültig die Anklageschrift und die Begründung des erstrichterlichen Urteils. Berger stand die ganze Zeit beschämt da und gab unsichere, halblaute Antworten. Er war ein ruinierter Mensch und verteidigte sich nicht einmal. Die längeren Ausführungen seines Rechtsbeistandes zerflatterten im weiten, leeren Saal.

»Ich gebe zu bedenken, daß mein Mandant seit Jahren schwer gichtleidend ist. Er hat Frau und drei Kinder, und von der unterschlagenen Summe von dreitausendachthundert Mark sind bereits zweitausendfünfhundert wieder aufgebracht. Ein Mensch, der einen neununddreißigjährigen Dienst hinter sich hat und nur durch eine unglückselige Spekulation zugunsten seiner Familie soweit gekommen ist, ein Beamter, der sein ganzes Leben dem Staat und seiner Behörde geopfert hat — ich weiß nicht, meine Herren, ob man einem solchen Opfer mißlicher Verhältnisse einfach den Stuhl vor die Tür setzen sollte. Es geht nicht an, daß man ihn einfach den Wohlfahrtsämtern aufhalst!« plädierte der Verteidiger. Er hatte eine unangenehm klanglose Stimme, die bei Betonungen zu scheppern schien. Er nahm nicht ein für sich. Die Herren atmeten hörbar auf, als er fertig war.

»Wünschen Sie noch was zu sagen?« fragte der Vorsitzende den Angeklagten.
»Ich schließe mich den Ausführungen meines Herrn Verteidigers an«, antwortete der klapprige, grauhaarige Mensch und sah verloren ins Leere.
Die Herren zogen sich zurück und kamen schon nach knappen zehn Minuten wieder aus dem Beratungszimmer. Dem Verurteilten wurde ein Drittel seiner rechtmäßigen Pension zugebilligt. Er war aus dem Bahndienst entlassen.
»Besten Dank, die Herren«, verbeugte sich Berger hölzern. Zerbrochen folgte er dem Schutzmann.
Bolwieser verließ den Justizpalast zusammen mit seinem Kollegen Treuberger, den er seit seiner Aspirantenzeit kannte.
»Weiß Gott, ob ihn nicht seine anspruchsvolle Frau soweit gebracht hat... Von allein macht ein Beamter das nicht«, meinte Treuberger. Er war seit fünf Jahren Witwer und hatte eine üble Ehe gehabt. Seitdem war er Weiberverächter.
Die Sonne leuchtete abgeschwächt. Abend zu ging es schon. Bolwieser war noch immer verwirrt von den Erlebnissen und wollte auf der Stelle nach Hause fahren. Doch sein trinklustiger Kamerad trompetete alle seine Einwände nieder und zerrte ihn mit in eine rauchige Spektakelwirtschaft.
»Nichts wird heimgefahren jetzt, basta!« polterte er, als man endlich vor dem schäumenden Bierkrug saß. »Einen Durst hab ich, daß ich inwendig krach'! Jahr und Tag sieht man sich nicht, und jetzt willst du auch schon wieder auf und davon. Eine Art und Manier ist das!... Prost, Xaverl! Sauf!« Er schluckte massig und stellte den Krug hin: »Hast etwa

gar schon Angst vor deiner Alten? Hat s' schon die Hos'n an?«

»Tja, freilich — sonst nichts! Weil *du* zehn Jahr' einen Drachen g'habt hast, meinst, jetzt müßt's überall so sein!« parierte Bolwieser schlagfertig. »Gott sei Dank, mir ist sauwohl dabei. Ich könnt' nicht klagen... Saumüd bin ich. Da herinn' in München wirst ja ganz damisch.«

»Saumüd wirst sein! Red' mir bloß nichts ein. Ich kenn' die Gaudi!... Du bleibst ganz einfach da jetzt! Wenn du jetzt schon anfangst und überall nachgibst, ich sag' dir, in Null Komma fünf bist der schönste Pantoffelheld, Freunderl!« stichelte Treuberger.

Weiß Gott, wo das herkommt, daß Ehemänner einander das Glück nicht glauben. Kaum sitzen sie richtig beisammen, da geht das gegenseitige Herabmindern an. Das bringt den Schwächeren in Rage. Er will mit Gewalt sein Mannestum zeigen. Er übertreibt, bloß um dem andern nicht recht zu geben, und der Angreifer freut sich diebisch darüber und wird immer ausfälliger. Mit boshafter Gemütlichkeit hetzte Treuberger weiter, und Bolwieser blieb ihm nichts schuldig. Sie kamen ins Trinken und wußten nicht wie. Sie wurden lustig und vergaßen die Zeit. Hinterlistigerweise wurde Treuberger mittendrinnen manchmal herzhaft, klopfte seinem Kameraden auf die Schulter und rief: »Herrgott, Xaverl! Grad schön ist's, daß wir uns heut' wieder sehen! Für so ein Beisammensein gäb' ich oft Gott weiß was!«

Diese schlau abgewogene Wärme rührte Bolwieser.

»Ja, Hans«, stimmte er bei, »schad' ist's, gar nimmer trifft man sich jetzt!« Auf so etwas schien Treuberger bloß gewartet zu haben. Sofort hieb er wieder los: »Aha, aha! Gell, du gibst mir recht... Auweh! Also auch mit *deiner* Freiheit ist's aus! Schon bist d'drinn' unterm Rock und raus kommst nimmer!«

»Kannst's ja glauben, wennst magst«, warf Bolwieser ungetroffen hin. »Aber wie ich seh', wirst du immer magerer. Bei mir ist's umgekehrt...« Sein Kopf war bereits bierschwer.

»Jaja, die Weiber — die Weiber, die wissen 's schon! Grad aufkochen tun s' dir und grad gemütlich machen sie's dir«, hörte er Treuberger spotten: »Schön heben s' dir den Speck hin und wunderbar gehst d' auf ihren Leim!« Er lachte und prostete. Leicht verschwommen sah ihn Bolwieser in seinen glasigen Augen.

»Prost, Hans!« hob er den Krug. Alles schwankte um ihn. Ein tausendfaches Geplapper umschwirrte ihn. Er riß sich gewaltsam in die Höhe, sah auf seine Uhr und sagte fest: »Den Zug um neunundvierzig krieg' ich noch!... Zahlen!« Das brachte Treuberger außer Rand und Band. In einem fort schob er die Kellnerin weg und wollte Bollwieser auf die Bank niederziehen. Der aber blieb standhaft. Alles Einreden, alle Spitzigkeiten seines schwadronierenden Kameraden halfen nichts. Er stritt fast mit ihm und torkelte aus dem Wirtshaus. Ein Auto nahm er und kam gerade noch recht zum Zug.

Auf der ganzen Fahrt hockte er zusammengefallen im Abteil. Sein Kopf war auf die Brust herabgesackt. Der Speichel stand in seinen Mundwinkeln. Eine fade Stimmung hielt ihn nieder.

Der Zug rüttelte und rüttelte. Bolwieser spürte nach und nach ein Würgen im Magen. Seine Glieder schienen allmählich auszulaufen. Sein Atem ging kurz und kürzer, und in

seinen Gedärmen riß es. Er zog sich mit letzter Kraft am offenen Coupéfenster hoch. Der Schweiß brach jäh aus allen seinen Poren. Eine zitternde Schwäche überlief ihn. Sein Mund brach auf. Er stöhnte. Magen und Därme schien's ihm herauszureißen, und auf einmal erbrach er sich. Mit jedem Ruck stach es in seinem Kopf. Die Augen trieben wie gequollen an den Rand der Höhlen, und unablässig ergoß sich ein stinkender, ekelhafter, gallebitterer Strahl aus ihm.
»Aa—aah—aach! A—aaach!« ächzte er und klammerte sich an die Fensterkanten. Der kühle Nachtwind umpfiff sein nasses Gesicht. Ganz verzweifelt war er.
Als er auf den Sitz niedersank, spuckte er noch immer wie angeekelt und wischte sich mit dem Taschentuch fort und fort ab. Endlich wurde es klarer in seinem Kopf. Von Zeit zu Zeit hauchte er schwer den Gestank aus seinem klebrigen Mund. Ein rasendes Verlangen nach Wasser hatte er.
Zu alledem kam eine zentnerschwere Traurigkeit. Bittere Vorwürfe machte er sich. So spät war es. Er hätte doch Hanni anrufen können, fiel ihm ein. Die einleuchtendsten Ausreden ersann er und schämte sich ihrer.
Er stand auf, schnaubte wie ein Roß und fühlte wieder einigermaßen Kraft in seinen schwankenden Knien. Weit riß er die Augen auf. Tastete nach seinem Kopf. Ja, ja, jetzt war der Rausch halbwegs geschwunden. Ja, dort die Lampe blakte. Dort hinten war das Fenster ebenfalls herabgelassen. Jetzt lief draußen in der Dunkelheit ein langes Licht vorüber, ja, ja, richtig, dort ballte sich der Wald, jetzt kam dann Plandorf, dann Burgreith, dann Werburg.
Er wurde ruhiger und setzte sich wieder.
›Ich geh ganz einfach leise hinein und gleich ins Bad, wasch'

mich und wenn Hanni wirklich daherkommt, tue ich ihr recht schön und sage: Ganz dreckig wird man in dieser widerlichen Stadt drinnen«, legte er sich zurecht. Es war ihm aber gar nicht wohl dabei. Dunkel erinnerte er sich an Treubergers Gespött, und einige zwiespältige Atemzüge lang glaubte er sogar wirklich an sein Pantoffelheldentum. ›Wenn ich jetzt unverheiratet wäre‹, flog durch ihn, ›dann hätte ich nichts zu fürchten.‹ Er schüttelte verwirrt den Kopf. Er ärgerte sich über Treuberger. Er haßte ihn. Wie ein Blitz tauchte plötzlich die Gestalt der rothaarigen Magd vor ihm auf — warum nur? Er dachte an Hanni. Die Mappe mit den Geschenken fiel ihm ein. Er schnellte vom Sitz auf, griff zitternd ins Tragnetz, und — sein Herz stand still.
»Allmächtiger!« Nichts, nichts fand er. Weg war die Mappe. Wie niedergestochen sank er um. Er überlegte. Wieder, immer wieder peitschten die gleichen Gedanken durch sein ödes Hirn, immer wieder zerrannen sie. Alle Möglichkeiten breiteten sich vor ihm aus: Dieser boshafte Kerl, der Treuberger, findet vielleicht die Mappe, nimmt sie und schnüffelt sie durch, dann schreibt er recht niederträchtig, ach, ach! — Oder der Chauffeur? Jaja, die Vorladung mit der genauen Adresse lag ja drinnen.
»Blamiert bin ich und kann mich nicht einmal wehren dagegen — und Hanni? Hanni!« Jetzt hatte er wirklich Angst. Der Zug hielt schnaubend. Er stieg aus, überhörte den späten Gruß Mangsts an der Perronsperre, lief hinten ins Haus und stieg geräuschlos die Treppe empor.
Hanni hörte ihn im Bad. Das Wasser rauschte. Mit grollender Spannung wartete sie, und als er endlich mit dem einschmeichelndsten Gesicht vor ihr stand, zeigte sie sich

abweisend. Sie schimpfte nicht. Sie drehte sich nur um und sagte beleidigt: »Bis zehn Uhr hab' ich gewartet.«
Er war im Innersten froh, daß er nicht mehr zu reden brauchte. Eine kurze Weile stand er stumm da.
»Mach doch das Licht aus... Ich will schlafen!« befahl sie mürrischer. Er folgte stumm und legte sich ins Bett.
Beide lagen wartend nebeneinander. Keins rührte sich. Sicher hofften sie alle zwei, daß doch einer den Anfang mache mit der Versöhnung. Beide schliefen ein darüber.

III.

Derartige Verstimmungen kamen zwischen den Eheleuten Bolwieser öfter vor. Sie beeinträchtigten jedoch das gute Zusammenleben der beiden nicht im geringsten, im Gegenteil. Jede Ehe ist schließlich nichts anderes als ein langsames Aneinandergewöhnen. Kein Mensch kann sich von heute auf morgen dem andern völlig angleichen. Die Verschiedenheiten bleiben und messen sich ständig aneinander. Und das gibt dem Text erst die rechte Melodie. Über Hannis Temperament siegte stets die Geduld Xavers. Sie war sogar eigensinnig — rechthaberisch vielleicht, aber er fand immer wieder das richtige Wort, das passende Lächeln, und die Versöhnung war da. Seine Nachgiebigkeit gab den glücklichen Ausschlag.

Dieses Mal war es nicht ganz so. Zwar — ja, am anderen Mittag schien alles wieder im rechten Geleise.

»Schau!« fing Xaver begütigend an. »Wir *allein* würden ja nie streiten, gar nie! Da sind bloß immer andere dran schuld. Entweder so eine dumme Sitzung, oder so ein paar hetzerische Schafsköpfe ... Ich kann oft nicht gut nein sagen ... Ich mag das Spötteln nicht, und ich kann's nicht vertragen, daß die Leute meinen, du machst mir Vorschriften. Deinetwegen bleib ich dann sitzen, bloß deinetwegen!«

Er schaute Hanni treuherzig an.

»Hm, meinetwegen!« schmollte sie. »Meinetwegen suchst du dir solche Freunde, und meinetwegen trinkst du soviel und gibst so einen Haufen Geld aus!«

Er erinnerte sich blitzschnell. Kein Zug verriet ihn.

»Mein Gott, ich komm' im Jahr einmal in die Stadt. Weiß der

Teufel, ich denk' oft gar nicht nach«, sagte er. »Du siehst ja, was brauch' ich denn daheim die ganze Woche? Etliche Mark zum Tarocken... Weiter rein gar nichts.«

»Ja, aber deine sauberen Zechbrüder? Deine netten Bekannten alle?« warf sie ihm vor, und wie angewidert setzte sie mit einer abweisenden Geste hinzu: »Wenn ich schon an diesen Treuberger denke! Äh! Wie er sich damals bei unserer Hochzeit benommen hat!«

»Naja, naja, er hat eben einen Rausch gehabt... Im Rausch ist jeder ekelhaft!« suchte er seinen Freund zu entschuldigen und dachte immer unruhiger an die verlorene Mappe.

»Und dann der Windegger, der Oberinspektor? Es sind doch keine anderen Leute da... Und wann treff' ich sie denn schon? Ich hab' doch weiter nichts mit ihnen zu tun. Ich bin doch nicht verheiratet mit ihnen... Man sitzt zusammen und spielt, aus!... *Du«* — er schaute allereinnehmendst auf sie, »du gehst doch nie aus mit mir... Ich möcht's oft so gern.«

Hin und her ging es. Jedes Wort brachte sie einander näher. Der Bodensatz von Fadheit zwischen ihnen wich. Als Xaver aufstand, trat er hinter Hanni, bog ihren Kopf zur Seite und küßte sie.

»Magst du mich wieder?« fragte er fast kindisch.

Sie sagte noch nichts.

»Wir sind doch längst gut«, meinte er resoluter. »Komm, Hannerl, komm! Ist ja nicht wert, daß man sich wegen dieser dummen Widerwärtigkeiten seinen Hausfrieden verdirbt.«

Während er aber drunten in seinem Dienstzimmer saß, während Hanni in der sonnigen Küche bügelte und wieder ganz lustig war, überkam Bolwieser immer und immer wie-

der die Erinnerung an sein Mißgeschick mit der verlorengegangenen Mappe. Und je mehr er überlegte, desto schrecklicher stiegen die Folgen in ihm auf.
Die Ein- und Ausfahrtssignale läuteten im Stellwerkraum. Der Morseapparat tickte ab und zu. Vor dem Billettschalter stand der Aspirant und redete mit Reisenden. Züge donnerten daher und hielten prustend. Bolwiesers Blicke schweiften stets nach dem Postwaggon. Jedes Stück, das dort herausgereicht wurde, musterte er voll Angst.
Nicht! Nicht kam seine Mappe!
Verflucht! Kein Wort davon hatte er Hanni erzählt. Verschwiegen hatte er es. Gelogen!
Warum eigentlich?
Doch dazu war jetzt keine Zeit. Der Lokomotivführer vorne beugte sich heraus und machte eine fragende Kopfbewegung, weil das Abfahrtszeichen so lange ausblieb. Erschrokken zuckte Bolwieser zusammen und schwang den Befehlsstab in die Luft. Der Zug rollte langsam an ihm vorüber, und schon setzte sich die Ungewißheit wieder wie eine trockene Kugel auf seine Kehle. Er knirschte.
In seinem Dienstzimmer angekommen, gab er sich nach vielem Schwanken einen Ruck, und seine Niedergeschlagenheit zerflatterte.
›Ach was! Ach was, es ist doch eigentlich alles furchtbar harmlos! Ich brauch' mich doch nicht zu fürchten!‹ richtete er sich stumm auf und schwor, heute abend einfach alles zu beichten. Doch schon in der nächsten Sekunde wurde er mutlos. ›Wenn aber nun die Mappe gar nicht mehr eintrifft?‹ erwog er. ›Dann hab' ich umsonst den ganzen Wirbel gemacht. Sie nimmt an, angelogen hab' ich sie sowieso und

wird mißtrauisch. Der Unfriede fängt wieder von vorne an.‹
Er erzählte nichts am Abend. Man ging zu Bett wie immer. Und da auf einmal brach er unvermutet heftig über Hanni her. Er vergewaltigte sie gleichsam, nur — sie sträubte sich nicht im geringsten. Ihr Körper ging mit dem seinen.
»Du — du Nimmersatt!« hauchte sie einmal wie bewundernd. Er keuchte und biß die Zähne aufeinander. Ersticken wollte er sein schlechtes Gewissen. Immer wilder wurde er. Beinahe wie besessen. Es war ihm, als habe er sie tief betrogen und müsse sich nun körperlich rechtfertigen.
»Ha—hannerl! Hanni!« stammelte er. »Hannerl! Ha—hanni, ich gehör' ganz dir! Nur dir!« Er spürte, wie sie ihn erschauernd umklammerte.
Glücklicherweise entdeckte der Bahnhofsvorstand am andern Tag beim Posteinlauf seine Mappe. Ohne weiteres händigte sie ihm der abholende Postbote aus. Dem Mann fiel auf, daß der Vorstand sonderbar eilig ins Stationsgebäude lief. Erstaunt gaffte er und schüttelte den Kopf.
In einem so eng aufeinandergepferchten Betrieb wie beispielsweise dem Werburger Bahnhof, da umlauern die Untergebenen ihren Chef ständig. Er ist für sie der bewegende, erregende Mittelpunkt. Ihre romantische Arglist pürscht sich hinein in seine privatesten Angelegenheiten.
Der Sekretär Mangst logierte seit Jahr und Tag bei der alten Witwe seines Vorgängers Käser unterhalb der Bolwieserwohnung und gab seiner Hausfrau an Klatschsucht und Neugier nichts nach. Als Bolwieser vorüberflitzte und — was an Hitzetagen nie vorkam — hastig die Türe zuzog, steckten der Sekretär und der flaumbärtige, immer ge-

schniegelt gekleidete Aspirant sofort tuschelnd die Köpfe zusammen.
»Hamhmhm, was er bloß jetzt immer hat, der Alte? Sonderbar«, lispelte Mangst, »seit er von dieser Sitzung aus München zurück ist, scheint's nicht mehr richtig zu stimmen...
»Jaja, seltsam! Ich wollt's auch schon sagen«, pflichtete ihm Scherber bei, welcher sich stets geehrt fühlte, wenn der Ältere ihn ins Vertrauen zog. Der Sekretär kratzte sich listig hinter dem Ohr.
»Wart', da fällt mir grad was ein, wart', wart!« flüsterte er und nahm ein Formular von seinem Pult. »Ich will einmal nachschau'n...« Er grinste faltig.
Drinnen am Schreibtisch lauschte Bolwieser kurz, überflog die Anhängeadresse und schnitt das Paket auf. Zitternd fuhr er in die volle Mappe. Das Papier raschelte. Da klopfte es an der Tür.
Mit einem Ruck schob er die klaffend offenstehende Mappe beiseite und drehte sich mit steinerner Amtsmiene um.
»Herein!«
Mangst tauchte im Türrahmen auf.
»Die Stückgutberechnung, Herr Vorstand... Die von Lermer & Bär differiert immer noch um Null Komma achtunddreißig«, hielt er das Formular hin. Seine flinken Äuglein liefen wie sausende Wiesel über den Schreibtisch Bolwiesers.
»Herr Aspirant Scherber bringt eine Differenz von Null Komma dreiunddreißig heraus ... Die Gewichtsabnahme muß nicht stimmen«, redete Mangst mit vollendeter Verstellung weiter und übersah die Verwirrung seines Chefs.
»So, hm«, nahm dieser das Papier und überprüfte es zer-

streut. »Hm, ist schon recht ... Ich werd' mir die Sache einmal ansehn... Danke!«

»Bitte, bitte, Herr Vorstand«, machte Mangst untertänigst kehrt und ging ins Stationsbüro hinaus. Förmlich mit Kopf und Händen schlenkerte er und hastete knisternd aus sich heraus: »Ui—ui! Da schein ich's ja grad recht erraten zu haben! Ui—ui!« Er konnte eigentlich gar nichts Rechtes berichten. Nur der aufdringliche Duft der Seife war ihm in die Nase gestiegen, und die glänzenden Seidenstrümpfe hatte er erspäht. Aber was tun solch pikante Dinge in der Mappe eines biederen Bahnhofsvorstandes?

Jeder erhitzte sich an den abenteuerlichsten Vermutungen. Ein Summen ging von Ohr zu Ohr, als seien dutzendweise Brummfliegen in der staubigen Luft.

Währenddessen aber wühlte Bolwieser aufgeregt in seiner Mappe. Dieser verdammte Schleicher, der Mangst!

Da waren also die Strümpfe, die Seifenschachtel. Er musterte das weiße Paketchen mit dem Firmenaufdruck. Nichts schien berührt. Und kein Brief, nicht einmal etliche spöttische Zeilen Treubergers kamen zum Vorschein.

Das war verdächtig.

Unmöglich! Dieser boshafte Kerl konnte sich doch nicht einfach an den verschwiegenen Dingen ergötzt haben, ohne einen hämischen Brief zu schreiben.

Doch nichts, nichts fand sich.

Mittags dann, als der Vorstand geschwind durch das Büro ging, war ihm, als dolchten die Blicke aller auf seine pralle Mappe ein. Er schwitzte fast vor Verlegenheit.

Die Wahrheit zu sagen ist meist bequemer als zu lügen. Die Lüge verschafft vielleicht im Augenblick Vorteile, nach und

nach jedoch wird sie lästig. Man muß zuviel Findigkeit und Nerven darauf verwenden, um ihre Glaubwürdigkeit aufrechtzuerhalten.
Bolwieser gelang es ohne Schwierigkeiten, die verhängnisvolle Mappe im Schlafzimmer zu verstecken. Er kam in die Küche und spielte den Vergnügten. Hanni stand am Herd, ihm den Rücken zugewendet. Auf dem gedeckten Tisch dampfte die Suppe. Er setzte sich und nahm die Kelle: »Soll ich dir auch gleich auftun, Hannerl?« Da sah er das geöffnete Kuvert mit Treubergers Schriftzügen auf seinem Teller und verstummte.
Hanni hatte sich umgedreht und sah ihm gerade ins Gesicht. Er brachte kein Wort heraus. Eine peinliche Pause verging. »Treuberger hat dir geschrieben... dein Treuberger!« sagte Hanni endlich mit kühler Schärfe. Bolwieser schluckte.
»Da! Einen Brief hast du bekommen!... Lies ihn doch!« wiederholte sie boshaft. Er nahm zitternd das Kuvert, zog den Brief heraus und entfaltete ihn.
›Heiligmäßiger Ehemann Xaverl!‹ hieß die Überschrift. Bolwieser las nicht weiter. Aufschwang er sich und wollte auf Hanni zu. Doch die hielt beide Hände abwehrend vor sich hin: »Bleib weg! Bleib mir bloß vom Leib!«
»Hanni! Hannerl?« bedrängte er sie bitthaft. »Laß dir doch erzählen! Setz' dich her zu mir!... Es ist doch alles nur eine recht dumme Sache... Hör' mich an! Bitte, setz' dich her, bitte, hör' mir zu!« Seine gestikulierenden Arme erlahmten, als er ihr erdunkeltes Gesicht sah. Sie ging auf die Türe zu. Er konnte sie nicht hindern.
»Iß nur! Guten Appetit!« sagte sie, und ehe er zu sich kam,

war sie draußen. Sie riegelte sich im Schlafzimmer ein und setzte sich auf das Bett. Er klopfte fort und fort. Sie gab nicht an.
»Hanni? Hanni, um Gotteswillen, Hanni! So mach' doch auf! Mach' auf!« wimmerte er unterdrückt. Er dachte dabei beängstigt: Wenn's bloß die alte Käserin drunten nicht hört. Ein Glück, daß Mangst jetzt Dienst hat.
In der Küche auf dem Tische verdampfte die Suppe. Auf dem Herd zerkochten die Kartoffeln. Im Rohr verprutzelte der Braten.
»So mach' doch auf! Iß doch wenigstens was! Geht ja alles kaputt!« wollte er sie umstimmen. Er bettelte, flehte, drohte. Es half nichts. Sie blieb unbarmherzig.
»Iß *du* doch!« hörte er sie einmal sagen. Das war alles. Traurig tappte er in die Küche zurück und las diesen Brief:
›Heiligmäßiger Ehemann Xaverl! Du kennst mich. Ich bin ein neugieriger Mensch. Ich denk' ja, Deine Alte wird den Brief nicht erwischen, weil ich ihn einschreiben habe lassen. Wir können uns also ruhig ein bissl anfrozzeln. Ich habe mir also die Bescherung in Deiner Mappe angeschaut... Wunderbar! Großartig! Kannst Dir denken, wie mordsmäßig ich mich gefreut habe über Deine mannhaften Beteuerungen in punkto ‚glückliche Ehe' und so weiter. Jetzt versteh' ich alles, denn es scheint ja kaum, daß ein solcher Biedermann wie Du so was für ‚daheim' mitnimmt — oder? Wie sagen da die Verkäuferinnen, Xaverl, wenn so einer wie Du daherkommt und so neckische Sachen verlangt? ‚Gehörts für die gnädige Frau oder soll's was Besseres sein?' Entschuldige, daß ich mich köstlich dabei amüsiert habe, wie ich das Zeugs alles angeschaut habe. Und natürlicherweise versteh' ich

jetzt, warum Du so ein zufriedener, heiligmäßiger Ehemann bist. Jaja, zweifach hält besser, alter Fuchs! Aber mir machst Du nichts vor, Freunderl. Wie gesagt, ich hoffe, Deine Alte kommt Dir nicht dahinter, und Du wirst schon Deine Auswege wissen. Ich wünsche bloß, daß wir uns bald wieder einmal so gemütlich treffen und alles bereden, wie sich's unter Ehemännern gehört. Mappe mit Inhalt wirst Du als Bahnhofsvorstand schon auch selber in die Hand kriegen, ohne daß sie was merkt. Auf Wiedersehen und herzliche Grüße — Dein alter Freund Treuberger Johann.‹

Mit jedem Satz war Bolwiesers Groll gewachsen. »Unverschämt!« stieß er heraus, und: »Bodenlos! Hundsgemein!« Mann war er plötzlich wieder, empörter Mann. Er rannte abermals zur Schlafzimmertür.

»Hanni! Hanni? Mach auf jetzt!... Ich hab' den Brief gelesen... Das ist eine Unverschämtheit!« rief er gefestigt. »Das ist eine ganz infame Unterstellung! Mach' auf!«

Es klang entschlossen.

»Hanni!... Beim Teufel hinein, so sei doch nicht so kindisch, mach auf, sag' ich!« wurde er wütender und drückte an die Türe.

»Geh' doch! Laß mich doch allein!« antwortete sie kalt.

»Aufmach! Dummes Zeug, dummes!« fluchte er lauter. Er vergaß das Genieren vor den drunter Wohnenden: »Wir sind doch keine Backfische mehr, Himmelherrgott!«

Sie öffnete endlich und setzte sich gleich wieder unnahbar auf das Bett. Er riß die Mappe aus dem Schrank heraus und leerte sie vor sie hin.

»Eine ganz gemeine Verleumdung ist das... Den Kerl zeig' ich an! Dem stopf' ich sein dreckiges Maul!« polterte er, und beichtete sodann: »Für *dich* und für niemand sonst hab' ich das gekauft... Ja, wahr ist's, der widerwärtige Kerl hat mich in eine Wirtschaft gezogen. Ich wollt' gleich heim, aber da hat er sein ekelhaftes Spötteln angefangen, und du weißt ja, ich mag das einfach nicht, daß ich als dein Pantoffelheld dastehe! Ich bin geblieben und hab' einen Rausch gekriegt und meine Mappe vergessen!... Herrgott, ist denn sowas unmöglich! Das kann doch vorkommen! Ich lüg nicht! Das ist wahr, absolut wahr!«

Er schnaufte aufgebracht.

»Da!... Soooo gefreut hab' ich mich!« ergriff er das Hemdhöschen. »Nummer vierundvierzig habe ich mir gemerkt! Da, du siehst's doch selber, daß alles nur für dich ist... Ich darf auf der Stelle tot umfallen, wenn ich lüg'!«

Sie schaute nicht hin.

»Hanni?«

Es schlug zwei Uhr.

»Herrgott, Herrgott, ich muß ja zum Dienst!« rief er ungeduldig und ließ das Höschen fallen. »Hanni?«

»Geh doch!« erwiderte sie bockig.

»Aber heut' abend reden wir drüber?« fragte er verzweifelt. »Da mußt du mir wieder gut sein?«

Sie nickte halb und halb. — Er ging.

Als er fort war, fuhr Hanni mit den Fingern über die weichen Strümpfe. Sie hatte feuchte Augen und wischte daran. Dann trat sie mit dem Hemdhöschen vor den Spiegel, hielt es an ihren Körper und betrachtete sich eine Zeitlang interessiert. Ihr Gesicht wurde allmählich ruhig.

Zum Schluß legte sie alle Geschenke fein säuberlich zusammen und schichtete sie auf seinem Nachttisch auf.

»Soll er's nur behalten«, sagte sie sich schmollend, »ich will sie nicht.«
Aber tief hinten in ihrem Hirn und Herzen rührte sich doch der Wunsch: »Er soll mir's nur noch einmal geben! Ausdrücklich *mir*!« — —
Der Abend kam, und Hanni ließ sich doch versöhnen.
»Ich hab mich ja nur nicht getraut, dir zu sagen, daß ich die Mappe verloren habe«, sagte Bolwieser.
»Getraut?!« entgegnete sie leicht gereizt. »Du bringst's ja schon wirklich bald selber so'raus, als wenn ich dich tatsächlich unterm Pantoffel hätte!«
Ja, erschrak er insgeheim. Nein, dachte er gleicherzeit und sah kleinlaut auf sie. Er machte eine wegwerfende Handbewegung: »Jetzt lassen wir's doch endlich, dieses Streiten!... Herrgott, ein Mann will halt seinen Frieden! Schluß damit, Schluß jetzt!«
Er schrieb Treuberger einen groben Brief und brach die Freundschaft mit ihm. Ganz wichtigtuerisch sagte er zu Hanni: »So, da kann er jetzt seine Nase hineinstecken! Von jetzt ab stehen wir wieder auf Sie und haben uns nie gekannt, habe ich geschrieben... Da hat er's jetzt!«
Und er schwor, überhaupt nicht mehr unter die Leute zu gehen. Nie wieder! Hanni sagte nichts darauf, und er konnte ihr ungläubiges Gesicht nicht entziffern.

IV.

Den vierwöchigen Urlaub, dessen Zeit bald darauf herankam, nützten die Bolwiesers sehr schön aus. Schon das unbestimmte Vorgefühl, sie könnten nun — völlig nur sich gehörend wie zwei heimlich Verliebte — sorglos und ohne irgendwelche haushälterische oder dienstliche Abhaltungen in einer fremden Umgebung glückliche Wochen verbringen, übte einen gespannten Reiz auf beide aus.
Xaver hatte außerdem Wort gehalten und war nicht mehr unter die Leute gegangen. Anfangs fiel ihm das ein wenig schwer. Nicht etwa, daß er ein starker Trinker oder passionierter Kartenspieler gewesen wäre! Nein, das entbehrte er nicht. Und auch die kärgliche Geselligkeit, die dabei herauskam, vermißte er kaum. Ihn wurmte nur, daß nunmehr Windegger, der Lederer, der Greinbräuwirt und die sonstigen Bekannten allerhand redeten und wahrscheinlich die Schuld an seiner Zurückgezogenheit bei Hanni suchten. Das beleidigte ihn fast. Indessen er dachte dabei stets an diesen hinterhältigen Treuberger, der seither nichts mehr von sich hatte hören lassen. Er verglich alle Menschen mit ihm. Windegger zum Beispiel und — trau, schau wem! — alle waren mehr oder weniger so. Mißtrauen gegen jeden war vollauf berechtigt. Ewig lauert ein Mensch auf den anderen und freut sich über dessen Schaden. Ganz gut ist's, sagte sich der Bahnhofsvorstand, wenn man sich mit keinem zu viel abgibt. So verwand er die anfängliche Bedrücktheit, und die Eintracht seines Ehelebens half ihm am ehesten darüber hinweg.
Mit der Zeit aber wurde er sogar menschenscheu. Er wollte

überhaupt all diese Leute nicht mehr sehen, denn unvermeidbar kamen sie bei einem Zusammentreffen auf sein auffälliges Fernbleiben zu sprechen, machten Andeutungen, und er wußte sich nur ungeschickt herauszureden. Das widerte ihn an. Das kam ihm wie eine unangebrachte Entschuldigung vor und machte verdrießlich.
Schon darum kam ihm der Urlaub erwünscht. Er hatte Ersparnisse gemacht und gab sich nun generös.
»Aber Xaver! So das Geld wegwerfen, das ist doch auch nicht notwendig!« versuchte ihn Hanni manchmal einzudämmen. Er lachte und verstieg sich: »Ach was! Wir können's doch! Wir haben doch für keinen zu sorgen . . . Auf unsere alten Tage reicht doch die Pension leicht.«
»Naja, man weiß aber doch nie!« meinte Hanni. Aber er ließ nichts gelten. Ihr Vermögen lag unangetastet auf der Bank. Die ersten drei Wochen verbrachte das Ehepaar in einem netten Gasthaus eines Gebirgsdorfes am See. Sie gönnten sich alles, aßen gut und reichlich, badeten Tag für Tag, machten Ausflüge, besuchten Konzerte und Theatervorstellungen wie die vornehmsten Fremden und ließen sich nachts beim Mondschein spazierenrudern. Dann fuhren sie nach Passau zu Hannis Eltern, und zuletzt besuchten sie Xavers alte Mutter in Landshut. Überall wurden sie freudig aufgenommen, und als sie endlich wieder ihre Werburger Dienstwohnung bezogen, kamen sie sich vor, als hätten sie einen rauschenden Triumphzug hinter sich. Frisch und braungeröstet sahen sie beide aus, jung und heiter fühlten sie sich, wie Menschen, die eben wieder etwas ganz Neues hoffnungsvoll beginnen.
Jeder Tag verflog angenehm.

Aus dem Sommer wurde Herbst, und an einem windlosen, trüben Tag fielen auf einmal Schneeflocken hernieder. Unhörbar sanken sie herab aus der hohen, leeren Luft. Die erste, die fünfte und zehnte Legion davon zerglitt noch auf dem Boden und wurde zu Wasser. In seinem warm geheizten Dienstzimmer stand Bolwieser und sah die hauchfeinen Sternchen draußen auf dem Blechvorsprung seines Fensters zerfließen. Nur das rostige Blech erglänzte feucht. Der siegesgewisse, geduldige Himmel aber sandte immer neue unzählbare Heerscharen dieser Flocken, und allmählich bekamen die Gartenpfähle drüben beim Greinbräu runde, putzige Hauben. Zwischen den blanken Schienen wurde es weiß und weißer, und die vielen Telegraphendrähte hingen wie schöngeschwungene dicke Stricke von einem Mast zum andern. Alles klang wie durch eine Vermummung. Gleich einem dunklen, schwer schnaubenden Riesenwurm kroch der herannahende Zug aus dem Gewölbe der rußgeschwärzten Brücke, stieß und pfiff mürrisch, als wolle er die handbreiten Schneedecken auf den Waggons von sich abschütteln, und blieb mit krachendem Geschepper stehen.
»We—e—erburg!« schrie der Schaffner durch das Flockengewimmel. »Wee—erburg!« Die Waggontüren gingen auf. Unter den wenigen Leuten, die ausstiegen, erspähte Bolwieser sogleich seinen bärenmassigen Schwiegervater und ging freudig auf ihn zu.
»Endlich! Also doch!« rief er lachend und nahm seinen Koffer. »Wir haben schon gemeint, du kommst nicht bei dem Wetter.«
»Das Wetter? So was hat mir noch nie was ausgemacht . . . Was ich einmal gesagt hab', dabei bleibt's«, erwiderte Neit-

hart mit seiner fetten Stimme und folgte ihm ins Stationsgebäude.

»Grüß Gott, die Herrn!« trompetete er aus sich heraus und musterte das aufblickende Personal. »Grüß Gott beieinander!« Aus seinen kleinen Schlitzaugen, aus jeder Falte seines hängebackigen Gesichtes strahlte die einnehmende Legerität des Wirtes. Aufgeschwemmt, mächtig und breitbeinig stand er da, und wie ein praller Sack hing sein Bauch in der gespannten Weste.

»So!« prustete er. »Da wär' ich jetzt! Jetzt will ich's einmal ausprobieren, wie sich der Jungfernbesuch bei dem jungen Eh'paar anläßt!«

Er lächelte und alle anderen lächelten ebenso.

»Darf ich den Herren meinen Schwiegervater vorstellen... Brauereibesitzer Neithart«, sagte Bolwieser, und: »Sehr angenehm! Freut mich!« echote es aus jedem, der dem Fleischberg von einem Menschen die riesenhafte Hand drückte.

Droben in der Küche bei Hanni wurde es springlebendig, als die zwei ankamen.

»Jajaja, Vaterl! Vaterl?... Was magst denn zu essen?« rief Hanni in fidelster Laune. »Was magst jetzt?«

»Jetzt laß ihn doch erst verschnaufen«, beschwichtigte Bolwieser, und der alte Neithart war eine Herzlichkeit.

»Hannerl! Also, Hannerl, laß dich anschau'n!« lachte er und musterte seine Tochter um und um. Mit richtigem Vaterstolz belobigte er ihr gutes Aussehen: »Also direkt eine Auffälligkeit ist das mit dir, Hannerl! Jedesmal, wenn ich dich seh, bist jünger!« Er brachte die Augen nicht von ihr weg und fragte lustig weiter: »Aber wie steht's denn eigent-

lich bei euch mit dem Nachwuchs, wenn ich fragen darf?... Habt's sowas gar nicht im Sinn, hm?« Seine Äuglein wurden noch geschlitzter.
»Xaver?!« erkundigte er sich scherzhaft drohend. »Xaverl? Was ist denn das mit dir? Was muß ich da konstatieren?!« Über sein Gesicht rann eine vielsagende tierische Pikanterie. Bolwieser wurde ein wenig verlegen, doch Hanni kam ihm zu Hilfe.
»Nein, nein, Vaterl, das Kreuz tun wir uns nicht auf! Wir haben's so schöner«, warf sie ein. »Heut' ist's nicht mehr wie vorm Krieg. Heut' lebt man in der Hauptsach' für sich... Die Zeiten sind anders, Vaterl.«
»Hanni ist nicht auf ein Kind aus und ich auch nicht«, flocht Bolwieser hastig ein.
»Wa—wa—was?! Was!« polterte Neithart gutmütig. »Hannerl, was?!« Er prüfte wiederum die Figur seiner Tochter: »So modern, so neumodisch?... Ja, ist denn sowas vielleicht schön? Ewig zu zweit mit dem Kanarienvogel! Da muß doch mit der Zeit ein anderes Geschrei rein!« Er wandte sich abermals an Xaver: »Xaverl, Xaverl! Ich sag' dir's, laß dich nicht blamieren! Wenn die Jahr' kommen, reut's euch noch, paßt's auf!«
»Ich sag' einmal soviel — die Hauptsache ist doch, daß man vollauf glücklich ist... Und wie wir das machen, das ist doch unsere Sach'«, verteidigte sich Bolwieser und sah seine Frau an, die jetzt die Suppenschüssel auf den weißgedeckten Tisch stellte. »Hab' ich nicht recht, Hannerl?«
»Ah, natürlich!... Jetzt iß, Vaterl, iß!« schloß diese, und man setzte sich. Der Brauer streifte seine weite Joppe ab. Der Stuhl ächzte unter ihm. Seine massigen Hinterbacken quol-

len über die Sitzkanten, aus der Weste flossen seine ungeheuerlichen Arme, und der volle Graukopf schien ganz in den kurzen, fetten Hals und Nacken hineingesunken zu sein. Er aß mit wahrer Hingabe, kam ins Schwitzen, schnaubte nach jedem Löffel Suppe röchelnd, schlürfte und zerkaute den saftigen Schweinsbraten schmatzend. Mittendrinnen aber wiederholte er des öfteren: »Hm—hmhm, also sowas! Kein Kind nicht!... Da komm' ich nimmer mit!« Er schüttelte den Kopf, aber man merkte unschwer, daß seine Beharrlichkeit nicht so ernst gemeint war. »Naja, jeder muß selber wissen, was ihm guttut... Bei euch wird halt vor lauter Gernhaben kein Kind dabei 'rauskommen.«
»Geh, aber Vaterl!« verwarnte ihn Hanni leicht. »Vaterl!« Er lächelte sie zufrieden an und schloß wie für sich: »Habt's ja recht auch wieder! Habt's eigentlich ganz recht! Eh' wir uns umschau'n, ist's Leben rum, warum sollt' man sich's nicht kommod machen.«
Man kam auf andere Dinge zu sprechen, und endlich verriet Neithart den echten Grund seines Besuches. Er tat nie etwas umsonst. Auch das Schönste freute ihn erst, wenn es einen Zweck für ihn hatte. Der Torbräu, hatte er erfahren, sei zu verkaufen.
»Soso! Wegen uns also bist du eigentlich gar nicht hergefahren? Soso, Vaterl?« warf Hanni mit ungeschmerztem Vorwurf hin. »Bloß wieder Handelschaften willst machen...«
»Naja, wenn eins das andere gibt«, ließ sich ihr Vater nicht verblüffen und verfiel in eine gewiegte Sachlichkeit. »Da geh'n wir heut' nach Feierabend hin und schaun uns die Sach' an... Bei einer richtigen Zech' hab' ich ewig noch alles erfahren...«

Bolwieser erhob sich und griff nach seiner roten Mütze.
»Du gehst doch mit, Xaverl?« fragte ihn Neithart. Der Vorstand zögerte kurz und blickte fragend auf Hanni. Neithart indessen verstand sofort, woher der Wind blies, und schmetterte schon wieder: »Holla! Also *die* Verliebtheit geht mir denn doch zu weit! Nichts dawider, sag ich! Du gehst mit, basta! Und 's Hannerl erst recht! Heut' seid's meine Gäst'!«
Als Bolwieser fort war, konnte der alte Neithart seine Spottsucht nicht zurückhalten: »Hannerl, Hannerl!... Scheint ja schier, als wennst du die Hosen im Haus anhast, hä?... Und der Xaverl natürlich, der frißt dich ja rein auf mit seinem Anschauen... Da habt's ihr Weiberleut'ln ein leichtes Machen, hähähä!«
»Das schaut bloß so her! Bei uns macht keiner dem andern Vorschriften!« wehrte sich Hanni und lobte ihren Xaver über alles. Der alte Brauer widersprach ihr mit keinem Wort. Er war zufrieden, daß seine Tochter es so gut erraten hatte. Er ließ sie ruhig reden. Durch Glück und Gesundheit war er sechzig Jahre alt geworden. Da denkt sich alles anders.
»Ist ja alles recht und schön, Hannerl«, sagte er wieder einmal. »Schön, euer Gernhaben, aber man möcht' im Alter doch wissen, für *wen* man geracktert hat, Hannerl.« Seine Tochter wurde eine Sekunde lang rot, faßte sich aber sogleich wieder und schaute fast stolz und selbstbewußt auf ihn: »Der Xaverl und ich, Vaterl, wir sind uns ›wen‹ genug.«
»Ja no, nachher ist's ja gut«, endete ihr Vater und redete nichts mehr davon. Im Grunde nämlich hatte er über alles auf der Welt seine feststehende Ansicht, und die hieß: ›Man

muß die Leute gemütlich sterben lassen.‹ Was ist's denn schon noch in einem solchen Alter? Man rührt und regt sich gewissermaßen nur noch um seiner selbst willen. Irgendeine Leidenschaft ist mit den Jahren zur Gewohnheit geworden, und an der hängt man. An sonst nichts mehr.

Handelschaften machen, das war dem Brauer Neithart sein ein und alles. Wenn er irgendwo eine halb auf dem Bankrott stehende Wirtschaft entdeckte, das ließ ihm keine Ruhe. Er überlegte, er erschnüffelte jedes Detail, listig wog er das Dafür und das Dawider ab. Seine Brauerei konnte immer noch einen weiteren Umsatzradius brauchen. Eines Tages tauchte er in der fremden Ortschaft auf, und nach hartnäckigem Feilschen erwarb er so einen Komplex. Dann tat er einen tüchtigen Pächter darauf, gewährte ihm Kredit, und wenn durch die geschickte Geschäftsführung die Wirtschaft wieder florierte, verkaufte er sie mit fettem Gewinn. Dadurch war er reich geworden und — hatte die rechte Beschäftigung.

»Ich kenn' ja den Torbräu!... Liegt ja wunderschön da«, berichtete er Hanni, als sie ihm den Diwan im Fremdenzimmer für das Mittagsschläfchen zurecht machte. »Da kommt mir der Merkl-Franzl als Pächter drauf. Der bringt Schwung in die Wirtschaft... Du kennst ihn ja, den Franzl? Er ist in die Schul' 'gangen mit dir... Sauber hat er sich ausg'wachsen... Und verheiratet ist er auch noch nicht. Der lockt, da paß' auf.«

Als er endlich schnarchte, ging Hanni einmal in das eheliche Schlafzimmer. Ganz vorsichtig zog sie die Türe zu und stellte sich vor den großen Spiegel. Sie betrachtete nachdenklich ihre Gestalt und straffte sich. Genau fixierte sie ihr jung gebliebenes Gesicht, drehte und wendete sich und verspürte mit der Zeit eine große Befriedigung. Sie nahm den Kamm und strich mechanisch ihr Haar zurück, und immer, immer wieder liefen ihre Blicke körperauf, körperab.

›Dummheit, ein Kind!‹ dachte sie überlegen. ›Zu was denn? Warum denn?‹ Und überhaupt jetzt — mit fünfunddreißig Jahren!

Wieder musterte sie sich im Spiegel. Nein, kein Mensch sah sie für so alt an.

Ihre Backen färbten sich dunkler, ihre Augen blinkten belebter. Sie atmete, atmete, atmete! Und sie fuhr mit beiden Händen über ihre runde Brust, abwärts zur Taille. Ein feines Rieseln lief über ihre Haut.

»A—aahch!« hauchte sie verhalten und reckte sich wie unüberwindlich...

V.

Abends gegen neun Uhr kamen Neithart und die Bolwiesers in das weitläufige, schlecht beleuchtete Bierstüberl vom Torbräu am Marktplatz. Sie waren außer drei Tarockern, welche am Ecktisch an der Schenke krakeelten, die einzigen Gäste und blieben es auch. Das war dem alten Brauer sehr recht. War er vielleicht gekommen, um an der Wirtschaft einnehmende Eigenschaften zu entdecken? Im Gegenteil! Getreu seinem erprobten Händlerprinzip: ›An dem, was du kaufen willst, muß selbst das Beste ein wahrer Ausbund von Nachteilen sein‹, suchte er sofort nach Mängeln. Schon das Aufsehen, das die drei bei ihrem Eintritt erregten, war ihm geradezu Balsam. Er erlauerte flugs: Der Wirt war sein eigener Schenkkellner, in der Küche rührte sich nichts mehr, und die schmuddelige junge Kellnerin saß untätig an einem Tisch und las illustrierte Zeitungen.

Die neuen Gäste setzten sich, und abermals geschah etwas sehr Bezeichnendes. Wie aufgescheucht kamen Wirt, Wirtin und Kellnerin dahergeschossen, machten sich aufdringlich dienstbar und scharwenzelten devot um den Tisch. Bolwieser war hier wohl halbwegs bekannt, aber doch kein Stammgast, und wer der alte Mann in seiner Begleitung war, das ließ sich leicht erraten. Eine solch komische Beflissenheit aber war denn doch verdächtig. Neithart notierte innerlich. Er bestellte dreimal Schnitzel mit Kartoffelsalat, legte die winzige Speisekarte beiseite und sagte herabmindernd laut: »Ich seh' ja sowieso, was anderes wird's kaum geben.«

»O, bitte«, meinte der Wirt und zählte verschiedene Pfannengerichte auf, doch Neithart übersah ihn verächtlich:

»Schon recht, schon recht! ... Schnitzl, hab ich gesagt, gelln S'!«
Beleidigt zogen Wirt und Wirtin ab, während die Kellnerin den Tisch deckte. Ungeniert brummte der Brauer dabei seinem Schwiegersohn zu: »Wo schon die ganze Inhaberschaft auftanzt, wenn drei lumpige Gäst' kommen — gute Nacht! Da spukt's.«
Die Kellnerin verstand genau. Das war ja auch beabsichtigt. Mit rotem Kopf machte sie fertig und verschwand.
Das war der Anfang.
Das Bier kam und war lack (schal), die Schnitzel dauerten endlos lange, und der Salat war altbacken.
Wirt muß Wirt bleiben und eine Elefantenhaut haben. Herr Silvester Brendl, der Besitzer des Torbräu, konnte nicht umhin. Er mußte wieder an den Tisch, wünschte den Herrschaften einen ›guten Appetit‹ und erkundigte sich, ob es schmecke. Da hielt es den alten Neithart nicht mehr.
»Ich dank' der Nachfrag', Herr Kolleg', dank' der Nachfrag'«, gab er sich zu erkennen und fragte herausfordernd patzig: »Auf solche Gäste sind S'wohl gar nicht eingerichtet, was?« Man schmeckte die kriegerische Ironie dieser Worte förmlich.
Hanni und Xaver schwiegen betreten. Es war peinlich. Der Wirt wollte ein rettendes Lächeln aufsetzen, aber Neithart sah ihn derart verletzend an, daß ihm sein kulantes Faltenziehen gefror. Wie ein Schnellfeuer fiel nun der Brauer auf den kleinen, verschreckten Menschen her, schoß und schoß drauflos: »Neithart! Brauerei Neithart Passau, wenn ich bitten dürft'! Ich bin ernsthafter Reflektant, daß Sie's wissen! ... Aber, gute Nacht! Gut' Nacht! Da, mein' ich,

kann ich auch als Millionär auf- und mit'm Hungertuch wieder abziehn!«

Er kam daher mit seinen Absichten und schimpfte, als gehöre ihm die Wirtschaft bereits. Offen verärgert schob er das halb aufgegessene Schnitzel weg und belferte noch niederträchtiger: »Stellen Sie den drei Herrn da hinten je ein Maß Bier hin auf meine Kosten, damit's gar wird mit dem Saug'söff!« Er wußte, so etwas macht rasch bekannt und beliebt. Einer sagt's dem andern, und alle werden später Gäste.

»Aber Vaterl!« wollte ihm Hanni Einhalt gebieten. Bolwieser war ganz still geworden. Die Wirtin kam herbei, die drei Tarocker prosteten dankbar erheitert herüber, und Neithart ließ kein gutes Haar am schäbigen Balg des Torbräubetriebes.

»Tja — aber, Sie brauchen doch meine Wirtschaft nicht kaufen. Sie müssen nicht!« begehrte Brendl auf, doch der Brauer ging unverschämt darüber hinweg: »Davon ist keine Red' nicht! Als Fachmann tut mir einfach das Herz weh, wenn ich sowas seh'! . . . Wa—was?!! *Einen* Hektoliter die ganze Woch' schenken Sie aus? *Einen?* . . . Nette Aussichten das! Nett, nett!«

»Auweh Brendl!« schrie ein Tarocker: »Da beißt's aus, holla!« Alle drei lachten.

»Solche Geschäfte macht man nicht am offenen Biertisch«, wurde es dem Brendl zu dumm. »Kommen Sie morgen, Herr Neithart.« Und dieser — als sei ihm der Wirt Luft — beugte sich zu Bolwieser hin: »Xaverl? Da fahr' ich lieber wieder mit'm vollen Geldbeutl heim! . . . Sauber, sauber! Mehr Gäst' und weniger Bedienung wär' schöner!« Beide Wirtsleute wollten etwas sagen. Wie Schulkinder trumpfte er sie nieder: »Ich zahl' bar, basta! Das andere wird sich ja noch geben, net wahr? Bittschön, keinen Schmus! G'sehn hab' ich jetzt schon, in was für ein Elend ich mich hineinhock' . . .« Um ja keine Widerrede aufkommen zu lassen, zahlte er finster und murrte immer noch. Deutlich sah man, nur aus Rücksicht auf die Bahnhofsvorstands hielten sich die Torbräuwirtsleute zurück. Beim Hinausgehen entschuldigte sich auch Hanni flüsternd bei der Wirtin wegen ihres Vaters. Bis in den breiten, gepflasterten Hausgang hinaus folgten die Brendls den Gästen und wünschten, so gut sie es nach dieser Attacke noch fertigbrachten, eine gute Nacht.

»Jaja, gute Nacht, gut' Nacht! Da haben S' recht«, konnte Neithart immer noch nicht einhalten. »Aber das eine sag' ich Ihnen, Herr Brendl, bei mir gibt's Barzahlung! . . . Und da muß ein offenes Wort auch erlaubt sein . . . Da gibt's nichts bei mir. Ich hab' ja doch den Schaden und Sie den Nutzen.«

»Ein so ein saugrober Kerl! Sowas Unkultiviert's!« brummten die Brendls einander zu, als sie in die Wirtsstube zurückgingen.

Die Bolwiesers, mit Neithart in ihrer Mitte, trotteten gelangweilt und unmutig über den holperigen, monderhellten Marktplatz. Mit jedem Atemzug schien der Brauer zu platzen. Die Schatten der drei sahen aus, als klebten die Bolwiesers an einem ungeschlachten, kugelähnlichen Koloß, der unten und oben leicht zappelnde Ausläufer hatte.

Still und friedlich war es ringsum. Die Hausfronten ragten dunkel in die Höhe. Der Marienbrunnen plätscherte gleichmäßig, und da klang das Reden Neitharts noch einmal so laut.

»Der Bauernwirt! Der möcht mir was vormachen!« bellte er lachend: »Hast schon sowas g'sehn, ha-ha!« Er blieb stehen und schnupfte rasselnd. Kein Wort sagten die Bolwiesers. Sie brannten darauf, heimzukommen. Dem Brauer jedoch pressierte es absolut nicht.

»Schnupfst auch, Xaverl?« hielt er seinem Schwiegersohn die offene Dose hin.

»Nein, dankschön«, lehnte Bolwieser ab.

»Ach! Aha, jaso, entschuldige!« spottete Neithart in bester Laune: »Selbstredend, selbstredend, mein Hannerl mag den G'stank nicht ... Freili', freili'!« Und im Weitergehen setzte er dazu: »Aber das kommt auch noch! Das gibt sich alles mit der Zeit ... Mit der Zeit, Xaverl, da schmeckt sie's gar nimmer.«

Er lachte respektlos.

»Geh, aber Vaterl! Geh! Ich weiß nicht!« alterierte sich Hanni. Beruhigend betätschelte sie der Alte: »Jaja, Hannerl, nimm's nur nicht gleich üb'l! Du bist schon recht, Hannerl! ... Und der Xaverl ist auch kein unleidiger Mensch ... Er gibt dir nach.«

Weiter wälzten sie sich. Pfeifend keuchte der Brauer.

»Aber schlecht machen kannst du schon rein alles, Vaterl!« brach Hanni das Schweigen nach einer Weile. »So daherreden beim Torbräu! ... Alles so herabmindern.«

»Schlecht machen?« wurde Neithart sofort wieder lebendig: »Schlecht, sagst? Ja wart', *loben* werd' ich's auch noch für mein Geld! Du wärst ja gut für so Handelschaften! T-ha! Keinen Schuß Pulver ist die Kalupp'n wert! Ärger werd'ich haben, massig Verdruß und zahlen kann ich, daß es eine wahre Schand' ist.«

»Ja . . . Aber dann tät' ich doch nicht kaufen!« sagte Xaver verständnislos.
»Kaufen?« ereiferte sich Neithart, baß erstaunt darüber. »Ja, ja, das ist doch Natur, daß ich nicht wegen nichts und wieder nichts herfahr'! Was hast du denn g'meint? Aber — ich spür's ja jetzt schon — nachlaufen wird er mir noch, der Bauernwirt, der windige! Bitten und betteln muß er mich noch, daß ich's nehm', der Notschnapper! . . . Hmhm, kaufen! Wie man nur so fragen kann, hmhm!«
»Also sowas könnt' ich nicht«, schüttelte Bolwieser den Kopf.
»Dich hat unser Herrgott auch nicht dazu geschaffen«, wies ihn Neithart gemütlich zurecht. »Jeder wie er kann! Du hast die Hanni und deinen Dienst. Ich muß handln . . . Was tät' ich denn sonst noch in meinem Alter?«
Das Bahnhofsgebäude tauchte auf.
»Und wenn ich den Torbräu hab', nachher seid's natürlicherweis' ihr als bessere Leut' dort Stammgäst', will ich hoffen«, sagte Neithart wiederum: »Wo die Besseren hingehn, da kommt der Haufen nach.«
»Jaja, das kann man ja machen«, antwortete Bolwieser nebenher. Insgeheim erzitterte er über solche Aussichten und wünschte nichts sehnlicher, als daß aus dem ganzen Kauf nichts werde.
Kurz verheiratete Leute haben noch vielerlei Verschwiegenheiten miteinander auszutauschen. Ihr Zusammenleben ist noch voll von Überraschungen, und die Neugierde aufeinander wirkt unverbraucht in den Nächten. Es läßt sich denken, daß den Bolwiesers der Besuch alsbald lästig wurde. Jeden Tag verschleppte der Brauer seinen Schwie-

gersohn zum Torbräu, und spät nachts kamen sie zurück. Hanni war unglücklich darüber und Xaver nicht minder. Sie plagten sich zur nettesten Freundlichkeit dem Alten gegenüber, aber wenn sie allein waren, stöhnten sie einander die Ohren voll.

Und wo waren sie allein? Im Schlafzimmer.

Diese Zuflucht all ihrer Seligkeiten nahm nunmehr ihre Verstimmungen auf, und — mochten sie sich auch noch so dagegen wehren — hin und wieder gab es sogar ein leichtes Gezänk.

Endlich hatte der alte Neithart sein Geschäft erledigt und fuhr ab. Hanni und Xaver standen auf dem Perron.

»So . . . ich komm bald wieder, bleibt mir gesund«, drückte der Alte ihnen aufgeräumt die Hände. Der Zug ratterte langsam an und verschwand unter der Brücke. Sie winkten, bis sie nichts mehr sahen. Dann fielen ihre Arme lahm herab.

»Ich dank' schön! Ich dank' schön!« brummte Xaver und verfluchte diesen Besuch. Er hatte vieles auf der Zunge, aber er nahm Rücksicht auf Hanni.

»Naja«, sagte diese aufatmend: »Wenn einmal der Pächter drauf ist, wohnt er ja doch beim Torbräu . . . Bei uns ist's ihm sowieso zu eng.«

Als das Frühjahr anbrach, kamen Maurer und Maler zum Torbräu. Von unten bis oben, innen und außen wurde alles renoviert. Die Wirtschaft auf dem Marktplatz bekam ein helles, ansehnliches Gesicht.

Anfang Mai zog der Franz Merkl auf und veranstaltete eine spektakelmäßige Eröffnungsfeier. Zwei Musikkapellen dröhnten und schmetterten.

In Kleinstädten ist man für jede Abwechslung dankbar.

Viele Werburger Familien waren da. Saal und Bierstüberl waren gepfropft voll. Am Ehrentisch saßen die Bolwiesers neben Neithart und seiner unansehnlichen Frau, die sich beständig die brennenden Augen ausrieb wegen des dichten Rauchs und sich über die derben, lauten Witze ärgerte.
Neithart war ganz in seinem Element. Er stiftete einen halben Hektoliter Freibier, und rundherum wurde sein Passauer Getränk belobigt. Die Fidelität hob sich gewaltig. Je mehr seine Frau brummte, desto geweckter wurde der Brauer. Er trank massig. Seine dröhnende Stimme überhallte allen Lärm. Schnell kannte ihn jeder. Er war unerschöpflich im Späßemachen, wieherte und bellte sich jedesmal selber etwas vor und riß alle anderen mit. Als schließlich der Oberförster Windegger dazukam, war des Zotens kein Ende mehr. Sogleich klangen die beiden zusammen wie zwei aufeinander abgestimmte Instrumente. Einer überbot den andern. Je mehr sie merkten, daß die Umsitzenden sich entsetzten, um so übermütiger und lauter wurden sie. Mit gemischten Gefühlen versuchte Bolwieser sich anzupassen und sah oft ganz hilflos auf Hanni. Sie erwiderte seine Blicke mit beredter Barmherzigkeit, so als wolle sie sagen: »Na, tröste dich, es geht ja auch wieder vorüber.«
Der Franz Merkl kam einmal an den Tisch. Jugenderinnerungen tauschte man aus und kam sich bald wieder altbekannt vor.
»Ein netter Mensch«, sagte Bolwieser, als der Pächter wegmußte. Hanni nickte: »Ja . . . Vaterl hat einen guten Blick für sowas . . . Er hat sich wirklich sehr gut ausgewachsen... Der bringt den Torbräu sicher wieder in Schwung.«
Später, als Merkl wiederkam und auch mit Bolwieser ein

Gespräch anfing, plärrte der Neithart auf einmal: »Xaverl! Xaverl, trau' *dem* nicht! Wahre deine ehelichen Rechte! . . . Wenn der Merkl ein sauberes Weibsbild sieht, hat er an Teifl!« Hanni wurde einen Huscher lang rot, weil sie unvermerkt den neuen Wirt angeschaut hatte und sich plötzlich entdeckt vorkam. Sie fand aber gleich wieder die rechte Miene und lachte keck: »Ah! Vaterl, Schulkameraden sind sich noch nie gefährlich worden!« Auch Bolwieser war nicht weiter verlegen und sagte ebenso: »Wenn man sich von jung auf in- und auswendig kennt, das hat den rechten Reiz nimmer, Schwiegervater . . . Hab' ich nicht recht, Herr Merkl?«

»So ist's«, erwiderte dieser mit friedlichem Baß.

»Toni! Toni!! Sauf doch nicht soviel! . . . Schreist ja schon, daß man sein eigenes Wort nicht mehr versteht!« puffte die Neithartin den Brauer.

»Wenn *ich* net sauf, wer denn nachher!« beachtete sie dieser nicht und prostete dem Windegger zu. Und bei dieser Gelegenheit setzten der Brauer und der Oberförster dem Bahnhofsvorstand heftig zu, er müsse jetzt unbedingt sein ›Renommee‹ wiederherstellen und das ewige Daheimhocken aufgeben. Frech beugte sich Windegger in den Tisch und blinzelte Hanni zu: »Ich mein', gnä' Frau, der Herr Gemahl ist ja noch im besten Alter, aber — aber man muß grad da anfangen und mit seinen Kräften besser wirtschaften. Was?« Hanni wollte etwas antworten, doch schon lachte Neithart dazwischen: »Ausgezeichnet, Herr Oberförster! Sehr richtig! Ganz meine Meinung! . . . Jede Nacht und jede Nacht, das nützt ab!«

»Herrgott, Toni! Jetzt sowas!« knurrte seine Frau böse.

»Geh! Sowas Garstigs! Vaterl?!« sekundierte Hanni verzeihender. Der Alte schüttelte sich vor Vergnügen. Weit offen stand sein Maul, und krachend kamen die Lachsalven aus seiner Gurgel.
»Xaverl!« wiederholte er endlich gefaßter: »Also jeden Donnerstag ist beim Merkl Gesellschaftstag, und, wie mir der Herr Oberförster sagt, richtige Tarocker sind auch eine Masse da.«
»Jajaja, ich laß mich schon sehen . . . Fehlt nichts«, gab Bolwieser nach.
»Meinetwegen braucht er nicht wegbleiben, Herr Oberförster«, kam ihm Hanni zu Hilfe, und das gab den Ausschlag.
»Na also! Na also, Herr Vorstand!« rief Windegger befriedigt: »Die Frau Gemahlin schaut mir auch nicht darnach her, als wie wenn s' die Hausschlüss'l nicht hergibt!«
Man lachte belustigt.
»Gut«, griff Bolwieser zum Maßkrug: »Gut, ich bin dabei! Prost, Herr Oberförster!« Schließlich — es war ihm im Grunde gar nicht so unrecht.
Windegger hatte schon wieder einen Witz auf der Pfanne und drückte sich näher an Neithart. Kurz darauf brachen die zwei in ein wüstes Wiehern aus.
Bolwieser saß geniert da. Ab und zu schaute er nach dem Franz Merkl, der geschäftig zwischen den rauchumwölkten Tischen auftauchte. Ein großer, breitschulteriger Mensch mit selbstbewußtem Gangwerk war der. Sein fettes tiefschwarzes Haar klebte halb in der Stirne. Der gerade Scheitel zog sich wie ein Kreidestrich über den Kopf. Dunkle, kühle Augen, einen glänzend-schwarzen Schnurrbart und sehr rote, ein wenig aufgeworfene Lippen hatte er. Da und

dort glaubte der Bahnhofsvorstand zu bemerken, wie eine Bürgerstochter oder eine wohlsituierte Frau einen geschwinden Blick auf den vorübergehenden Wirt warf. Es sah aber nicht aus, als ob dieser sich darum kümmere.

VI.

»Ausgeschlossen! Nein! . . . Ich mag nicht! Sie sollen mich gern haben! Ich mag ganz einfach nicht!« schimpfte Bolwieser etliche Tage nach der Abfahrt seiner Schwiegereltern und stapfte mannhaft in der sonnigen Wohnküche auf und ab: »Was zum Teufel geht uns denn der Torbräu und dieser Merkl an? . . . Ist's ein Schaden oder ein Nutzen für uns?… Eher ein Schaden… Jetzt auf einmal soll ich dort Stammgast werden. Auf einmal soll ich wieder jede Woche ins Wirtshaus laufen.«

Er blieb mit rotem Kopf stehen: »Unseren Frieden haben wir gehabt, bis dieser Kauf gekommen ist. Jetzt auf einmal ist der Wirbel da!«

»Jaja, wahr ist's ja, Xaverl«, meinte Hanni: »Aber du kennst doch mein Vaterl. Er ist halt so. Und, mein Gott, man kann die alten Leute doch nicht einfach allein lassen, wenn sie auf Besuch da sind . . . Das geht doch auch nicht.«

»Schon! Aber daß ich da jetzt auf einmal wieder zum Gesellschaftstag kommen soll und jede Woche ganze Nächte tarocken!« zeterte der Bahnhofsvorstand und war erstaunt, daß ihm Hanni nicht mit dem erwarteten Eifer zustimmte. Schier das Wort verschlug es ihm, als sie einlenkend sagte: »Naja, naja, was ist denn schon dahinter, wenn du einmal oder zweimal in der Woche fortgehst . . . Ewig so aufeinander, Dickerl, wenn man sich doch Tag für Tag grad lang genug sieht! . . . Ich möcht' nicht, daß man herumsagt, ich laß dich nicht fortgehn.«

Bolwieser war baff.

»Was? Das sagst *du? . . . Du?*« fragte er verblüfft.

»Ja, warum? Warum denn?« mußte sie wiederum arglos lachen. Er sah ihr forschend in die Augen.

»Was hast du denn?« wunderte sie sich.

»Aber grad *du* hast doch dieses Fortgehen und Ausbleiben bis tief in die Nacht hinein nie mögen?« erkundigte er sich schon viel unsicherer, und als sie darauf antwortete: »Naja, du mußt ja nicht immer der letzte aus dem Wirtshaus sein«, da kannte er sich gar nicht mehr aus. Seine Aufgeregtheit hatte einen jähen Stoß erhalten und brach zusammen wie ein Kartenhaus. Ehrlich gestanden nämlich, Hanni kam ihm auf halbem Wege entgegen. Heimlich hatte er schon oft Lust gehabt, abends fortzugehen. Ihre ausdrückliche Aufforderung dazu brach jedem Vorwurf die Spitze ab. — Kurzum, er wußte in diesem Augenblick nicht gleich, wie er sich verhalten sollte. Er witterte in ihrem Verhalten einen sonderbaren Widerspruch, hatte tausend treffsichere Einwendungen auf der Zunge und sagte doch nichts. Um seine Verwirrung nicht merken zu lassen, schloß er schweigend das offene Fenster an der Sonnenseite und setzte sich an den Tisch.

»Gut«, sagte er mit gespielter Ruhe: »Ich kann mich ja hie und da sehen lassen beim Torbräu, wenn's dir nichts ausmacht, aber zur Gewohnheit möcht' ich's grad nicht werden lassen.«

»Das braucht's ja auch nicht«, schloß Hanni, ohne von ihrer Suppe aufzusehen.

Der alte Neithart hatte richtig spekuliert. Es bürgerte sich allmählich ein, daß an jedem Gesellschaftstag beim Torbräu die Honoratioren tarockten. Man sah den Pfarrer und den Hauptlehrer, den Apotheker Wenwieser, den Oberinspek-

tor Lederer, Windegger und Bolwieser dort, den ellenlangen, stets nach Schnupftabak riechenden Buchdruckmeister Jakob Stempflinger, welcher den ›Werburger Boten‹ herausgab und redigierte, und manchmal sogar den Bezirksamtmann Stuffler zu Gast. Der Franz Merkl verstand es ausgezeichnet, sich allseits beliebt zu machen. Alsbald spielte er in allen Vereinen eine Rolle. Die Schützen, die Sänger und die Turner kamen zu ihm. Durch ein öfter wiederholtes Preiskegeln gewann Merkl die Kegler. Ein prachtvolles Sommerfest zugunsten der Stadtarmen verlief glänzend, und vor allem: Beim neuen Torbräuwirt wurde jeder Gast nach seiner Manier behandelt. Das Bier war gepflegt, und man aß gut, reichlich und billig. Sehr schnell bekamen der gleichgroße Greinbräu und die umliegenden Wirtschaften die Konkurrenz zu spüren. Eine verschwiegene Feindschaft gegen diesen kecken, vehement umsichtigen Eindringling keimte bei diesen Leuten auf, doch vorläufig ließ sich nichts machen. Man mußte die Gelegenheit abwarten. Ehrsam ging es beim Merkl zu. Sein Betrieb funktionierte mustergültig, und sein Handwerk als Metzger verstand er besser als jeder. Gewiegt, großzügig und solvent war er als Geschäftsmann und Wirt.
Die üblichen Christbaumfeiern überließ der Torbräuwirt ruhig seinen Widersachern, wenngleich der Pfarrer diejenige des katholischen Gesellenvereins gerne bei ihm gesehen hätte.
»Gern, Hochwürden, von Herzen gern«, zeigte sich Merkl bei dieser Gelegenheit als Mensch, der anderen auch etwas gönnt: »Gern, aber ich möcht' mich nicht aufdrängen und dem Greinbräu sein Geschäft wegnehmen . . . Das macht

unnötig böses Blut, und, mein Gott, heutzutag' will jeder sein Brot... Hochwürden, wie gesagt, lieber ist's mir, wenn die Feier wie jedes Jahr beim Greinbräu bleibt.«
Und Hochwürden der Herr Pfarrer fand das edelmütig.
»Wenn alle so nachsichtig zueinander wären, Herr Merkl«, sagte er, »dann gäb's viel weniger Feindschaften.«
In der Faschingszeit aber hielt Merkl seine lustigen Bälle, und da tanzte die gesamte bessere Bürgerschaft in seinem großen Saal. Es ging hoch und doch schicklich her dabei, und in diesen rauschenden Nächten zeigte es sich, welch ein gewinnender Unterhalter, welch hinreißender Tänzer und was für ein begehrenswehrter Mann der Torbräuwirt war.
Bei einem dieser Bälle wurde zum Leidwesen aller anwesenden Bürgerstöchter die Frau Bahnhofsvorstand zur Ballkönigin gewählt. Es ergab sich, daß der Merkl ihr Partner wurde. Bolwieser, der nicht tanzen konnte, saß am Ehrentisch neben dem Hauptlehrer und sah das Paar bei der Polonaise und bei der Française vielbestaunt zwischen den anderen Paaren dahinwirbeln. Er brachte die Augen nicht los von Hanni. Jede ihrer Bewegungen saugte er gleichsam in sich hinein.
»Wirklich eine prachtvolle Figur macht Ihre Frau Gemahlin, Herr Vorstand«, sagte der vollbärtige Lehrer: »Auch ich hätte mich bei der Wahl für sie entschieden... Unbedingt. Unter uns gesagt, keine von den Bürgerstöchtern kann sich mit ihr messen.« Er nahm einen Schluck des abgestandenen, warm gewordenen Weines und drückte die Augen flink zu, weil das Gesöff so sauer schmeckte.
»Mit einem Wort — Majestät und Grazie!« fiel ihm ein, als jetzt der Tanz zu Ende war und Merkl Hanni an den Tisch

führte. Der Wirt verbeugte sich lachend und sah auf Bolwieser: »Mein Kompliment, Herr Vorstand ... Eine Tänzerin ist Ihre Frau Gemahlin, à la bonne heure!« Sein Blick blieb eine Weile auf Hanni liegen. Er wischte sich sein schweißerglühtes Gesicht ab: »Habe die Ehre einstweilen.« Durch die staunenden Leute schlängelte er sich und verschwand. Hannis Backen flammten wie ein dunkelroter Brand, sie schwirrte mit ihrem Fächer. Unter dem anliegenden Kleid ging ihre Brust heftig auf und nieder, ihre Augen strahlten, und hastig griff sie zum Glas: »A—ah—a—ah! Tanzt der aber gut! ... Prosit, Herr Hauptlehrer, prost Xaverl!« Die beiden hoben die Gläser. Sie stürzte den Wein hinunter und parierte die aufdringlich ungeschickten Elogen des Hauptlehrers übermütig: »Na, na! Herr Hauptlehrer, solche Schmeicheleien hören die jungen Damen lieber!« Sie wandte sich ausgelassen an Xaver: »Schad, Dicker, daß du nicht tanzt! ... So eine Lustigkeit heut'! Ich hab' mich schon lang nicht mehr so gut amüsiert.« Alles an ihr regte und rührte sich unausgesetzt. Bolwieser verlor sich hin und wieder in dem glänzenden Faltenspiel ihres Seidenkleides, dann liefen seine Blicke über ihre nackten Schultern und blieben auf ihrem Gesicht stehen.

»Du mußt nicht so schnell hineintrinken, Hannerl!« sagte er etwas leiser: »Das macht dich bloß noch heißer.« Und lauter setzte er hinzu: »Soso, so gut tanzt er, der Merkl? ... Das freut mich ja, daß du dich so amüsierst.« Und wieder, wie verschämt, raunte er ihr ins Ohr: »Du siehst auch wirklich schön aus, Hannerl! Sehr schön... Jeder Mensch schaut nach dir!« Seine Frau sah ihn zärtlich an und drückte ihm unter dem Tisch die Hand. Ganz kurz und fest.

»So? So, wirklich?« fragte sie mit siegesgewisser Neugier und betrachtete sich im kleinen Spiegel ihrer geöffneten Handtasche.
»Gnädige Frau, einen Hymnus werd' ich morgen loslassen über Ihre Schönheit!« beugte sich der Buchdruckermeister Stempflinger in den Tisch und drückte den Bolwiesers fidel die Hand: »Es ist bloß schad', daß ich nicht dichten kann, gnä' Frau... Ich hab's leider bloß bis zur Prosa 'bracht...« Sein rostiges Lachen klang, als reibe man Scherben aneinander: »Aber passen S' auf, geben S' acht, gnä' Frau! Direkt klassisch wird's, was ich über Sie bericht'...« Er blinzelte vieldeutig, als wisse er die pikantesten Geheimnisse, und — sonderbar — Hanni errötete leicht.
»Soso!... Ich bin neugierig, Herr Stempflinger!« lachte sie schnell ihre Verlegenheit nieder. Der Buchdruckermeister drückte Zeigefinger und Daumen der halb erhobenen, gespreizten Hand aufeinander und schnalzte mit der Zunge: »Ein richtiges Kabinettstück'l, gnä' Frau, muß mein Ballbericht werden... Passen S' auf!«
»Silentium! Silentium, die Herrschaften!« erscholl in diesem Augenblick Merkls breite Stimme in der Saalmitte, und ruckhaft reckte Hanni ihren Kopf. Eine allgemeine Spannung lief über die dichtbesetzten Tische.
»Silentium, die Damen und Herrn! Herr Oberförster Windegger gibt mit Fräulein Fanny Rutt eine Schuhplattlereinlage zum besten!« wiederholte Merkl, und alles strömte auf die Mitte der Tanzfläche zu. Dicht aneinandergepreßt standen die Gäste im Kreis um das springgelenkige, durch den auffallenden Altersunterschied ein wenig komisch wirkende Tänzerpaar. Merkl war rasch auf die am vordersten

Zuschauerrand stehenden Bolwiesers herangetreten und zwängte sich, um Hanni die Aussicht nicht zu verderben, rasch hinter sie.

»Bittschön, Frau Vorstand, bittschön! Alles für meine Gäste!« sagte er kulant. Bolwieser hielt die Hand seiner Frau. Sein weingerötetes Gesicht war aufgelaufen. »Wunderbar! Sehr schön! . . . Schau doch, wie er sich dreht!« murmelte er: »Allerhand Leistung in dem Alter!« Hanni nickte mechanisch. Wie gebannt blickte sie auf das wirbelnde Paar. Ihre Züge zeigten eine starre, abwesende Fröhlichkeit. Sie spürte ganz sanft Merkls Körper hinter sich, und ein unwirkliches Behagen lief von ihrem Nacken abwärts, schwamm wie wohltuendes, warmes Wasser über all ihre Glieder und stieg als feine Hitze wieder von der Herzgrube empor in ihr Gesicht. Der Blick zerrann ihr, sie sah nur noch das Hell und Dunkel der Figuren vor sich. Ihre Finger in Xavers Hand streckten sich unwillkürlich, wie von einem plötzlichen Krampf überwältigt. Merkls Atem zerteilte sich auf ihrem Hals und floß links und rechts über ihre nackten Schultern. Sie preßte auf einmal die Hand ihres Mannes fest in die ihre, richtete sich mit den Zehenspitzen in die Höhe, schluckte unauffällig und wiegte ein paarmal ihren Körper hin und her, daß sie den ihres Hintermannes noch deutlicher empfand. Bezaubernd zärtlich sagte sie zu Xaver: »Wirklich wunderschön! Da könnt' ich stundenlang zuschauen!«

»Gell, gell! Direkt kunstvoll!« hörte sie diesen sagen und trat mit einem jubelnden Seufzer wieder ganz auf ihre Füße. Der Schuhplattler endete mit einem gellenden ›Juhu‹-Schrei, und ein wildes Klatschen überschüttete Windegger und Fräulein Rutt. — —

Der steife Februarmorgen hing schon dämmerneblig in den Straßen und Gassen Werburgs, als die Bolwiesers heimwärts schritten. Zu Hause gingen sie nicht mehr in die Küche. Im noch leicht erwärmten Schlafzimmer rissen sie sich beide die Kleider herunter. Sie stürzten aufeinander los und brachen auf das gemeinsame Bett nieder. Es war, als seien alle Kanäle ihres Blutes in ihren Körpern aufgebrochen und rauschten hemmungslos ineinander.

»Wenn man so angeregt ist«, sagte sie einmal in einer ausgeglichenen Sekunde, »da hat man sich noch einmal so gern.«

»Ja! Ja du!« veratmete Xaver: »Die ganze Zeit hab' ich rein gekocht! Kaum mehr erwarten hab' ich's können.«

Die Worte träufelten in ihr Ohr und erregten sie von neuem.

»Oach!« räkelte sie sich wollüstig und drückte mit beiden Händen seine erhitzten Backen zusammen: »O—ahch! Auffressen könnt' ich dich heut'!«

Der Wecker schrillte metallisch. Sie schraken jäh auf.

»Herrgott, ach! ... Ist's denn schon so spät?« sah Hanni enttäuscht auf den sich hochrichtenden Xaver.

»Früh, meinst du«, verbesserte dieser und sagte in bester Laune: »Ach was! Ich brauch' heut' gar kein Frühstück! Bleib nur liegen... Schlaf' weiter, Kindl. Schlaf' dich nur aus. Sowas kommt ja nicht alle Tage vor...«

»Nein—nein—nein, das geht doch nicht! Nein, nein!« wollte sie aus dem Bett. Lange ließ sie sich nötigen, bis sie endlich nachgab.

»Du bist soooo gut zu mir, Xaverl! Soooo gut!« dankte sie innig und küßte ihn.

Er machte sich fertig und ging.

Sie legte sich auf die andere Seite und schloß die Augen. Die Erinnerungen der Ballnacht zogen sacht an ihr vorüber.
Was war das nur mit ihr?
Sie war doch eine verheiratete Frau — und gestern? Der Merkl?
Zwei-, dreimal überhuschte ein Lächeln ihr Gesicht. Ihr Blut wurde warm und wärmer, und voll schlug ihr Herz.
Die triste Helligkeit brach durch die dünnen Vorhänge.
Sie richtete sich im Bett auf und sah sinnend vor sich hin.
Wüst lag das Schlafzimmer da. Hier der eine Schuh, dort der andere, weiter weg wie eine zerknitterte Bauschwolke ihr Kleid und daneben die Strümpfe.
Wie eine verlassene, aufgewühlte Walstatt sah der Raum aus...

VII.

Der Lebemann als ein routinierter Abenteurer der Liebe braucht verschwindend wenig erotische Phantasie. Das Abenteuer einer Verführung, die Gewinnung einer Frau und die schließliche Trennung von ihr — wie gleichartig werden schon diese Sensationen, wenn sie sich immer und immer wiederholen. Und was dazwischen liegt? Mein Gott! Ist Findigkeit nötig, wenn der Stoff stets wechselt? Jeder Mensch bleibt sich im Grunde genommen gleich, und auch die Art und Weise seiner verliebten Betätigungen, seiner Passionen und Abneigungen verändern sich nicht sonderlich. Ein Lebemann ist nur in den Augen seiner jeweiligen Geliebten ein phantasievoller Erotiker, nicht aber an sich.

Zu einem Weisen, erzählt eine tiefsinnige Fabel, kam ein Jüngling voll Verlangen nach einem Weibe und mit übervollen Samensträngen.

»Sage mir«, fragte der Jüngling: »Was soll ich tun? Ich könnte beglücken viel hundert Weiber mit meiner Kraft, und ich finde keinen Anfang und kein Ende.«

»Gehe hin und nimm' ein Weib. Ein einziges«, gab ihm der Weise zur Antwort.

»Ein Weib? Ein *einziges?!«* rief der Jüngling wie spottend und straffte voll Hochmut die Muskeln seines saftigen Körpers.

»Ein einziges«, wiederholte der Weise: »Und schenke ihm deine Kraft dein Leben lang.«

»Meister, deine Rede ist dunkel«, sagte der Jüngling: »Ich fasse sie nicht.«

»Nicht in der Vielzahl, in der Einzahl erprobt sich die Kraft wirklich«, belehrte ihn der Weise: »Viele Weiber sind eines, aber eines kann nicht anders sein als die Summe der vielen. Siehe, diesen Apfel zerschneide ich und esse ein Stück, und es schmecket nicht anders als die weiteren Stücke. Aber ich kann diesen Apfel wie jede Frucht auf vielerlei Weise zu einem wohlschmeckenden Gericht machen, und er wird meinem Gaumen nicht mehr Labsal allein, sondern höchster Genuß sein.«

Staunend sah der Jüngling auf den Weisen und wußte kein Wort.

»Nun geh'«, sagte dieser: »Nimm ein Weib, das dir an Kraft nicht nachsteht, und mache es dir schmackhaft.«

Da ging der Jüngling denn hin und befolgte seinen Rat. Lange Jahre war er grenzenlos glücklich. Er und sein Weib erblüheten aneinander und waren zu jeder Stunde ganz eins. Aber es begab sich, daß sie nach vieler Zeit und tausendartigem Glücke doch müde wurden und trachteten, daß jedes seines eigenen Willens Weg gehe. Da kam der Jüngling als verdrossener Mann wiederum zum einsamen Weisen und schalt ihn einen unwissenden Lügner. Siehe aber, dieser ward nicht verwundert darüber.

»Tor, der du bist!« rief er schier höhnend: »Merkst du jetzt, daß deine Kraft nur Trug war? Ich aber sage dir, wer über das Labsal hinaus will, muß unerschöpflich an Einfällen sein.« Und damit ließ er den Betroffenen stehen und ging schweigend in seine Felsenhöhle zurück. —

Drei und ein halbes Jahr lebten die Bolwiesers nun schon zusammen. Ihre ganz und gar erweckte körperliche Begierde zueinander schien unerschöpflich. Seit jenem Ball beim Torbräu gingen sie auch mehr unter die Leute. Bei jeder

besseren Veranstaltung und Festlichkeit bemerkte man das Ehepaar. Hanni bezauberte alle. Es schien ein rätselhaftes Fluidum von ihr auszugehen. Sie nahm ein für sich, man bewunderte und umschmeichelte sie, und alle Männerblicke hefteten sich begehrlich auf sie.
Xaver war unsagbar stolz auf sie. Ein stummer Jubel flammte auf seinem Gesicht. Manchmal wurde er so übermütig, daß er zuviel trank. Dann lebte er auf und wurde gesprächig. Alles in ihm lockerte sich, eine sonderbare Leichtigkeit empfand er, und der Taumel eines sorglosen Sich-verströmen-Lassens überwältigte allgemach seinen biederen Halt. Er war nicht etwa sinnlos betrunken, sondern nur sehr, sehr angeheitert. Er sah und wußte noch alles genau, manchmal sogar viel deutlicher und schärfer. Er dachte klarer, mutiger und sprunghaft schnell, aber was immer ihm ins Auge fiel oder seine Sinne entfachte, kam ihm belustigend und auf eine gewisse versöhnlich gönnerhafte Weise schön vor. Ungefähr wie ein schwelgender, übersatter Reicher fühlte er sich, welcher armen Schluckern ein Fest gibt und sich an deren Spielen herablassend ergötzt. So groß war seine Heiterkeit, daß er sich sogar manchmal zu einem anzüglichen Witz verstieg oder die neben ihm sitzende Hanni ganz plötzlich umspannte, sie trotz ihres sachten Widerstrebens an sich drückte und vor allen Leuten breit küßte. Dieses Küssen sah aus, als nehme ein Überhitzter den labenden Eisbrocken zwischen die aufgebrochenen Lippen und schlürfe daran. Er lachte glucksend dabei, und mit kindlich verstellter Stimme entschuldigte er sich bei der erröteten Hanni: »Ich kann doch nicht dafür, daß du mir so gut gefällst!« Er schmeckte den Neid der anderen.

»So ein verliebter Gockel, so ein verliebter!« sagte Hanni gleichsam zu allen. Das fand Beifall. In einem unbemerkten Moment beugte sich die Frau Stationsvorstand schnell an das Ohr ihres Mannes und flüsterte: »Trink' nicht mehr soviel, Xaverl! Du weißt, das ist nicht gut hernach.« Dieses letzte Wort durchzuckte ihn elektrisch. Er suchte ebenso geschwind ihre Augen und nickte: »Nein—nein, Hannerl! Ganz gewiß! Jetzt hör' ich auf!« Freilich, das war so halbwegs gelogen, denn jetzt erst war er in der rechten Lustigkeit und hätte gern noch mehr getrunken. Indessen, er dämmte sich unauffällig ein.

Mit dem Torbräuwirt wurden die Bolwiesers im Laufe der Zeit sehr gut Freund. Das gab sich eigentlich ganz von selbst. Erstens hatte Hanni öfters im Auftrag ihres Vaters mit dem Merkl geschäftliche Dinge zu besprechen, und Xaver überließ ihr solche Kommissionen gern. Diese Angelegenheiten interessierten ihn nicht weiter.
Bei ihren Zusammenkünften kamen Hanni und der Torbräuwirt oft in die angeregteste Unterhaltung, frischten nach und nach ihre alte Schulkameradschaft wieder auf, und — was gewiß nicht verwunderlich — bald standen sie wieder auf dem vertraulichen Du von ehemals miteinander.
Zweitens aber bot eine solche Freundschaft auch nicht zu verachtende Vorteile für die Bolwiesers. Hanni brachte ab und zu eine extra gute Wurst mit nach Hause, die ihr Merkl für ihre Bemühungen zum Präsent gemacht hatte. Wenn der Bahnhofsvorstand zum Gesellschaftsabend kam, gab es für ihn meistens eine besonders pikante Spezialität, die nicht auf der Speisekarte stand. Und außerdem lieferte Merkl

ihnen stets die besten Stücke Fleisch. Eine wahre Freude war es für Hanni, die schmackhaftesten Gerichte auf den Tisch zu bringen, und für Xaver war es nicht weniger Genuß, diese mit herrlichstem Appetit zu verspeisen.
Drittens endlich: Kam Hanni von einer solchen Besprechung heim, war sie stets seltsam aufgeräumt und schwätzte rein das Blaue vom Himmel herunter. Sie erzählte die besten Dinge über den Merkl, und Xaver hörte sie gern so daherreden, wenngleich ihm der Torbräu und dessen Wirt ziemlich gleichgültig waren. Jeder Ehemann ist an sich friedlich. Er wünscht sich nach Feierabend eine muntere Frau, und nichts ist ihm lieber, als wenn sie mit den Leuten, mit welchen sie zu tun hat, gut auskommt.
»Ja—jaaa«, meinte Hanni öfters superklug: »Mein Vaterl kennt seine Pappenheimer! Der weiß, wo er wen hinstellen muß... Ich sag' dir, Xaverl, *die* Ordnung, *der* Schwung beim Torbräu! Grad freu'n kann man sich, wenn man das alles sieht.« Immer wieder fand sie etwas Neues zu loben.
»Soso, soso«, brummte Xaverl: »Jaja, tüchtig ist er, der Merkl... Das sieht jeder sofort.«
Es ist schon so: Wenn die Frau für einen Menschen eingenommen ist, mag der Ehemann ihn auch. Nach und nach fand auch der Bahnhofsvorstand den Torbräuwirt wirklich sympathisch, kam ihm näher und näher, und schließlich duzten sich die beiden ebenfalls. Das freute Hanni ungemein.
»Siehst, Dickerl«, sprudelte sie an einem jener Abende heraus: »Ich hab's ja schon immer gemeint, du und der Merkl, ihr müßt gut miteinander zusammenstimmen...« Und mit einer hingebenden Wärme setzte sie hinzu: »Auch

er hat schon oft zu mir gesagt, du bist ihm der Liebere von allen...« Auf dem Kanapee in der Wohnküche saßen sie. Hanni schlang ihren Arm um seinen Nacken und küßte ihn zärtlich auf die leicht borstige Backe.

»Soso... Jaja, er ist ein netter Mensch, der Merkl«, schloß Bolwieser: »Man kann gut reden mit ihm. Was er sagt, hat Hand und Fuß.« Er bemerkte nicht, daß Hanni sein ruhiges Gesicht von der Seite betrachtete. Ihm ging irgend etwas im Kopf herum. Die Arbeiter und unteren Beamten waren seit einiger Zeit in heftigen Tarifstreitigkeiten mit der Reichsbahndirektion.

»Du?... Xaverl?« sagte Hanni. Sie fuhr mit dem Zeigefinger flach über seine Stirne, über die Nasenkante, abwärts über die Lippen, über das leicht ausgebuchtete Kinn und lächelte kurz heraus: »Wenn ich dich anschau... Der Merkl sieht dir sogar ähnlich . . . Genau so eine Nase hat er wie du.« Sie küßte ihn abermals. Trotzdem blieb sein Gesicht gleich.

»Was ist dir denn heut', Dicker?« fragte sie ihn endlich, weil ihr sein abwesender Blick auffiel.

»Nichts weiter... Aber ich glaub', es kommt zum Streik«, gab er Antwort.

»Zum Streik... Wie ist denn das?« erkundigte sie sich naiv: »Haben wir da einen Schaden?«

»Wir?... Ja, wir eigentlich kaum«, meinte er und fing das Erklären an. Er hatte sich nie um derartige Dinge gekümmert. Kaum die tägliche Zeitung las er jemals genauer, als es sein geringes Neuigkeitsbedürfnis verlangte. Früher, ja, während seiner Aspirantenzeit in Landshut und Augsburg, war er mit dem Getriebe sich hartnäckig bekämpfender

Klassen mitunter in Berührung gekommen, doch auch nur das, nicht mehr. Ihm war immer nur sein eigenes Weiterkommen wichtig gewesen. Anderer Leute Streben blieb ihm fremd. ›Jeder ist sich selbst der Nächste‹, war sein Lebensleitsatz. Nach Kriegsausbruch wurde er zum Expeditor befördert und kam mit einer Eisenbahnbaukompanie nach Rußland. Auch im Soldatenrock blieb er gewissenhafter Beamter und fuhr nie schlecht damit. Nie bekam er die Schrecknisse der Front zu spüren. Nur von ganz fern hörte er die Kanonen brummen und sah überfüllte Verwundetenzüge oder Gefangenentransporte in die Heimat abrollen. Die Revolution überraschte ihn als stellvertretenden Stationsvorstand in Regensburg. Alles ging drunter und drüber. Nichts funktionierte mehr. Zum erstenmal, seit er im Bahndienst stand, überkam ihn Unsicherheit. Er wollte sich nicht um die Ereignisse kümmern und schob jeden Gedanken daran weit von sich. Er ging jeden Tag gewohnheitsmäßig an seine Arbeit, aber es war oft überhaupt nichts zu tun. Die Züge liefen nicht mehr. Die Beamten kamen einmal, das andere Mal wieder nicht. Telegramme und Verfügungen der Abwickelungsinstanzen verwirrten. Bolwieser saß oft da und wußte nicht, was er anfangen sollte. Sein Beamtendasein war gefährdet. Der Traum der wohlversorgten Zukunft zerflatterte. Einmal stockte sogar die Auszahlung der Löhne. Es erschienen plötzlich Eisenbahnarbeiter, nisteten sich grob in die Stationsräume ein und befahlen ihm.
»Meine Herren«, erklärte Bolwieser furchtschlotternd, »ich komme mir ganz überflüssig vor. Ich bin auch nur — ich, ich —« Er kam nicht weiter. Plump fuhr ihm der Arbeiterrat über den Mund: »Gehn Sie doch, wenn's Ihnen nicht paßt!«

Er glotzte wie ein abgestochenes Kalb und fand den Entschluß nicht gleich. Dann ging er stumm und geduckt davon. Tage und Wochen verbrachte er voller Bangnis in seiner Dienstwohnung. Leer war es um ihn. Erledigt, wie ein weggeworfenes Rad einer zugrunde gelaufenen Maschine kam er sich vor. Und da warf er sich auf die Zeitungen. Da verfolgte er die Kämpfe und Streitigkeiten der Machtgruppen.

»Ewig kann's doch nicht so weitergehen. Unmöglich«, überredete er sich und kam zu dem erlösenden Schluß: »So oder so! Auch der neue Staat kann nicht ohne geschulte Beamte auskommen.« Er wartete.

Die Roten wurden niedergeschlagen. Die Ordnung kam. Der Staat stand wieder, und Bolwieser brauchte keine Angst mehr zu haben. Eines Tages saß er wieder in seinem Dienstzimmer und regierte strenger denn je. Mißtrauisch und hart war er gegen Untergebene. Das waren die Feinde. Gegen sie hieß es sich schützen.

Allgemach kam wieder Zuversicht in ihm herauf. —

Und die Inflationsjahre? Er war versorgt und geborgen. Er vertraute einzig und allein der Maschinerie des Staates und überwand auch diese Zeit.

Regensburg, wo er so widerwärtige Dinge erlebt hatte, mißfiel ihm seither. Er heiratete und ließ sich nach Werburg versetzen. — —

Und jetzt? In der schönsten Ordnung drohte auf einmal wieder ein Streik! Womöglich ging wieder alles drunter und drüber. Ein leises Grauen durchkroch Bolwieser.

»Keine Ruh' gibt diese Bagage!« schimpfte er gereizt auf die Arbeiter: »Ich möcht' wissen, wo das noch hinführen

soll! . . . Daß sich da sogar Beamte mitreißen lassen — ich kann's nicht verstehen!« Er malte sich aus, wie er plötzlich wieder beschäftigungslos in seinem Dienstzimmer sitzen würde. Seine Untergebenen säßen vielleicht genau so öd an ihren Tischen, und er könnte nicht einmal etwas dagegen sagen.
Was denn auch, wenn alles stockt! Wenn kein Zug einläuft und die Waggons auf den Gleisen stehen!
»Schauderhaft sowas! Schauderhaft!« brummte er.
»Aber *dir* kann man doch nichts machen, Xaverl? Wenn die andern streiken«, fragte Hanni: »Da kannst doch du nichts dafür.«
»Mir nicht«, schloß er verdrießlich: »Freilich nicht, aber zuwider ist's.«
Ein wohlhäbiger Bürger will nichts einbüßen von all den Annehmlichkeiten des Lebens. Er wird sogar fortgesetzt von dem Verlangen getrieben, es noch viel, viel besser zu bekommen. Er ist völlig privat und darum weit genußsüchtiger, als man gemeinhin annimmt.
Der echte Unternehmer trachtet nach der Ausdehnung seines Betriebes und nach Macht. Der Arbeiter kämpft mit seinesgleichen um erträglichere Lebensbedingungen. Der Kleinbürger hingegen will das *eine* nicht und hat das *andere*. Er strebt nach intimem Luxus. Er will die erborgte Prächtigkeit, wie man sie mitunter in veralteten Gesellschaftsfilmen zu sehen bekommt. Er liebt das Himmelbett, reiche Spitzendecken und Nippessachen. Er kauft die überladen geschnörkelten Möbel und alle jene eigentlich überflüssigen Dinge, welche gleich einem Fetisch auf Gemüt und Sinne wirken. Darum versteht er gar nicht, daß es Leute

gibt, die anders empfinden und denken als er. Spürt er nur im geringsten eine Bedrohung seiner Interessen und Passionen, so wird er ängstlich und gehässig.
Tag für Tag hatte der Bahnhofsvorstand nunmehr etwas auszusetzen an der Arbeit seiner Untergebenen. Er schnüffelte die kleinsten Kleinigkeiten aus und bauschte sie auf. Vom Sekretär Mangst bis hinab zu den paar Hilfsarbeitern betrachtete er jeden als seinen Feind. »Also meine Herren!« zeterte er einmal unvermittelt: »Solche Unterhaltungen im Dienst, das geht nicht!« Eine unerbittliche Amtsmiene hatte er und wich jedem Blick aus: »Ich trage die Verantwortung, wenn Unregelmäßigkeiten vorkommen! Sie kennen die Eisenbahndienstordnung. Sie wissen, daß alles auf mich zurückfällt, wenn zufällig revidiert wird. Ich muß denn doch schon bitten, daß Sie sich Ihrer Pflicht und Schuldigkeit mehr bewußt werden!« Alle waren verdutzt. Derartig cholerische Töne hatte der Chef noch nie angeschlagen. Er warf erzürnt die Türe zu und setzte sich mürrisch an den Schreibtisch.
»Bande!« knurrte er. Nur mit Mühe gewann er seine Ruhe wieder. Das vieltabellige Registrierbuch, worin haargenau die Arbeitsleistungen jedes einzelnen notiert werden mußten, lag vor ihm. Gute Lust hatte er, jedem die schlechtesten Noten zu erteilen. Dennoch schwankte er unbestimmt. Er schrieb überhaupt nichts ein.
»Man kann schließlich nie wissen«, sagte er sich. Eine ungewisse Furcht hinderte ihn, etwas zu überstürzen.
Abends, bei Hanni, war er meist einsilbig. Er plagte sich zu vergessen. Er wollte, wie er sich manchmal auszudrücken pflegte, ›seinen Kopf auskehren‹ und Mensch sein wie

jeder andere. Nach und nach aber fing er doch wieder klein und jämmerlich zu nörgeln an. »Ich seh' da schwarz! Ich seh' da stockfinster!« stöhnte er. Eine hilflose Düsternis lag auf seiner Miene. Er dachte an etwas, und Hanni sagte es schließlich. Nämlich: »Naja, Dickerl«, meinte sie: »Ich glaub' ja nicht, daß es so arg wird . . . Aber wenn auch! Wir mit unserm Batzen Geld auf der Bank sind auch dann nicht verloren. Mag's gehn, wie's mag . . .« Er sah sie kurz an. Kurz, unsicher, forschend und bekümmert.

»Schon, schon«, schnaubte er schwer, »aber hat man vielleicht deswegen sein Leben lang ehrlich seinen Dienst gemacht, daß man zuguterletzt grad noch mit knapper Not für sein Weiterkommen sorgen soll? . . . Das wär' einfach himmelschreiend! Himmel—schrei—end!« Er zog aus einem unerfindlichen Grund eine solche Möglichkeit in Betracht, wenngleich er nicht daran glauben konnte. Hanni wurde selber bedrückt. Sie schwiegen.

»Ah!« richtete sie ihn dann endlich wieder auf: »Ah, Xaverl! So heiß, wie 'kocht wird, ißt man dann doch nicht . . .« Mit den besten Worten versuchte sie, seine Sorgen zu verscheuchen. Auch er wurde ruhiger und fuhr etliche Male über ihren glatten Kopf. Aber er kam zu keinem Humor mehr. Hanni war froh, daß er in jenen Tagen meist zum Torbräu ging. Sie hatte beim Merkl einmal etwas über ihre Kümmernisse erwähnt, und, siehe da, auch hier versagte der Torbräuwirt nicht. Er entpuppte sich als überaus scharfsichtiger Politiker.

»Was? Was?« zog er den niedergeschlagenen Bolwieser ins Gespräch: »Streiken bei der Reichsbahn? . . . Ausgeschlossen, Xaverl! Da greift sofort die technische Nothilfe ein, und die Herren von der Gewerkschaft geben klein bei! Du wirst es sehn, so wird's! . . . Und wenn die Arbeiterbande nicht nachgibt, wirft man einfach die Spektakelmacher hinaus, basta! . . . Heutzutag' gibt's Arbeitskräfte wie Sand am Meer, und jeder ist froh, wenn er seinen Verdienst hat . . . Das sind bloß immer etliche Hetzer, die da Stunk machen. Die hat man schnell heraus und schafft sie ab. Nachher ist Frieden.« Er setzte sich fester auf die Bank und fuhr noch viel selbstsicherer fort: »Und, glaubst du denn, das Reich kann in jetziger Zeit sowas zulassen? . . . Wenn sie schon streiken, in Null Komma fünf ist ein Schiedsgericht eingesetzt, Arbeitnehmer und Reichsbahndirektion müssen verhandeln, und zum Schluß sind die Arbeiter wieder froh, wenn sie nicht auf die Straß' geschmissen werden . . . Aber, ich wett' meinen Kopf, ich wett' — es kommt ja gar nicht soweit!«

Bolwieser sah buchstäblich auf zu ihm. Das war der Ton, der ihm Erleichterung brachte. Daherredete der Merkl wie ein Eingeweihter. Dinge sagte er, die der Stationsvorstand wohl vom Hörensagen und flüchtig aus den Zeitungen kannte, aber sonst auch nichts weiter.

»Jaja, Franzl, jaja, wenn man's so anschaut«, sagte er, »da muß ich dir schier recht geben . . . Du bringst es auch so leicht faßlich daher.« Er blickte abwesend geradeaus und kam erst allmählich zu sich.

»Schau, schau!« lobte er den Merkl: »Schau, schau! . . . Samt all deinem großen Geschäft und deiner Arbeit kennst du dich auch noch in der Politik aus, hmhm . . . Respekt! . . . Jaja, man müßt' sich, glaub' ich, schier auch ein biss'l kümmern um diese Sachen.«

Und: »Xaverl!« schloß der Merkl, durch diesen Zuspruch noch mehr gehoben: »Xaverl! Ein Geschäftsmann in heutigen Zeiten, der kann gar nicht genug aufpassen auf alles... Da hilft ihm nichts... Ich sag' dir« — er senkte seine Stimme und beugte sich tiefer in den Tisch —, »wenn ich nicht ganz scharfe Augen und Ohren hab', wo komm' ich denn da hin bei der Feindschaft ringsum.« Und er machte unmißverständliche Andeutungen in bezug auf seine grollenden Konkurrenten.
Treuherzig sah ihn Bolwieser an. Denselben biederen Schein hatten auch Merkls Augen. In dieser Minute wurde ihre Kameradschaft ganz herzhaft.
Es kam aber auch genau so, wie es der Torbräuwirt prophezeit hatte: Nach einigem Hin und Her wurde zwischen den Arbeitnehmerverbänden und der Reichsbahndirektion eine Einigung erzielt. Alles lief wieder wie immer für Bolwieser. Nun aber, wenn Hanni etwas über Merkl erzählte, fand der Bahnhofsvorstand noch weit mehr Lobenswertes an ihm.

VIII.

›In einer Kleinstadt‹, heißt es, ›da helfen keine Riegel. Wo du gehst und wo du stehst, sieht dich der andere im Spiegel.‹ Werburg machte keine Ausnahme.
Seit einiger Zeit glaubten die Leute bemerkt zu haben, daß die Frau Bahnhofsvorstand auffallend oft zum Torbräu ging. Wie immer war sie bei solchen Gelegenheiten adrett aufgeputzt, und jeder Mann, an dem sie vorüberkam, weidete sich an ihrer belebten Appetitlichkeit. Jeder blickte ihr insgeheim nach, überprüfte eingehend ihre straffe Figur von hinten und bekam andere Augen. Im Weitergehen machte er sich so seine eigenen Gedanken.
Überhaupt munkelte man schon lange allerhand. Es lag etwas in der Luft. An den Biertischen beim Greinbräu, im Lamplgarten und beim Stockerhof ließ hin und wieder ein Gast ein zweideutiges Wort über die Freundschaft Merkls mit den Bolwiesers fallen. Schnell fingen die verbitterten Wirte es auf, und ihre erfinderische Arglist spann mißgünstig weiter. —
Herbst war es geworden und regenschwere Tage trieben über das stillgewordene Städtchen. Unausgesetzt rauschte es nieder auf die uralten Ziegeldächer. Die verstopften Regenrinnen liefen über, und da und dort ergossen sich wahre Sturzbäche in die engen Schächte der tristen Gassen und Straßen. Auch der Fluß schwoll an.
Die wenigen Leute, die man sah, stapften eilsam und langschrittig auf dem überschwemmten, holperigen Pflaster dahin, mit tief eingezogenem Genick und unter weiten Regenschirmen. Nur die üblichen Wochenmärkte, welche

dadurch, daß die Bauern der Umgegend wieder reichlicher ihre Erträgnisse heranfuhren, üppiger wurden, brachten ein wenig Leben in diese Eintönigkeit. Sonst aber schien die trübe Spanne vom Morgen bis zum Abend eine Ewigkeit zu sein. Die Geschäftsleute suchten oft schon am frühen Nachmittag die angedunkelten Wirtsstuben auf, warteten gelangweilt auf Spielpartner oder auf Gäste, die gut zu unterhalten verstanden und Neuigkeiten wußten.
Der Sekretär Mangst ließ nur im Dienst und bei seiner Hausfrau seiner Geschwätzigkeit und Klatschsucht freien Lauf. Sobald dieser häßlich hagere Mann mit seinem stachligen Igelkopf aber das Bahnhofsgebäude verließ, schloß er sich sozusagen zu, wurde wortkarg und — wahrscheinlich weil er schon sehr lange Zeit vergeblich auf seine Beförderung wartete — griesgrämig. Er bekam alsdann etwas Lauerndes und Schleichendes. Beim Greinbräu, wo er gewöhnlich zu Abend aß, saß er oft schon eine geraume Weile auf seinem einsamen Platz am Fenster, ehe ihn jemand bemerkte.
Man wußte nicht, war diese Schleicherei bei ihm Absicht oder Schrullenhaftigkeit. Jedenfalls, einmal ereignete sich etwas Peinliches.
Hartmannseder, der Greinbräuwirt, saß mit dem Buchdruckermeister Stempflinger mutterseelenallein in der unerleuchteten Wirtsstube und sagte mit gedämpfter Wichtigkeit: »Hat ja auch den ganzen Tag nichts zu tun, als das biss'l Hausarbeit . . . Und eine resche, stramme Person ist sie, das muß man ihr lassen . . . Wird ihr halt zu langweilig sein, das ewige Stubenhocken, der Frau Vorstand! Und sie und der Merkl? . . . Gehn S' mir zu, so rasse Weiberleut' in *dem*

Alter! Da sind's wild! . . . Und es ist ihr ja auch, weiß Gott, leicht gemacht . . . Warum also nicht?!«
Da räkelte sich Mangst. Die zwei hoben zugleich die Köpfe. Eine Sekunde lang glotzten sie benommen auf die unbeweglich in den Tisch gekrümmte, dunkle Gestalt am Fenster, doch als jetzt Mangst gänzlich unbeteiligt ein Zeitungsblatt raschelnd umwandte, gewann Hartmannseder die Fassung wieder. Er stand räuspernd auf, machte Licht und sagte mit der abgefeimtesten Wirtsruhe: »Guten Abend, Herr Sekretär! Jetzt wären wir bald erschrocken! Hmhm, so ein Sauwetter, was Sie mitbringen, Herr Sekretär! Hört's denn gar nimmer auf!« Er schaute durch das trübe Fenster, überhörte die paar Murmellaute Mangsts und meinte wiederum: »Möchten S' was zu essen, Herr Sekretär? . . . Warten S', gleich schick' ich Ihnen die Marie mit der Speis'karten 'raus.« Damit ging er geräuschvoll hustend in die Küche, und man hörte ihn laut regieren da drinnen.
Der Buchdrucker saß mit angeärgertem Gesicht darum, schnupfte aus Verlegenheit rasselnd laut und war froh, daß Mangst so eifrig ins Zeitungslesen vertieft war. Im ›Werburger Boten‹ Stempflingers inserierten alle Wirte und Geschäftsleute gleicherweise, folglich hieß es, sich's mit niemandem zu verderben. Jedem mußte recht gegeben werden und keinem unrecht.
Herrgott, und jetzt hatte dieser Kerl da vorn etwas erschnappt, wodurch der größte Klatsch herauskommen konnte! Verdrießlich schielte Stempflinger auf Mangst und hüstelte ein wenig. Heilfroh war er, daß nun Windegger und der Viehhändler Margertsrieder laut schwatzend zur Türe hereinkamen.

Am anderen Tag tuschelten Mangst und der Aspirant öfters sehr eifrig miteinander und warfen verstohlene Blicke in die Richtung des Bolwieserschen Dienstzimmers.
»Jajaja«, flüsterte Scherber, welcher seit einigen Monaten die fesche Kellnerin Fanny vom Torbräu poussierte: »Jaja, ich hab' auch schon sowas läuten hören . . . 's Fannerl sagt, jedesmal wenn die Frau Vorstand kommt, gehn s' ins Büro hinterm Nebenzimmer, sie und der Merkl . . . Und grad notwendig haben sie's jedsmal miteinander, sagt 's Fannerl . . .« Er hatte Augen, als wisse er noch viel mehr.
»O du meine Güte! Meine Güte!« summte Mangst scheinheilig und sah wiederum auf die Türe des Vorstandszimmers: »Und er? . . . Er hat keinen Dunst von all dem! Er ist der Lackierte! . . . Allmächtiger Strohsack, was da noch 'rauskommen kann! Ich möcht' nicht dabei sein.«
Das Stellwerk ratterte seine schrillen Klingelschläge herab. Sie schraken zusammen und taten wieder vielbeschäftigt. Bolwieser ging durch das Büro, hinaus auf den Perron. Scherber und Mangst sahen ihm nach, dann wechselten sie stumme Blicke miteinander.
An diesem Abend hatte Mangst es sehr eilig, nach Hause zu kommen, und seine Hausfrau riß Augen und Ohren auf, was er ihr alles zu erzählen hatte.
»Aber gelln S', Frau Käser, gelln S', es bleibt ganz unter uns! Ganz unter uns!« sagte der Sekretär immer wieder: »Ich will nicht, daß g'redt wird!« Die zahnluckige Käserin grinste und versprach es hoch und heilig.
Auch Scherber erkundigte sich beim Fannerl von außen herum, aber doch viel interessierter über die Besuche der Frau Vorstand beim Torbräuwirt, und natürlich, die Kellne-

rin war nicht aufs Hirn gefallen. Sie lugte geschwind durch den lärmenden Raum, und als sie merkte, niemand hörte zu, sagte sie halblaut: »Ah, daß da was geht zwischen ihr und ihm, sowas sieht ja ein Blinder.«

Sie lächelte, und der Scherber lächelte auch.

Langsam fing das Bächlein des trüben Klatsches zu plätschern an, wurde kecker und schlängelte sich munter durch ganz Werburg.

»Das ist eine ganz eine Raffinierte!« hetzte der Greinbräuwirt nunmehr offen und brauste weiter: »Stellt's euch doch vor, was das für a Schlange ist! Die freundet den Vorstand und den windigen Merkl ganz und gar an, daß ihr Neben'nausgehn net auffällt! Hmhmhm, also sowas muß man doch net leicht treffa! Hmhmhm, sowas Ordinärs! Und er, der Vorstand, ist stockblind!«

Hanni meinte er — und Windegger und Margertsrieder saßen da und hörten es.

Der Viehhändler hob sein rotbärtiges Gesicht, zwickte ein Auge zu und meinte: »I hob amoi (einmal) oan kennt, der hot's sogar g'wißt, daß sei Oite (Alte) neben'nausgeht und hot nix sog'n derfa (dürfen)...«

Windegger und Hartmannseder besannen sich bestürzt.

»Pantoffelheld ist er, jaja, da gibt's keinen Zweifel«, sagte der Förster abmildernd: »Aber daß er's —« Er brach ab und machte eine rasche Handbewegung, als schiebe er einen erschreckenden Gedanken weit von sich: »Nein—nein, *das* — das gibt's denn dann doch nicht! . . . Das ist ganz ausgeschlossen!«

Indessen — warum ging denn nun eigentlich die Frau Stationsvorstand in jener Zeit so oft zum Merkl? Und weswegen kam der Torbräuwirt an einem Abend sogar einmal in die Bolwiesersche Wohnung? —

Im Frühjahr las man ganz unerwartet eine dickletterige Lokalnachricht im ›Werburger Boten‹ des Inhalts, daß ›der weitbekannte bisherige Pächter des Torbräu, Herr Franz Merkl, von der Besitzerin, der Brauerei Neithart in Passau, die von ihm geleitete Gastwirtschaft käuflich erworben habe‹. Stempflinger versäumte nicht, in seinem Artikel dem Merkl aufrichtiges Lob zu zollen, und wünschte ihm ›im Namen der Allgemeinheit‹ den besten Erfolg für die Zukunft.

Die Bolwiesers saßen in ihrer gemütlichen Küche und unterhielten sich lebhaft miteinander.

»Hahahaha, jetzt haben wir unser Vaterl doch hinter's Licht geführt«, frohlockte Hanni mit schadenfreudiger Munterkeit: »Jetzt ist ihm doch ein Strich durch die Rechnung gemacht worden, und er weiß nicht einmal von wem! . . . Geschieht ihm aber auch ganz recht . . . Der Merkl hat mit Müh' und Not alles in Gang gebracht, und jetzt könnt' er gehen!« Sie war empört über ihren hinterhältigen Vater.

»Schofel! Einfach abscheulich!« schimpfte sie: »Einfach einem ganz fremden Menschen hätte er den Torbräu 'geben, bloß weil der bar bezahlt hätt' . . .«

Auch Xaver fing Feuer. »Handler bleibt eben Handler!« meinte er: »Keiner hat soviel Herz im Bauch wie Schwarzes unterm Fingernagel . . .«

»Und grad beim Merkl«, sprudelte sie weiter: »Grad bei dem! Wo doch das Geld absolut sicher angelegt ist! Wo er doch gar keine Angst hätt' haben brauchen.« Mit einem Ruck umschlang sie Xaver und lachte glücklich: »Hahaha!

Das freut mich, Dickerl! Das hat mich richtig gefreut, daß du gleich ja gesagt hast . . .«

Sie drückte, preßte und küßte ihn wie einen geduldigen Pudel, und er ließ es mit sich geschehen.

»Was sollt' ich denn auch machen«, scherzte er zwischenhinein: »Kann man *dir* denn was abschlagen?«

»Mein gutes, liebes Dickerl!« jauchzte sie selig. Endlich ließ sie los und sagte gesammelter: »Ob wir jetzt das Geld auf der Bank haben, oder ob's uns der Merkl verzinst, sicher liegt's doch überall . . . Und der Merkl zahlt uns acht statt vier Prozent . . . Das macht jedes Jahr einen schönen Profit aus . . . Direkt dumm wären wir gewesen, wenn wir's ihm nicht gegeben hätten . . .«

Wie sommermuntere Fliegen schwirrten Bolwiesers Augen um ihre schmiegsame Figur.

»Ja, eben, eben«, rieb er sich die Hände: »Gut hast es gemacht, Hannerl! Ausgezeichnet.« Er wärmte sich an einem Gedanken und sagte: »Herrgott, hm! Schön ist's doch, wenn man so einen Batzen Geld hinten hat. Das bringt von selber was ein, und man braucht keinen Finger dabei rühren . . .« Er sah nachdenklich drein.

»Und vom ersten Zins, den wir kriegen«, jubilierte sie wiederum: »Da kauf' ich mir einen Pelzmantel! Ja—wolll!! Das Geld hab *ich* mir ganz allein verdient.«

Tieffreudig richtete sie sich auf und machte einige Schritte.

»Ja—wolll!« ahmte er ihre lustige Resolutheit nach: »Jawolll, Hannerl! Das tust du! . . . Und einen recht einen schönen, weichen kaufst du dir! Wir haben's ja!« Er fuhr mit beiden Händen von ihrer Brust abwärts in die Taille, gleichsam als betaste er seinen wunderbaren Besitz. Eine Wohlig-

keit durchflutete ihn. Er sah Hanni in dem weichen, dunklen Mantel prangen.
»Herrgott«, sagte er wie für sich: »Herrgott, haben's wir schön! Mit keinem Millionär möcht' ich tauschen!«
Der alte Neithart war mit dieser Wendung gar nicht zufrieden. Er kam seither nicht mehr nach Werburg. Niemand geht gern dahin, wo er Mißerfolg gehabt hat. Einmal kam ein Brief von ihm an Hanni, da hieß es: ›Eigentlich bin ich dumm gewesen, daß ich nicht länger mit dem Verkaufen gewartet habe, liebe Hanni. Der Merkl kann jetzt lachen. Ein oder zwei Jahre länger, und ich hätte für den Torbräu meiner Schätzung nach gutding ein Drittel mehr bekommen.‹ Und einige Sätze später verwunderte er sich und schrieb fast gehässig: ›Wo er bloß das viele Geld so schnell hergebracht hat? Ist doch ewig ein windiger Metzger gewesen, wo von einem lumpigen Kleinhäusler herkommt.‹
Hanni kicherte in sich hinein. Sie sah durch das offene Fenster über den herbstbesonnten Bahnhofsplatz, blickte in die verschiedenen Straßen und Gassen, welche von hier aus ins Stadtinnere liefen. Es war, als suche sie den Torbräu. Sie holte tief Atem. Ihre Brust wölbte sich noch einmal so straff.
»Ha!« stieß sie heraus und lächelte keck. Wie tanzend wandte sie sich um, ging an den Herd und fing, während sie das Mittagsgeschirr abspülte, lustig zu singen an. Klar und hell drang ihre frauliche Stimme durchs offene Fenster in das Freie.
Der Greinbräuwirt stand vor der Türe und lugte herüber.
»Saumensch, mistiges!« knurrte er verdrossen und knirschte. In seinem dicken Kopf nagten die rachsüchtig-

sten Gedanken. Er wußte genau, woher der Merkl das Geld zum Ankauf der Torbräuwirtschaft hatte. Er und viele Leute in Werburg.

»— bei einer Frau Wirtin — da kehrten sie ein«, klang es heiter an sein Ohr. Er wurde noch ärgerlicher.

»Himmelherrgottsakrament-sakrament-sakrament!« fluchte er halblaut weiter, und sein haßerfüllter Blick glitt langsam vom Fenster der Bolwieserküche abwärts, tiefer, tiefer bis zum vergitterten Fenster des Dienstzimmers vom Stationsvorstand. Da blieb er züngelnd haften. Er schnaubte grimmig, drehte sich um und ging in den breiten Hausgang zurück.

»Singa tuat's, das Saumensch, daß es eine wahre Schand' ist!« sagte er zu seiner Frau in der Küche: »Grad übermüati' ist s' . . . Und *er*, der Trottel, spannt nichts! Direkt blind ist er! Hmhmhm! Man müßt's ihm einfach amal stecka (beibringen), warum sei Weib so lusti' ist . . .«

Die spitzbäuchige Hartmannsederin aber schaute ihn ängstlich an und meinte: »Sei so gut und misch' dich ein, daß d' vor's G'richt aa no' kimmst . . .«

Der Wirt sagte nichts mehr darauf. Er schaute nur noch verbitterter in ein Loch, und zum Schluß ballte er beide Fäuste und stieß wild heraus: »Direkt derwuzeln könnt' ich's, das Sauweib, das miserablige!« Tage und Tage murrte und grantelte er so herum in seiner schlecht besuchten Wirtschaft. Bei der geringsten Gelegenheit schlug er Krach und fluchte, daß es nur so schepperte. Die Weiber in der Küche, der Schenkkellner und die Knechte hatten nichts zu lachen bei ihm. Alle Mühe mußte er sich geben, um den wenigen Gästen ein freundliches Gesicht zu zeigen.

Der Torbräu nahm nun, nachdem Merkl Besitzer geworden war, erst recht einen Aufschwung. Noch in jenem späten Herbst fingen die Maurer mit dem Bau einer Autogarage an.

IX.

Den Oberinspektor Lederer hatte man schon lange nicht mehr gesehen. Anfangs vermißte man ihn nicht gar arg, nachdem aber Wochen und Wochen vergangen waren, fiel seine Abwesenheit auf. Es sprach sich herum, daß er kaum mehr aufkomme. ›Leberkrebs‹ sagten die einen, ›Nierenschrumpfung‹ die anderen. Langsam und qualvoll siechte der Bettlägerige dem Sterben entgegen. Die wenigen Bekannten, welche er hatte, empfanden ein aufrichtiges Mitleid und sprachen oft über ihn.

»Hmhm, so leiden müssen! . . . Der arme Mensch!« sagte jedweder traurig und bekam einen ernsten Blick. Eigentlich war der Oberinspektor nie populär gewesen in Werburg, doch er hatte keinen Feind. Freilich—wie sich gerade jetzt zeigte—auch keinen echten Freund. Immerhin suchte ihn einer nach dem anderen von seinen Wirtshausbekannten auf.

An einem verträumten Spätherbsttag kam auch Bolwieser zu ihm.

Die Frau Oberinspektor öffnete und begrüßte den Vorstand sehr freundlich. Ihre Augen lagen tief in den Höhlen des abgemagerten Gesichtes, das lange, altmodische, dunkle Kleid hing vielfaltig an ihrer hageren Gestalt und ein starker Dunst von Moder und Medikamenten entströmte ihr.

»Ja«, sagte sie leicht klagend: »Das ist aber schön, Herr Vorstand, daß Sie auch kommen... Bitte.« Und als Bolwieser im schmalen Gang stand, wurde ihre Miene bitter und schmerzlich.

»Er nimmt ja schon seit acht Tagen nichts mehr richtig zu

sich«, flüsterte sie mit nassen Augen und geleitete den Bahnhofsvorstand zur Schlafzimmertüre.
Der Raum, in welchem der Kranke lag, war abgedämpft. Durch die dünnen Gazevorhänge drang das milde Licht des Tages. Eine rundliche Krankenschwester mit unempfindlichem Gesicht stand am Waschtisch und kochte auf einem Spiritusapparat Milch. Sie grüßte nebenher und ließ sich nicht weiter stören.
Etwas benommen trat Bolwieser vor das Bett und sah auf den regungslos daliegenden Kranken hernieder.
»Karl? Karlchen, Besuch ist da«, beugte sich die Oberinspektorin nieder und streichelte zitternd über das wachsgelbe, zerfallene Gesicht ihres Mannes: »Du, Karlchen, der Herr Bahnhofsvorstand Bolwieser besucht dich . . .«
Der Kranke schlug die blaugeäderten Augenlider halb auf und röchelte müde: »So—so, ja—aja—ha, da—das is—ist se—sehr schön . . .« Der eine Arm, welcher auf der Decke lag, regte sich ein wenig, die erschreckend abgemagerten, faltigen Finger der Hand rührten sich wie zuckend, aber nur eine knappe Sekunde lang.
»Herr Oberinspektor, wie geht's denn?« fragte Bolwieser seltsam laut und verwirrt.
»Sch-schlecht«, hauchte der Kranke, und seine blauen Lippen klappten wieder aufeinander. Der Schweiß stand auf seiner Stirn und auf den Backen. Er röchelte. Die Frau Lederer bot Bolwieser einen Stuhl an und ging aus dem Schlafzimmer.
»Er kriegt jetzt gleich was, nachher wird er vielleicht munterer«, sagte die Krankenschwester mit ihrer kalten, männertiefen Stimme und kam mit dem Mustopf an das

Bett, setzte sich auf den Rand, rührte die dampfende Speise etliche Male, probierte ein Löffelchen voll und bat Bolwieser, dem Kranken den Kopf zu halten.
»So! So, jetzta! . . . Jetzt kriegen wir ein schönes Mus, Herr Oberinspektor, soso, nur 'nei damit!« murmelte sie und löffelte dem Kranken das Mus in den aufgebrochenen Mund: »So, nur schön essen . . . Schlucken, schlucken! So, so ist's recht . . . Brav, brav!« Bolwiesers Hand hielt das schmale, eingebuchtete Genick Lederers, zwei Finger stützten den fast haarlosen, schweißklebrigen, heißen Hinterkopf, und jedesmal, wenn der Kranke mühsam schluckte, war es, als klappe dahinten Rückenmark und Kopf kurz auseinander. Ein leichter Schauer überlief den Bahnhofsvorstand, ein Zittern kam in seine Hand. Er spürte das Röcheln wie ein langsam bohrendes Sägen in seinen eigenen Fingern und gab sich alle Mühe, festzubleiben. Eine dumpfe Wut über die davongegangene Oberinspektorin befiel ihn. ›Dieses widerwärtige Frauenzimmer, dieses!‹ ärgerte er sich: ›Läßt mich einfach hier stehen und Krankenpfleger spielen! Pfui Teufel! Schändlich, schändlich sowas!‹ Und er erinnerte sich, wie diese Frau ihren Mann ein Leben lang kujoniert hatte. ›Nicht einmal soviel Anstand hat sie und hilft ihm in seiner Hinfälligkeit!‹ bitterte er in sich hinein und überdachte im Fluge das ganze jämmerlich-traurige Leben dieses Mannes. Ein bleischwerer Schmerz legte sich in seine Glieder. Weinen hätte er mögen. In diesem Augenblick aber regte sich der Kranke. Es würgte ihn.
»No! No jetzt! No!« zog die Schwester den vollen Löffel zurück und stellte den Mustopf beiseite.
Alles Eingenommene brach aus Lederers halboffenem

Mund. Bolwieser ließ den heißen Kopf auf das Kissen niedersinken.
»Jetzt sowas, hmhmhm, sowas!« murmelte die Schwester fast vorwurfsvoll weiter und wischte geschäftig den besabberten Kranken ab. Die Türe quietschte leise, und die Oberinspektorin kam näher.
»Hat er gegessen?« erkundigte sie sich klagend. Niemand gab ihr an. Der Kranke lag schwer keuchend da, nur seine Augen standen weit offen. Es war noch Leben in ihnen. Bolwieser fühlte es und atmete unhörbar auf. Er kümmerte sich nicht um die beiden Frauen. Er neigte sein Gesicht über das des Kranken, und nun trafen sich die Blicke der beiden. Unruhe war in denen Bolwiesers, ohnmächtige Starre in denen Lederers.
»Was spricht denn der Herr Bezirksarzt?« fragte der Vorstand den Kranken betroffen und ratlos. Es klang abermals so laut und sonderbar, als rede er mit einem Schwerhörigen. Es waren einfach irgendwelche Worte, die man hinredet, wenn das aufgewühlte Innere nicht mehr mitkommt. Da klappten die Augendeckel Lederers wieder zu, und ganz tonlos, unsagbar weh gurgelte der Kranke: »He—err e—erlö—ös mi—mich . . .«
Bolwieser stand und starrte.
Neben ihm weinte die Oberinspektorin leise.
»Jetzt schlaft er«, sagte die Schwester ruhig, und das weckte den Bahnhofsvorstand endlich aus seiner Abwesenheit auf. Er ging stumm zur Tür. Die Oberinspektorin folgte ihm, doch er beeilte sich derart, daß sie ihm nur noch einige Abschiedsworte nachrufen konnte. Das erzürnte sie. Als die Tür längst im Schloß war, stand sie noch eine gute Weile

und machte fort und fort: »Hmhm! Hmhm, sowas Unkultiviertes! Hmhm!«

Zwei Tage darauf verstarb Lederer. Es gab eine Beerdigung mit allen Ehren. Der Gesangverein sang den Sarg ins Grab, die Böller des Veteranen- und Kriegervereins krachten, daß die Fenster der umliegenden Häuser erzitterten, der Mariahilf-Gottesacker wimmelte von Leuten, und der Pfarrer hielt eine ergreifende Leichenrede. Nach der Totenmesse gab es beim Greinbräu für die Verwandten und Honoratioren ein Mahl. Es war für Bolwieser ein wenig peinlich. Er wollte sich bei der Witwe entschuldigen und sich auf seinen Dienst berufen. Die Frau Oberinspektor aber machte ein so eisig beleidigtes Gesicht, daß er schließlich doch mitging.

Und als man in der Greinbräu-Wirtsstube an den sauber gedeckten Tischen saß, nach dem Essen und etlichen Maß Bier, gleimten die Männer doch halbwegs auf. Es wurde gerade in der Ecke um Bolwieser und Windegger etwas gemütlicher. »Ein lieber, ein guter, ein aufrechter Mensch ist er gewesen, der Herr Oberinspektor, selig hab' ihn Gott«, hörte man den Förster des öfteren ostentativ sagen, und die Herumsitzenden pflichteten ihm bei.

»Unter uns gesagt, Herr Vorstand«, beugte sich Windegger einmal näher ans Ohr Bolwiesers und flüsterte leiser: »Einesteils darf er froh sein, daß er von diesem unguten Weibsbild los ist...« Der Stempflinger als vorsichtiger Mann erschnappte es und sah den Bahnhofsvorstand nikken. Er plapperte währenddessen etwas lauter, damit kein Mensch auf das gefährliche Getuschel aufmerksam werden konnte.

»Ja—jaja, gezeigt hat sich's heut' beim Begräbnis, was er beliebt war, der Herr Oberinspektor... Auf Ihr Wohl, Frau Oberinspektor«, prostete er der Witwe zu. Nach und nach wurde es unter den Gästen etwas lichter. Auch Bolwieser wollte sich erheben. Windegger zog ihn am Ärmel: »Aber Herr Vorstand, auf ein Stünderl, da geht's jetzt auch nicht mehr zusammen. Der Tag ist jetzt schon einmal an'brochen. Zu was denn gar so pressant? Die Frau Gemahlin lauft doch nicht davon!« Der Greinbräuwirt stand in der Nähe und plagte sich zur einnehmendsten Kulanz. Sauersüß lächelte er und meinte: »Na, eine Maß geht schon noch, Herr Vorstand! Sind ja sowieso ein so seltner Gast.« Das genierte Bolwieser. Er sah verlegen auf den Wirt und wich gleich wieder aus mit dem Blick.

»Ich kann mir's ja nicht vorstellen, Herr Vorstand, warum ich so gar nimmer die Ehr' hab, Sie bei mir zu sehen . . . Wüßt' eigentlich nicht, warum ich so eine Zurücksetzung verdient hätt'«, tastete der Wirt weiter.

»Naja, jeder wie's ihm paßt«, versuchte Stempflinger einzulenken und spielte den Arglosen. Doch Windegger wechselte unvermerkt mit dem Wirt etliche vielsagende Blicke und warf in lautem Unterhalterton hin: »Na, der Herr Vorstand muß doch ins Torbräu gehen, wo doch die Frau Gemahlin mit dem Herrn Merkl so speziell ist! Wo die zwei doch Schulkameraden sind!« Er sah nicht auf Bolwieser, er blickte in die nächsten Gesichter, und auf denen stand ein geheimes Verstehen. Das machte ihn kecker. Wie irgendeine gleichgültige Redewendung setzte er dazu: »No, und es heißt doch: Wo der Schatz ist, ist auch das Herz!... Der Merkl versteht's schon, wie man sich anhängliche Gäste macht... Ewig geht doch der Gatte dahin, wo's seine Frau Gemahlin gern sieht... Hab' ich recht oder nicht?« Er prüfte die Runde, und einige nickten mit verzogenen Mundwinkeln. Bolwieser wurde jäh blaß. Gewiß, schon manchmal hatte er im Torbräu ähnliche Andeutungen gehört und ihnen weiter keinen Wert beigelegt. Hier aber, in dieser feindlich geladenen Umgebung, empfand er die Worte anders. ›Schatz‹ und ›Herz‹ und ›so gut speziell‹ wiederholte sein Hirn blitzschnell, und auf einmal erinnerte er sich an sehr viele Auffälligkeiten zwischen Hanni und Merkl, die er bis dahin übersehen hatte. Er faßte sich schnell, griff nach seinem Hut, murmelte etwas von ›Pflicht ruft‹ und verabschiedete sich vor allem von der Frau Oberinspektor.

»Grüß Gott, die Herren!« winkte er noch einmal in die Ecke, wo Windegger, der Wirt und Stempflinger saßen, und ging auf die Türe zu. Er hatte das schreckliche Gefühl, als durchbohrten ihn hämische Blicke von hinten.

»Grüß Gott, Herr Vorstand, ferner die Ehr'!« hörte er Hartmannseders Stimme.

»Eine Empfehlung an die Frau Gemahlin, Herr Vorstand!« rief Windegger, und es klang wie Hohn.

»Ebenso, ebenso, Herr Vorstand!« ließ sich Stempflinger vernehmen.

Draußen in der frischen Luft atmete Bolwieser auf wie gerettet. Verschlossen ging er dem nahen Bahnhofsgebäude entgegen.

»Heut' hat's aber lang gedauert«, empfing ihn Hanni wie immer: »Bist du wirklich mit zum Mahl?«

»Ja«, nickte er ohne bestimmten Ton. Wortlos warf er sich in seinen Dienstrock.

»Was hast du denn, Xaverl?« fragte sie: »Du schaust ja drein wie neun Tag Regenwetter heut'!? ... Du? Dicker?«
»Ich bin nicht dick!« stieß er ungewohnt heftig heraus: »Nicht dicker und nicht dünner wie der Merkl!« Gift spien seine Augen. Hanni sah ihn bestürzt an. Das Zäpfchen ihres Halses bewegte sich, als verschlucke sie diesen plötzlichen Überfall. Dann reckte sich ihre ganze Gestalt.
»Was? *Was* sagst du?« Sie zog ihre Brauen hoch: »Wasss?!« Sicher, wie strafend stand sie da und bekam einen bösen Zug in den Nasenwinkeln: »Was redest du daher? . . . Hat man dir das beim Greinbräu eingesagt, ha?« So mächtig, so unangreifbar stellte sie sich ihm entgegen, daß Xaver Bolwieser auf einmal Furcht empfand. Er knöpfte sich hastig seinen Rock zu und sagte weit weniger aggressiv: »Ich muß jetzt zum Dienst! Bin sowieso schon zu lang aus!« Es sah aus, als wolle er schnell davon.
»Nein!« verbot sie ihm herrisch: »Nein, ich will wissen, wie ich dran bin!«
»Ja, Herrgott, ich muß doch weg! Ich hab' keine Zeit mehr!« brummte er immer noch unmutig, und wieder schrie sie: »Nein!« Da stockte er unschlüssig. Sie war blaß bis auf die Lippen. Ihre Spannung löste sich, und mit einem Male brach sie laut weinend auf einen Stuhl nieder: »So-sowas läßt du dir einsagen! So eine Niedertracht! So-so eine Gemeinheit!« Ihr Kopf fiel auf die Tischplatte: »Sowas Dreckiges!« Ihr Körper schüttelte sich. Bolwieser wußte sich nicht mehr zu helfen.
»Hanni!« hauchte er gequält: »Hanni, um Gotteswillen, Hanni, wa-was —« Er wollte sie streicheln, aber sie stieß ihn weg. Zerstoßen heulte sie: »Geh! Geh nur! Geh hin wo du

magst! Geh nur zu deinen sauberen Leuten und laß dir solche Gemeinheiten erzählen! Geh doch! Geh!«

Sie hob ihr zerflossenes Gesicht.

»Hanni? Ja, Herrgott, Hanni?« fuchtelte er mit den Armen.

»Geh! Geh, sag ich!« schrie sie unversöhnlich. »Geh! Mir hast du genug gesagt! Geh!« Er wußte immer noch nicht, was er anfangen sollte. Das raubte ihr alle Hemmung.

»Geh! Geh — doch!« plärrte sie. Noch nie hatte er sie so erlebt. Er erschrak über sie.

»Schrei doch nicht so, um Gotteswillen!« Er hatte eine fürchterliche Angst, daß die Mitbewohner des Hauses alles hören könnten. Ein Mann ist schamhafter als eine Frau. Er scheut Mitleid und Hohn, er weiß, daß solche Einblicke ins Privatleben Respekt und Ansehen untergraben. Darum floh er vor Hannis Wutausbrauch.

Als er über die Stiege hinuntertappte, mußte er sich eingestehen, daß er unterlegen war, und das wurmte ihn diesmal. Jetzt, da ihm Hanni nicht mehr so drohend gegenüberstand, wagte er eine derartige Überlegung. Er war allein und für sich. Sein unterdrückter Groll fing von neuem zu brodeln an. Ein Mensch, dessen unentwegtes Vertrauen so jäh und heftig erschüttert wird, steigert sich in ein um so tieferes Mißtrauen hinein. In der ersten Wut denkt er unerbittlich und nach allen Seiten.

Nach der zweiten Stiege, vor dem offenen Fenster, hielt er inne und japste nach Luft. Beim ersten Anprall fiel ihm von ungefähr ein, ja, da hatte Hanni gewissermaßen gewankt. Das Bollwerk ihrer Sicherheit brach zusammen. Es hätte nur eines weiteren, rücksichtslosen Verbrechens bedurft, und ›ich wär' obenauf gewesen‹, sagte er sich verbissen. Da

aber erschrak er schon wieder. Ein Grauen flackerte auf in ihm, denn was, *was* wäre denn dann gewesen, wenn er obenauf gekommen wäre?
Er schluckte. Er erwürgte diesen düsteren Gedanken. Grimmig und doch wieder dumpf froh, daß es so gekommen war, resümierte er: ›Diese Weiber! Diese verdammten Weiber! Es ist ihnen nicht beizukommen! Sie fangen einfach herzzerreißend zu flennen an — du erbarmst und genierst dich — und bist schon erlegen. Verdammt, verdammt!‹
Er ging weiter. Verstört kam er in die Diensträume. Nicht einmal die Grüße seiner Untergebenen erwiderte er.
Wie ihn dieser Mangst schon immer anschaute!
Mechanisch verrichtete er seinen Dienst. Zum erstenmal in seinem Leben erging er sich nicht mehr in jenen vagen, schnell wieder verfliegenden Betrachtungen, die ihn weiter nicht aus der Ruhe brachten. Nein, er dachte wirklich, dachte bitter und unablässig über seine Ehe, über sich, über Hanni, über ihre vielleicht mögliche Untreue und über seine Eifersucht nach. Er war aufgewühlt wie noch nie. Etwas wie einen harten Klumpen Schmerz verspürte er inwendig, und dieser Klumpen löste sich von Zeit zu Zeit auf in ein weicheres Weh, durchschwamm gleichsam wie eine nachgiebige Masse sein Inneres, stieg auf wie eine Welle vom Herzen ins Hirn, fiel wieder zurück und verhärtete sich auf der Gurgel. Er versuchte alles durchzudenken und fing ganz von vorne an.
Was war also wirklich geschehen? Beim Greinbräu hatte der Windegger hinterhältige Andeutungen gemacht! Doch nein, da ging es ja gar nicht an! Weit gefehlt! An ging es ja ganz woanders!

Der Merkl war als Pächter hergekommen und hatte sich vom ersten Tag an an Hanni herangeschlängelt.
Und sie? Sie hatte die ›Schulkameradschaft‹ benutzt, um unauffällig zum ›Du‹ zu kommen — und dann ging es weiter.
Das war der Anfang! Bolwieser verbiß sich in diese Schlußfolgerung. Er ritt darauf herum wie ein eingefleischter, bockbeiniger Bürokrat. Er sah den Merkl vor sich, diesen glanzhaarigen, dunklen, vulgär schönen, großen, starken, immer heiteren Kerl.
›Stier!‹ murmelte der Bahnhofsvorstand: ›Ein richtiger, schlauer Stier.‹ Er hob rasch den Kopf. Er glaubte sich belauscht. Er horchte.
Alle winzigen Kleinigkeiten fielen ihm ein und wurden bedeutungsvoll. Daß Hanni Ballkönigin wurde dazumal, das hatte auch nur Merkl listig arrangiert, damit sie ständig miteinander tanzen konnten. Und — schau, schau, wie einfältig und dumm er gewesen war! — einige Tage später der plötzliche Umschwung Hannis in bezug auf das Wirtshausgehen!
Wie das jetzt alles klar wurde.
Ein Zug pfiff schrill und donnerte daher. Bolwieser ging hinaus auf den Perron. Eine Entschlossenheit war in ihm. Exakt hob er seinen Befehlsstab zum Zeichen der Abfahrt.
»Sowas gibt's ganz einfach nicht! Wenn die Perrontür einmal zu ist, bleibt sie zu, basta!« pfiff er den Aspiranten Scherber an, weil dieser den Oberförster Windegger knapp vor Anbrausen des Zuges noch durchgelassen hatte: »Das ist eine unverantwortliche Nachlässigkeit! Ich verbitt' mir das, verstanden! Wenn was passiert, hab' ich's auszubaden!«
Verdattert stand der Aspirant stramm. Nach diesem Ge-

schimpfe war es dem Stationsvorstand irgendwie leichter. Er ging energisch in sein Dienstzimmer zurück.

›Ach, dummes Zeug, dummes!‹ brummte er mannhaft, als sich die bohrenden Gedanken wieder meldeten, setzte sich an den Schreibtisch und registrierte für Scherber eine schlechte Note. Er war wieder ganz Beamter, ganz Vorstand.

Im übrigen, kam ihm in den Sinn, Hanni hat mir noch nie zu Klagen Anlaß gegeben, und überhaupt: Böse Mäuler erfinden schnell etwas.

Er reckte sich vom Stuhl auf und biß auf die Zähne.

Wegen einer momentanen Laune, einer Verliebtheit, Ruf und Existenz aufs Spiel zu setzen — so dumm konnte Hanni doch nicht sein! fiel wie ein Steinwurf in sein Hirn. Alle völlig ausgekosteten Ehenächte wirbelten in ihm auf. Er dachte an seine und ihre körperliche Unersättlichkeit. Seine Zweifel zerfielen, seine Bitterkeit erlahmte. Er schüttelte den Kopf.

»Nein!« stieß er plötzlich laut aus sich heraus und erzitterte, weil er sich verraten wähnte. Draußen im Büro hoben Scherber und Mangst die Köpfe.

Bolwieser tauchte unerwartet im Türrahmen auf und belferte von neuem: »Nein, meine Herren! Also ich muß nochmal darauf zurückkommen! Wenn die Perrontüre einmal geschlossen ist, dann bleibt sie zu, kann kommen wer mag! Sie wird nicht mehr aufgemacht! Auf keinen Fall, verstanden! So eine Schlamperei dulde ich einfach nicht, merken Sie sich das!«

Verblüfft glotzten ihn die zwei Männer an. Blaß war er und bebte.

Schon verschwand er wieder.
»Hm, den muß doch direkt heut' was Giftiges gestochen haben«, brümmelte Mangst. Hinter seiner Tür stand der Bahnhofsvorstand und hörte das Murmeln. Sein Herz trommelte...

X.

Jede Klärung braucht ihre Weile. Wenn man nach erlebter Erschütterung allein gelassen wird und fern vom greifbaren Anlaß dazu alles langsam und behutsam zu Ende denken kann, dann kommt schließlich nach vielen schmerzlichen Verwirrungen doch die erleichternde Klarheit über einen. Stößt man hingegen auf halbem Wege wieder mit diesem Anlaß zusammen, dann ist die ganze Mühe umsonst gewesen. Alles fängt wieder von vorne an, und das Furchtbare wird noch furchtbarer. Es verhärtet sich und will nicht mehr weichen.

Als Bolwieser die Korridortüre seiner Wohnung hinter sich zuzog, wurde ihm schon wieder schwer und bitter zumute. In der Küche traf er Hanni mit hartem Gesicht und verweinten Augen. Sie nahm wortlos die gerösteten Kartoffeln vom Herd und stellte sie neben die Koteletten auf den Tisch. Er wollte ihren Blick auffangen, wollte reden. Sie wich aus und gab nicht an. Er näherte sich ihr. Sie nahm den Stuhl vom Tisch weg und setzte sich bockig ans Fenster. Sie aß nicht, und er auch nicht.

Ärgerlich war dieses Feindsein. Bolwieser war wieder völlig unsicher. Einesteils unterdrückte er seinen Groll, andernteils störte ihn diese Ungemütlichkeit empfindlich. Er sah im Raum herum. Den Herd, jeden Tiegel, den Küchenschrank, die blinkenden Tassen, die Pfannen, das Vogelbauer und den sauber gedeckten Tisch betrachtete er trübselig. Das gemächliche Ticken der Uhr drang in sein Ohr. Die Wärme machte heimelig — und da saß man nun, als habe man sich nie gekannt. Wie zwei Feinde.

Unfreiwillig zusammengesperrt.
Weh und bang wurde Bolwieser.
»Iß doch was«, fand er endlich als erster das Wort.
Sie schwieg.
»Wird ja alles kalt«, meinte er wiederum.
Sie rührte sich nicht.
»Hanni?« wurde er ungeduldiger: »So sei doch nicht so!«
Er wartete eine Weile. ›Nein‹, gab ihm ein scheuer Trotz ein, ›ich hab' bis jetzt immer nachgegeben, jetzt soll sie auch einmal dergleichen tun.‹ Er blickte zu ihr hinüber, stand auf und ging ein paarmal auf und ab. Die Luft zwischen den beiden wurde geladener.
»Geh! Zum Teufel!... Hanni! Wir sind doch keine bockigen Kinder!« blieb er vor ihr stehen und setzte um einen Ton nachgiebiger hinzu: »Mein Gott! Das hinterhältige Getratsch beim Greinbräu hat mich einfach geärgert...«
Es war vergebens. Hanni blieb, wie sie war.
»Hm — hmhmhm«, schüttelte er den Kopf.
»Geh! *Du?*« faßte er sich: »*Du* mit dem Merkl was haben! Ha!... Daß ich sowas ernstlich glaub', das — das ist doch Unsinn! Das glaubst du ja selber nicht!« Er wurde eifriger: »Aber stelle dir doch vor! Wenn so ehrenrührige Sachen über dich herumgeredet werden! Wenn man mir's fast schon ins Gesicht sagt!... Versteh mich doch! Begreifst es denn nicht? Hanni?«
Er langte nach ihr. Sie stieß ihn unsanft weg. Das trieb wieder eine Welle Zorn in seine Schläfen. Doch er beherrschte sich.
›Jetzt muß es einfach ein End' haben mit diesem Streiten! Augenblicklich!‹ nahm er sich entschlossen vor. Ein ande-

rer Gedanke kam ihm unverhofft, blähte sich und wurde schon in der nächsten Sekunde unheimlich. Er wollte ihn nicht laut werden lassen, aber schon sagte er, über jedes Wort immer mehr erschreckend: »*Ich* hab' doch zum Beispiel auch gleich ja gesagt, wie du dem Merkl unser Bankgeld geliehen hast.« Diese vergessene Tatsache blitzte in grellstem Licht auf, und nun erwachte sein Mißtrauen wieder. Er versuchte es niederzuringen, wollte von etwas anderem reden und sagte doch: »Wenn ich irgendeinen Verdacht gehabt hätte, wenn ich wirklich eifersüchtig gewesen wäre, dann — dann hätt' ich doch nie ja gesagt, nie!«
»Nie hätt' ich das zugelassen! Nie!« belog er sich noch mehr: »Nie!« Jetzt erst merkte er, wie er überlistet worden war.
»Hanni? Hanni!« wimmerte er: »Ich hab' doch nie Mißtrauen gegen dich gehabt! Noch gar nie, Hanni?!« Einen dumpfen Druck verspürte er im Kopf. Er redete sich mit größter Anstrengung in eine bitthafte Weichheit hinein: »Nie, nie, Hanni! Gar nie! Wenn ich sowas von dir gedacht hätt', wär der Merkl nie zu unserm Geld gekommen, niemals!«
Er stotterte. Er sah nicht, daß Hanni sich umgewandt hatte, bis ihre kalte Antwort in sein wirres Reden klang: »War's vielleicht *dein* Geld, oder war's das von mir?«
Er starrte sie entgeistert an. Haß und Verachtung lagen in ihren Augen. Er konnte buchstäblich die Lippen nicht mehr bewegen. Der Atem blieb ihm weg.
»Dei—ein Geld, dei—dein's?« stammelte er vernichtet. Er schien nicht mehr bei Verstand.
»Ja, ja! Mein's!« hämmerte sie rücksichtslos auf ihn ein: »Kein Pfennig von dir ist dabei — oder?« Sie stand auf, und er wich sogar einen Zentimeter zurück.

»Ich geh' jetzt ins Bett! Was du machst, ist mir gleichgültig!« sagte sie scharf, und schon war sie draußen. Er hörte, wie sie die Schlafzimmertür zuwarf. ›Womöglich riegelt sie ab‹, sickerte lahm durch ihn. Aber er vernahm nichts Ähnliches. Da atmete er wieder.

»I—i—ihr Geld?... I—i—ihr Geld?..« murmelte er: »I—ihr Geld?« Er sackte auf einen Stuhl nieder.

Ganz still war es. Nur die Uhr tickte gleich und gleich.

»A—also — also doch! Doch!... I—ihr Geld«, formte sich lauernd und böse auf seiner Zunge und fiel wieder in die Gurgel zurück. Er konnte nichts weiter denken. Eine trostlose Verlassenheit breitete sich vor ihm aus. Aus einem Nebel tauchten Gestalten auf: die rote Magd aus dem Gerichtssaal — der sterbende Lederer — und dazwischen klang Treubergers spöttisches Lachen...

Währenddessen entkleidete sich Hanni im Schlafzimmer.

»In Gottes Namen, er kann sich doch gewiß nicht beklagen über mich«, rechtfertigte sie sich störrisch: »Ich mache keine großen Ansprüche. Ich erspare ihm das Dienstmädchen... Ganz andere Männer hätte ich heiraten können mit meinem Vermögen.« Ihre zusammengezogenen Brauen verebbten.

»Ich ziehe mich an, wie er's wünscht«, verdroß sie sich. Wie von ungefähr hob sie das Gesicht ganz nah an den Spiegel und prüfte ihre geröteten Augen. »Er war der erste und einzige. Schön«, gestand sie sich, »aber was hab' ich denn viel von ihm? Tagaus, tagein der gleiche Dienst, die paar Urlaubswochen und nur nachts sind wir richtig beisammen.« Sie fuhr mit dem Finger über die paar Krähenfüße in

den Augenwinkeln und versuchte sie zu glätten. Ihr Leben rollte vor ihr ab. Ein Tag wie der andere. Sie seufzte.
»Andere leben, *leben!*« fing ihr Herz zu pochen an. Sie nahm das Taschentuch, preßte es auf ihre offenen Lippen und blies in einem fort den warmen Atem darauf. »*Leben!* Und ich...?« atmete sie bitter. Sie betupfte endlich ihre verweinten Augen mit dem heißen Taschentuch. Immerzu, bis die Spuren des Weinens mehr und mehr wichen. Ihr Blick glitt über ihre entblößte Gestalt im Spiegel. Bedachtsam maß sie jedes Äderchen auf ihrem pfirsichroten Gesicht. Abwärts über die runden, weißen Schultern, über die Brüste rann dieser Blick und blieb auf den Rundungen ihrer leicht ausladenden Hüften stehen.
Ruhiger atmete sie. Sie nahm den Zerstäuber, besprenkelte sich mit Kölnischem Wasser und stülpte das Nachthemd über.
Erst als sie im Bett lag, bemerkte sie — das Licht brannte noch. Sonderbar, sie erstaunte kurz darüber. Doch sie stand nicht wieder auf. Sie blieb einfach in der Helligkeit liegen. Sie lauschte gespannt und griff, als wolle sie sich gegen einen Gefühlsüberfall wehren, hastig nach dem kleinen Standspiegel auf ihrem Nachttisch. Ihre Hand zitterte ein wenig, als sie das Ding vor ihr Gesicht schob. Da — sie zuckte zusammen wie ein erschrockenes Kind, das bei etwas Verbotenem entdeckt wird. Der Spiegel fiel ihr aus der Hand, glitt über die bauschige Bettdecke und klapperte auf den Boden — da nämlich kam Xaver schüchtern zur Türe herein. Und, sieh' einmal, was doch so winzige Zufälligkeiten oft für eine Wirkung haben können! Sie sah wie gebannt in sein trauriges Gesicht, dann wurde sie flughaft rot. Er lief hin, hob das

Spiegelchen auf, reichte es ihr, und als sie ablehnte, sagte er bittend: »Ha—ab'ich dich erschreckt?... Entschuldige...« Sie fühlte die verzeihende Wehmut seiner Blicke, und langsam wurde ihre Miene wehrlos.

»Ha—hanni! Armes Hannerl, entschuldige!« goß er mitleidsvoll über sie. Ihre Lippen erbebten. Sein Atem fächelte über ihr Gesicht. Friede und Geborgenheit trug er über sie. Xaver fing an, sie sanft zu streicheln. Sie schlang plötzlich stumm ihre Arme um seinen Nacken und zog ihn nieder zu sich.

Nach einer guten Weile erst richtete er sich auf.

»Mach das Licht aus... Ich bin so häßlich verweint heut'«, sagte sie. Er warf in aller Eile die Kleider von sich, machte dunkel und kroch in ihr Bett. Ein wildes, gänzliches Vergessen überwältigte ihn.

»*Mir!* Nur *mir* gehörst du! Du!« keuchte er und umklammerte ihren heißen Leib. So fest preßte er ihn zusammen, daß sie atemlos ächzte.

»*Mir! Mir!!*« quoll noch finsterer aus ihm und krachend biß er die Zähne aufeinander.

Sie erschauerte.

»Mir! Mir!« brüllte er schon fast: »Du—hu! Mir *allein!*«

»J—jjja—hja! Ja—ja, Xaverl! J—ja—jaja! Ja!« stöhnte sie schreckhaft...

In der Frühe lagen sie in ruhiger Erschöpfung nebeneinander, er den Arm um ihren Leib, sie den ihren um seinen Nacken gekrümmt.

»Und da sollt' ich noch auf andere spekulieren«, sagte sie und sah nachdenklich ins Hohe. Regungslos war ihr Gesicht. Er sah sie an und schwieg, eine aufgelockerte Mattigkeit im

ganzen Körper. Stumpf war sein Hirn. Eine große Leere glomm in seinen Augen.
Endlich rührte sich Hanni. Endlich atmeten sie gleicherzeit.
»Du! Ach du Dummerl!« wandte sie sich scherzend an ihn.
Er lächelte verschwommen und erwachte nach und nach.
»Na, bist du jetzt zufrieden?« fragte sie mit leichter Keckheit.
Er nickte. Dann stemmte er beide Arme, sog mit vollen Lungen den Atem ein und meinte: »Hja, das kann ich dir sagen, ich glaub', ich würde verrückt werden, wenn —« Sie ließ ihn nicht ausreden. Mit einem Ruck richtete sie sich über ihn auf und zwickte schäkernd mit Daumen und Zeigefinger seine Nasenspitze zusammen: »O was seid ihr doch für Kindsköpfe, ihr Männer!... Ich sag' ja! Ich sag' ja!« Sieghaft lachend riß sie seine Nase hin und her: »Du! Uahch, du Wildfang, du!... Das war wieder sowas für dich, die heutige Nacht! Uahch! Du — du Hengst, du!«
Er graunzte wie ein satter Kater in der Sonne.

XI.

Es war auffallend. Es war wie abgeschnitten. Der Merkl wunderte sich. Nicht mehr wie sonst kam die Frau Bahnhofsvorstand in seinen Laden, um das tägliche Fleisch zu holen. Auch Bolwieser erschien diesmal nicht beim Donnerstagtarock. Eine ganze Woche verlief. Die alte Frau Käser, die seit Jahren bei der Frau Vorstand die Böden putzte, oder der Bub vom Krämer Sailer kamen in den Metzgerladen vom Torbräu und zeigten jedesmal einen Zettel her mit Hannis Schriftzügen.

›Ein Pfund Ochsenfleisch von der Rose ohne Bein, Suppenbeine und Ausschnitt‹, stand darauf, oder: ›Zwei Pfund Schweinsbraten, nicht fett, ausgelöst.‹

»Für wen?... Für die Frau Bahnhofsvorstand?« fragte der Wirt und musterte den Zettel: »Soso, ist sie krank, die Frau Vorstand, oder fehlt ihrem Mann was?« Kein Gruß und keine Unterschrift war auf dem Zettel.

»Nein — nein, die Frau Vorstand hat bloß keine Zeit nicht... Stöbern tun wir«, erzählte die Käserin.

»Soso, stöbern«, murmelte Merkl unverdächtig und schnitt das beste Stück Fleisch herunter: »Ja no, nachher ist's ja gut... Ich lass' schön grüßen, sagen S'...«

Nach einigen Tagen fragte der Wirt den Sailerbuben, ob denn die Frau Vorstand noch immer stöbere.

»Nein, warum?« schaute ihn der Bub dummfrech an. Merkl furchte ärgerlich die Stirn: »Darum!« Wütend drehte er sich um und musterte den Zettel noch einmal. ›Besten Gruß H. Bolwieser‹ bemerkte er und bekam im Nu eine freundlichere Miene. Er wog das Fleisch und warf es in den Korb.

»Gibt dir die Frau Vorstand fürs Holen was?« erkundigte er sich.
»Ja, jed'smal ein Zehnerl«, berichtete der Bub.
»Soso«, hellten sich Merkls Augen auf: »Da hast von mir auch was!« Er gab ihm eine verhutzelte Wurst: »Vergiß es nicht, sagst einen recht schönen Gruß zur Frau Vorstand... Verstehst?... Aber nicht vergessen!«
»Nein«, erwiderte der Bub scheinheilig und wiederholte mit gespielter Bravheit: »Nein, Herr Merkl... Einen recht schönen Gruß von Herrn Merkl soll ich ausrichten bei der Frau Vorstand.« Seine Beflissenheit gefiel dem Wirt. Er spähte flugs durch die großen Auslagenfenster des Ladens, beugte sich über die marmorbelegte Ladenbudel und sagte gedämpfter: »Und sagst zur Frau Vorstand, ich lass' fragen, warum sie gar nimmer kommt... Der Merkl, sagst, hätt' was zu reden mit ihr... Kannst's dir merken?« Kinder so zwischen acht und zwölf Jahren sind außergewöhnlich hellhörig und fühlen sofort, wenn man sie notgedrungen ins Vertrauen zieht. Gleich richten sie sich danach.
»Ja—jawohl, Herr Merkl... Ich kann mir's schon merken«, nickte der Bub, als stehe er vor seinem Lehrer und sagte den Auftrag wiederum her.
»So brav, brav!... Da hast noch eine«, belobigte ihn der Merkl und gab ihm noch eine Wurst: »Aber keinem was sagen, gell... Und nicht vergessen, gell!«
»Nein, gleich sag' ich's!... Dank schön, Herr Merkl, schönen Dank«, verabschiedete sich der Bub und lief hochwichtig aus dem Laden und über den Platz. Merkl war zufrieden. Nach einer Weile aber reute ihn die ganze Geschichte.
›Hm‹, zuckte er verächtlich die Achseln: ›Hm, ach was!

Ach was!‹ Es sah aus, als schüttle er einen unangenehmen Gedanken von sich ab. Er umspannte mechanisch den Griff seines besudelten Metzgermessers und hieb mit aller Wucht auf die Marmorplatte. Die Klinge surrte metallisch. Er stieß einen dumpfen Fluch heraus. —

Bei den Bolwiesers hatte sich die Stimmung seit dem Streit verändert. Der Bahnhofsvorstand hatte die üble Anspielung Windeggers beim Greinbräu und alle Folgen schnell überwunden. Er verlor kein Wort mehr darüber. Hanni jedoch konnte diesen peinlichen Zwischenfall nicht vergessen. Sie gab sich Mühe, aber vergebens. Sie redete nichts mehr über den Merkl, und wenn dessen Name wirklich einmal fiel, ging sie rasch darüber hinweg. Sie verließ ihre Wohnung kaum mehr und wich allen Leuten aus. Sie versuchte sich durch Arbeit abzulenken. In alleinigen Minuten fing immer wieder der Ärger in ihr zu bohren an.

Das Gerede hatte sie scheu gemacht. Angst auf die Straße zu gehen hatte sie, Angst, den Merkl überhaupt noch einmal zu treffen, und Angst endlich vor Xaver, der nun Abend für Abend daheimblieb.

Nachdem das Stöbern vorüber war, wusch sie mit der Käserin die ganze Wäsche heraus, dann nähte sie neue Vorhänge für alle Fenster, und eines Tages stellte sie sämtliche Möbel um. Damit überraschte sie Xaver, und der freute sich sehr darüber. Man beriet nun oft stundenlang, wie dieses oder jenes Möbelstück noch vorteilhafter zu stellen wäre. Dieser unverfängliche Gesprächsstoff war Hanni erwünscht. Sie steigerte sich dabei in einen etwas fahrigen Hausfraueneifer hinein, und ihre Findigkeit ging Xaver manchmal auf die Nerven. Indessen, all diese Auf-

merksamkeiten geschahen ja doch nur seinetwegen, und das mag jeder Ehemann gern.
Schließlich aber fanden sich keine rechten Beschäftigungen mehr. Ewig konnte diese Zurückgezogenheit nicht weitergehen. Auch das mußte den Leuten auffallen. Hanni wurde jeden Tag nervöser. Eine unerträgliche Gefangenschaft lastete auf ihr. In ihre Niedergeschlagenheit strömte fort und fort ein heißes, unruhiges Verlangen, eine ohnmächtige Begierde.
Als darum der Sailerbub mit der Botschaft kam, blieb ihr nach den ersten Worten fast das Herz stehen. Zitternd zog sie die Türe zu und schob den Buben in die Küche.
»So, also, was hat er gesagt, der Herr Merkl?« fragte sie fliegend und sog jedes Wort, das sie zu hören bekam, in sich hinein. Sie merkte gar nicht, wie neugierig der Bub sie musterte.
»Soso! Jaja! Sagst«, stotterte sie verwirrt und gewann erst nach Sekunden die Beherrschung wieder: »Ja, sagst, es ist schon recht... Oder wart'... Nein — nein, ich hab' jetzt keine Zeit... Komm nur morgen wieder, gell! Und hol mir das Fleisch wieder, gell... Da...« Sie drückte dem kleinen Botschafter ein Zehnerl in die bereite Hand.
»Vergelt's Gott, Frau Vorstand«, dankte der Bub mit einem leichten Knicks: »Ja, ich komm' morgen dann wieder... Grüß Gott, Frau Vorstand.« Mit dem unschuldigsten Gesicht verabschiedete er sich.
Jetzt brach die zurückgedämmte Verwirrung völlig auf Hanni herein. Ihr Atem überstürzte sich. Ein Kribbeln und Krabbeln empfand sie auf der Haut. Sie mußte sich hinsetzen, so aufgeregt war sie.

Hundert Dinge fielen ihr zugleich ein. Viele Male machte sie einen Anlauf zu einem Entschluß und wurde immer ratloser. Sie fäustete die Hand und biß auf ihre Fingerkanten. Sie rieb die Zähne daran. Speichel trat in ihre haltlosen Mundwinkel. Von den Knien herauf kroch eine Schwäche in ihre Körpermitte. Der schnürende Hüftgürtel um ihren Leib beengte sie und schien zu platzen. Ihre fülligen Schenkel brachen auseinander und preßten sich an die hemmenden Wände des Rockes.

Ein Sturm riß ihre Empfindungen hin und her. Sie gab allen Widerstand auf. Sie saß einfach da und sah schwermütig in die helle Luft der Wohnküche.

An Xaver dachte sie. Ja! Ja, sie liebte ihn! Ja, ja! Aber warum, warum war er ihr denn gerade jetzt lästig?

Mit kindlicher Zärtlichkeit überlegte sie, wie denn das wäre, wenn sie ihm offen sagen würde: »Schau, du verlierst ja gar nichts von mir, wenn ich mit dem Merkl was mache. Ich gehe nie von dir weg. Im Gegenteil, durch diese Abwechslung reizt du mich wieder weit mehr, Xaverl! Nimm's doch nicht so ernst! Sieh's doch ein, ich kann, *kann* doch nicht anders jetzt! Es geht sicher vorüber.«

Sie nahm sich das ernstlich vor. Es schien ihr wie eine Rechtfertigung ihrer marternden Begierden. Sie fand auch eine solche Aussprache wenig schwer.

Die Wanduhr ratterte elf Schläge herunter. Erschreckt trillerte der Kanarienvogel. Hastig machte sie sich ans Kochen. Ohne Einhalt hantierte sie, aber sie war nicht bei der Sache. Ab und zu erstarben ihre Bewegungen.

Mittendrinnen rannte sie ins Schlafzimmer hinüber, warf kurzerhand die Schürze weg, knöpfte ihr Kleid auf und holte die Seidenbluse und ihr Kostüm aus dem Schrank. Auf einmal hielt sie seufzend inne und besann sich eines anderen. Wie gerädert kam sie in die Küche zurück. Sie setzte sich hin, nahm Papier und Bleistift und schrieb traurig auf einen kleinen Bogen: »Liebster Franz! Es ist alles aus. Die Leute reden über uns und wissen schon alles. Der Xaver hat es vom Greinbräu heimgebracht. Ich kann nicht mehr zu dir. Es ist aus —« Es klingelte. Der Bleistift fiel ihr aus der Hand. Blitzschnell ballte sie den Bogen zusammen und warf ihn ins Feuer. Totenbleich kam sie an die Türe. Ein Bettler stand da. Sie fuhr ihn derart sackgrob an, daß der verdatterte Mensch hastig kehrtmachte.

»Hast du Kopfweh, Kindl?« erkundigte sich Xaver beim Mittagessen: »Du bist ja so blaß?«
»Ja, ich weiß nicht, mir ist gar nicht gut heut'«, erwiderte sie.
»Leg dich doch hin... Vielleicht hast du dich mit deinem ewigen Arbeiten überanstrengt... Hätt's doch nicht gebraucht«, riet er ihr.
»Ach«, meinte sie lustlos: »Ich hock' zuviel im Zimmer.«
»Geh doch ein bißl mehr spazieren«, bat er sie: »Geh heut' nachmittag weg.«
»Ja, wenn ich dazukomm', schon!« Er machte ihr gutmütige Vorwürfe: »Geh! Du kannst doch! Hast doch Zeit! Du brauchst dich doch nicht so abzurackern! Ich mag das überhaupt nicht gern... Soll doch die Frau Käser öfter kommen...« Er griff wacker zu. Ausgezeichnet schmeckte ihm das Essen.
»Die Käserin?« erwiderte sie und kaute ohne Appetit an

ihrem Fleisch: »Man muß ja doch überall dahinter sein... Ich muß heut' nachmittag sowieso zum Friseur. Meine Haare sind schauderhaft in Unordnung.«

»Jaja! Geh zum Friseur, Hannerl!« unterstützte er sie aufgeweckter: »Ja, laß dich recht schön machen... Recht schön! Und kauf' dir sowas Gutriechendes, ein Parfüm und was du magst...« Er küßte sie und aß weiter.

›Pha, was ich mag... Was *er* mag!‹ dachte sie mürrisch.

»Also sowas Großartiges heut' wieder! Also so ein Gulasch, Hannerl! Einfach eins a! Herrgott, da soll ich nicht dick werden! Rein zu Tod essen könnt' ich mich!« lobte er ihre Kochkunst und gabelte munter weiter: »Sowas Pikfeines, m—mhm—m!« Mit Leib und Seele war er dabei. Er konnte eben immer nur *eins* ganz tun, und jetzt war das Essen an der Reihe.

Ein Groll stieg in Hanni auf. ›Ich bin für ihn auch nichts anderes als dieses Essen‹, fiel ihr ein. Er schmatzte und schlang in sich hinein. Sie sah ihn an. Schweißperlen standen ihm auf Stirn und Nase.

»A—aah! Das hilft dem Vater auf die Mutter!« hielt er inne und wischte sich mit der Serviette seinen soßebesudelten Mund ab. Er nahm einen starken Schluck Bier und graunzte abermals behaglich.

»Ist dir immer noch nicht gut?« erkundigte er sich zwar besorgt, aber doch ziemlich nebenher: »Du ißt ja gar nichts.«

»Ach, kümmere dich doch nicht! Ich kann halt heut' nicht!« wehrte sie ab und setzte mit unmerklicher Bitterkeit dazu: »Wenn's dir nur schmeckt!« Er fühlte den Vorwurf nicht.

»Schade! Schad', Hannerl, heut' ist's doch wieder so gut!« bedauerte er.

Wieder sah sie ihn kurz an, und wieder stieß Wut an ihren Herzrand. Sie legte die Gabel hin und ging an die Wasserleitung, ließ den kalten Strahl über ihre Hand rinnen und preßte sie auf ihre Stirn.

»Ist's denn so arg?« fragte er bekümmert: »Soll ich vielleicht den Doktor anrufen, daß er herschaut?«

»Ach wo! Unsinn«, gab sie zurück, ohne sich umzudrehen.

Er schob die volle Gabel in den Mund, kaute und schluckte.

»Ah! Ah, aha!« schien ihm ein Licht aufzugehen: »Ist's schon wieder so weit?« Er lugte flugs nach ihr: »Den wievielten haben wir denn heut'?« Diese Plumpheit machte sie ganz wütend.

Heftig keifte sie ihn an: »Gar nicht so weit ist's!«

»Noch gute acht Tage hab' ich bis dahin!... Wenn *du* nur einen Grund hast! *Deinen* Grund! Jawohl! *Dein* Essen! *Deine* Ruhe und nachts *deine* Frau im Bett!« Das letzte klang beinahe ordinär.

Er ließ vor Verblüffung die Gabel fallen. Er wollte etwas sagen, doch sie ließ ihn nicht zu Worte kommen.

»Alles für *Dich!* Nur für dich! Dich! Dich!« belferte sie weiter.

Er war aufgestanden.

»A—aber Hanni! Hannerl?... Was ist's denn? Was hab' ich denn wieder falsch gemacht?« stotterte er unschlüssig. Ihr verächtlicher Blick traf ihn.

»Falsch gemacht! Das ist auch so deine Manier! Dich zu stellen wie ein Schulbub'!« wies sie ihn zurecht, und als er Anstalten machte, auf sie zuzugehen, sagte sie etwas milder, aber trocken: »Bleib nur sitzen!... Iß weiter, iß nur!«

»Ja, mein Gott! Hanni, ich möcht' doch bloß immer alles

recht machen«, beteuerte er ungeschickt: »Mir ist doch nichts zuwiderer als Streiten.«
Sie ging an den Herd und warf hin: »Ich kann doch aber auch nichts dafür, daß mir nicht gut ist... Iß!«
Er setzte sich gehorsam, wackelte ein paarmal mit dem Kopf und aß schweigend zu Ende.

XII.

An diesem Nachmittag zeigte sich die Frau Bahnhofsvorstand nach geschlagenen vierzehn Tagen wieder auf den Straßen Werburgs. Das fiel nur wenigen auf, aber diesen wenigen um so mehr.

Sie war lecker aufgemacht wie immer, und sie ging zum Friseur Schafftaler. Der war ein junger Witwer und hatte erst im Laufe des diesjährigen Sommers sein Geschäft hier eröffnet. Sein ›Etablissement‹ — wie er's nannte — war auf neueste Art eingerichtet. Hauptsächlich für Damen, äußerst mondän und großstädtisch in jeder Hinsicht. Und er hatte sich nicht verrechnet. Die Werburger Weiblichkeit frequentierte sein Geschäft aufs beste.

Der Reiz des Neuen und die Sucht, nur ja nicht hinter der Mode und Zeit zurückzubleiben, züchten in solchen Provinzstädten die Kunden.

Außerdem war Schafftaler ein sehr schöner Mann mit einnehmenden Umgangsformen und von bezwingender Liebenswürdigkeit. Er sah, was ja schließlich zu einem solchen Beruf gehört, stets gepflegt aus, war elegant, ohne dabei gigerlhaft zu wirken.

Auf dem Wege dorthin mußte Hanni am Torbräu vorüber. Sie mochte gehen, wie sie wollte, es ließ sich nicht anders machen. Sie überlegte auch nicht weiter. Eine ausgeglichene Entschlossenheit war in ihr. Aufrecht ging sie dahin, unangefochten und mit sicherer Miene. Tapfer sah sie jedem Menschen ins Gesicht oder grüßte freundlich, wenn ein Bekannter ihr begegnete. Auf dem Platz vor dem Torbräu verspürte sie freilich eine leichte Bangnis, indessen sie war auf alles gefaßt. Sie wandte den Kopf nicht nach rechts und nicht nach links, ein wenig verschnellerten sich ihre Schritte, und als sie vorüber war, atmete sie wieder fester. Der Friseur Schafftaler machte einen Kratzfuß um den anderen.

»Jawohl, Frau Vorstand! Ja, Frau Vorstand!« scharwenzelte er um sie herum: »Wie Sie meinen, Frau Vorstand... Ist's so angenehm, gnädige Frau?... Ja? Bitte.«

Und während er Hannis üppiges, langes Haar einseifte, bewunderte er unverhohlen diese unverbrauchte Fülle. Während er immer wieder etwas warmes Wasser über den gebeugten Kopf rinnen ließ und mit seinen behenden, versteiften Fingern die Kopfhaut massierte, glitten seine weichen, schaumglitschigen Hände manchmal wie unversehens vom Genick über die beiden Halsseiten und ab und zu vor bis an den Rand der Brust, die sich durch den herabgerutschten Frisiermantel etwas entblößt hatte. Er sagte nichts dabei, und auch Hanni hielt sich völlig ruhig. Einmal rann ein ziemlich großer Seifenflocken in die nackte Brustgrube, und er strich ihn hastig aufwärts.

»O Verzeihung! Verzeihung, Frau Vorstand!« sagte er dabei schnell und tat, als sei es nur ein Versehen.

»O macht nichts«, verzieh Hanni.

»Bei so einem schönen Haar wär's wirklich schad', wenn man einen Bubikopf draus machen würde«, ging er darüber hinweg.

»Ja, wissen S', mich würd's ja selber reuen, mein Haar, aber die Arbeit mit dem Frisieren jedesmal, das ist weniger schön«, sagte sie: »Ich mag ja eigentlich die Bubiköpfe nicht, aber bequem sind sie schon.«

»Und es kommt natürlich auch drauf an, wem sowas steht«, unterhielt er sie weiter.
»Ja, das eben auch«, meinte sie und hielt den Kopf nach einem sanften, dirigierenden Druck Schafftalers mehr über das Porzellanbecken: »Und mein Mann wär' ja nie damit einverstanden.«
»Ach, wissen Sie, das will ich wieder nicht sagen, Frau Vorstand«, plauderte er und hantierte lässiger: »Die Herren Gatten sind auch nur anfangs dagegen, wenn es aber einmal passiert ist, wenn die Frau Gemahlin auf einmal daherkommt mit dem Bubikopf, da sind sie doch gleich wieder Feuer und Flamme dafür... Ach, was hab' ich schon Damen dagehabt... Ich sag' Ihnen, das Herz hat ihnen gebibbert beim ersten Scherenschnitt... Nein, nein! Nein, nein, um Gottes willen, mein Mann! sagen sie, und zum Schluß, wenn sie sich im Spiegel anseh'n, richtig dauergewellt und hergerichtet, dann sind s' ganz glücklich... Und nachher sind s' zum Nachschneiden gekommen, na, und was hat er gesagt, der Gatte? Begeistert ist er, ganz weg! Eine neue Frau, sagt er, hat er... Wie gesagt, ich red' nicht zu und red' nicht ab... Bei Ihrem Haar, Frau Vorstand, da wär's wirklich schade... Aber der Herr Gemahl —« Er wand das triefende Haar aus wie einen Strumpf.
»Sie meinen, mir tät' sowas überhaupt nicht stehen?« fragte Hanni von unten herauf. Die Ohren klangen ihr. Irgendein plötzlicher Einfall beunruhigte sie aufs höchste.
»Stehen?... Hm, man müßt's versuchen«, lächelte der Friseur ohne einzuhalten: »Probieren geht über Studieren... Bubikopf und Bubikopf ist nicht eins... Das Modernste, die Greta-Garbo-Locken, ist grad bei so fülligen Haaren wie

den Ihrigen, Frau Vorstand, das Vorteilhafteste und außerdem, wenn's nicht konveniert, da ist doch noch eine Möglichkeit, die gewohnte Frisur einigermaßen herzustellen... Und in etlichen Monaten sind die Haare wieder halbwegs nachgewachsen...«

»Greta-Garbo-Locken? Wie sind denn die?« forschte Hanni gespannt.

Der Friseur erzählte ihr von der großen Filmschauspielerin, von ihrer Schönheit und Weltberühmtheit, und erklärte ihr die Frisur: »So lang bleibt das Haar, seh'n Sie, Frau Vorstand...« Er legte das gebauschte Haar auf die Nackenmitte: »Im Nacken gelockt... Das Modernste augenblicklich!«

Hanni war im heftigsten Überlegen.

»Sie, Herr Schafftaler?«

»Frau Vorstand...? Ja, bitte?«

»We — wenn wir's am Ende doch versuchten...?«

Er hielt inne.

»Wie gesagt, ich will nicht zureden«, sagte er vorsichtig. Sie besann sich und nagte an ihren Lippen.

»N—nein—nein oder doch nicht, nein—nein... Ich bin schon zu alt dazu«, warf sie schnell hin. Schafftaler lachte sie aus wegen dieser Befürchtung und fand sie jung, erstaunlich jung, natürlich.

»Wa—was? — Na, das ist ja ganz unmöglich! Siebenunddreißig sagen Sie?... Ich bin keiner, der Elogen macht, Frau Vorstand, aber — offen gesagt — Sie können sich noch neben jede Fünfundzwanzigjährige hinstellen«, sagte er gewiegt treuherzig. Hannis Ohren empfanden diese Worte wie Musik.

»Oder doch, Herr Schafftaler — doch, versuchen wir's!« rang sie sich ab, und endlich durfte sie den Kopf nach hinten hängen lassen. Schafftaler fönte das wirre Haar trocken und meinte geduldig: »Na, bis zum Trockenwerden haben wir immer noch Zeit, Frau Vorstand.«
Er hantierte langsamer, gelassener.
»Soso, Greta Garbo? Die soll so schön sein?... Ich hab' sie noch gar nie gesehen in der Zeitung«, spann Hanni das Gespräch wieder weiter.
»Tja... Das heißt — der Geschmack ist ja verschieden... Schlanke Linie, wissen Sie, Frau Vorstand, wie's eben jetzt modern ist... Aber mir — mir persönlich gefällt sowas gar nicht so... So ganz grad von oben bis unten, wissen Sie... Das wird sich auch nicht halten auf die Dauer«, war Schafftaler gleich wieder dabei: »So das ganz Übermoderne!... Ich find's zu streng, zu wenig fraulich... So gar keine richtige Form mehr.« Er sah, hinter Hanni stehend, über die Kuppe ihres Kopfes hinweg auf ihre hügelige Brust.
»Ihre Figur zum Beispiel, mit Verlaub gesagt, das wär' jetzt wieder mein Ideal«, erkühnte er sich und lachte freundlichst, als sie ihm scherzend antwortete: »Na! Nana, Herr Schafftaler, das muß man Ihnen lassen, Sie versteh'n Ihr Geschäft in jener Hinsicht.«
Zum Schluß hatte Hanni sich entschieden. Sie wollte nur noch ein wenig von diesem wohltuend freundlichen Menschen genötigt werden.
»Also, wie ist's jetzt?... Schneiden wir, Frau Vorstand?« fragte dieser, und: »Ja! Ja—woll!« nickte sie nur. Die Schere knirschte. Eine jähe furchtbare Angst befiel Hanni. Ein Schrei drang ihr bis zur Gurgel und blieb dort stecken. Ganz

trocken wurde ihr Mund, bald schneller, dann wieder stokkend langsam ging ihr Puls.
»Mein Mann! Um Gottes willen!« sagte sie beschämt und doch wieder aufgeregt glücklich.
»Hm, jetzt ist's schon geschehen«, hörte sie Schafftaler lächelnd bedauern und spornte ihn auf einmal an: »Nein—nein, machen Sie nur weiter... Ich bin ja so neugierig, wie ich ausseh'.«
Glänzend sah sie aus, als sie sich fertig frisiert im Spiegel betrachtete. Ihre Wangen wurden heftig rot. Ein verhaltener Triumph lag in ihren Augen. Sie musterte sich immer wieder. Schafftaler hielt den Handspiegel nach allen Seiten.
»Ich muß sagen, großartig, Frau Vorstand, großartig seh'n Sie aus... Wie gemacht für Sie ist die Frisur«, spielte er den Begeisterten. Er rief den Gesellen, rief die zweite Friseuse. Alle gaben genau dasselbe Urteil ab. Hanni stülpte den Hut auf den Kopf und schrie leicht auf: »A—ach Gott, der paßt jetzt auch nicht mehr. Den kann ich nicht mehr brauchen!« Geschwind riß sie ihn wieder herunter. Eilsam kämmte Schafftaler das Haar zurecht.
»Na, zur neuen Frisur einen neuen Hut, Frau Vorstand... Eins gegen zehn wett' ich, der Herr Gemahl wird begeistert sein und nichts lieber tun, als die Genehmigung zu einem neuen Hut erteilen, passen Sie auf«, lachte der Friseur lustig und geleitete sie zur Türe.
»Mein Gott, ich trau' mich ja gar nicht auf die Straße«, zögerte Hanni noch einmal und lächelte wieder so kokett schamhaft. Schafftaler drückte sich unauffällig an sie heran, er hatte richtig Feuer gefangen.
»Geh'n Sie ruhig, Frau Vorstand. Werden Sie sehen, ganz

Werburg platzt vor Neid... Aller Anfang ist schwer... Habe die Ehre, Frau Vorstand, Wiedersehen!« sagte er und öffnete die Türe. Hanni ging. Den Hut trug sie in der Hand. Die kühle, schon etwas dämmerfeuchte Luft legte sich auf ihre Wangen. Wenig Menschen begegneten ihr. Mit jedem Schritt wurde sie gefestigter. Eine große, ruhige Freude erfüllte sie nach und nach. Sie sah niemanden, sie ging dahin wie in einer duftenden Welle. Immerzu stand ein feines Lächeln in ihren Mundwinkeln.

»Tja—a — jetzt! — Hanni?« erschreckte sie der Anruf einer bekannten Stimme. Sie warf wie elektrisiert den Kopf herum und blieb gelähmt stehen. Merkl, vor der Wirtshaustüre stehend, sah sie verwundert an und kam erst nach einer Weile ins Gleichgewicht.

»Grüß Gott«, gewann auch Hanni die Fassung wieder: »Grüß Gott, Merkl.«

»Mit'm Bu—bi—kopf...?« murmelte er wie für sich.

»Tja, warum soll ich aus der Mode bleiben«, antwortete sie schnippisch und trat näher. Sie bemerkte, wie Merkl flink rundum schaute, und es gab ihr einen Stich.

»Hanni?« fragte er sie gedämpfter: »Hanni?« Und als fürchte sie, daß es jemand höre, näherte sie sich ihm rasch.

»Gar nimmer bist du gekommen —« Sie hörte das Weitere nicht mehr. Wie von einer unsichtbaren Hand gezogen, ganz ohne Macht über sich, ging sie mit dem Wirt tiefer in den Hausgang.

Sie kamen ungesehen ins Büro. Die Erregungen des Tages schlugen über ihr zusammen, und fast ohne es zu wollen, verfiel sie ihm wieder. Heim kam sie, lief ins Bad und spülte sich angeekelt den Mund aus.

»Äh! Äh, pfui Teufel! Pfui!« spie sie fort und fort. Auf ihrer Zahnbürste entdeckte sie etliche struppige Barthaare. Es würgte und schüttelte sie. Sie begriff sich selber nicht mehr...

XIII.

Leute mit einem Gewerbe, das ausschließlich dem Eitelkeitsbedürfnis dient, sind meistens Menschenkenner.
Zuerst stutzte Bolwieser über das Ungewohnte an Hannis Erscheinung. Der erregende Duft, welcher von ihr ausging, ihr blühend gepflegtes Gesicht und das kunstvoll geschnittene, zurechtgelockte Haar hatten etwas Fremdartiges für ihn.
»Tja—ja—aa! Ja, Hanni! Hannerl?« brach er aus seinem Staunen, und auf einmal erhitzte ihn dieses Neue.
»Also das ist ja wunderbar! Das steht dir ja großartig! Hm, ich mein' grad', ich hab' eine neue Frau!« konnte er sich nicht enthalten und bekam gierige Augen. Hanni lächelte über Schafftalers Prophezeiung.
»Wirklich großartig! Wunderbar!« wiederholte Xaver, und sie drehte und wendete sich stumm und siegessicher wie eine richtige Vorführdame. Er wurde immer begeisterter.
»Gefällt's dir, ja?« vergewisserte sie sich, und er bestätigte es ihr drei- und viermal.
Diese neue Frisur aber zog allerhand nach sich.
Hannis Tage verliefen abwechslungsarm. Der kleine Haushalt nahm nur wenige Stunden in Anspruch. Ihr Leben hatte viele Lücken, und sie litt seit einiger Zeit an jenem Älterwerden, in welchem Frauen den ersten, tiefen Neid auf Jüngere bekommen. Oft und oft musterte sie sich mit banger Nachdenklichkeit. Kritisch erspähte sie das kleinste Fältchen. Eine Traurigkeit befiel sie, und dann erinnerte sie sich plötzlich wieder an das zweideutige Geklatsch der Werburger. Sie fing an, alle Menschen in dieser Stadt zu has-

sen. Ihre Unbefangenheit hatten sie ihr geraubt, jeden Weg versperrt. Wenn sie auf die Straße ging, war ihr mitunter, als umzingelten sie tausend unsichtbare, grinsende Gesichter und belauerten sie auf Schritt und Tritt. Ein maßloser Zorn rumorte in ihr, und am meisten quälte sie, daß sie von alledem nichts merken lassen durfte. Tyrannisch ersann sie die verschlungensten Grausamkeiten, durch die sie ihre Widersacher unschädlich machen könnte. Doch das Eingeständnis der Unmöglichkeit alles dessen zerrte noch mehr an ihren Nerven, zerrieb sie und machte sie ruhelos.

Der Winter war aus den Ebenen hereingekrochen, und seine Schneestürme hatten sich im schachteligen Winkelwerk des Städtchens verhangen. Weihnachten rückte näher, dann kam Neujahr, und es mußte bald wieder Bälle geben. Hanni hatte gar kein Verlangen mehr danach. Welk waren selbst die schönsten Erinnerungen daran.

Am behaglichsten fand sie es allein. Ganz allein. Da saß sie an den Nachmittagen im Schlafzimmer, kämmte und kämmte ihr Haar, probierte alle möglichen Lagen aus, scheitelte die Frisur, strich sie wieder glatt oder lockerte sie auf. Einen wahren Kult trieb sie mit diesen intimen Beschäftigungen. Parfüms und Salben gewannen eine ausgesprochene Wichtigkeit für sie. Der Spiegel wurde ihr größter Freund, und natürlich kam sie öfters zu Schafftaler, der ihr in kulantester Weise über die Geheimnisse der Schönheitspflege Aufschluß erteilte. Sie hörte ihm zu wie eine gelehrige Schülerin. *Ein* Ohr war sie für seine Vertraulichkeiten. Sie bewunderte diesen geschliffenen, geschmackvollen Mann. Er kam ihr vor wie eine Oase in der muffigen Wüste Werburgs.

Jeder Mensch entdeckt sich erst nach und nach. Und dieses Entdecken kommt immer tief überraschend. Dieser Schafftaler nistete sich langsam in Hannis Gedanken ein. Er gab sich mit einer lässigen Zurückhaltung, und gerade das zog sie an. Nichts geschah zwischen ihnen, doch sie wurde immer versessener auf ihn.

Unmerklich vollzog sich an ihr eine damenhafte Verfeinerung, und das war ein neuer Reiz für Xaver. Ohne Unterlaß umschwirrte er sie mit seiner zudringlichen Lüsternheit. Schließlich — auch sie war nur aus Fleisch und Blut, ja! Sie unterlag immer wieder, doch sie wurde ungeduldiger gegen seine draufgängerischen Plumpheiten und anspruchsvoller in ihren Süchten. Dadurch gewann sie nach und nach das Übergewicht gänzlich und beherrschte ihn ohne Zutun wie eine spielende Geliebte.

Auch mit Merkl kam Hanni noch ein paarmal zusammen. Doch sie empfand keine Neigung mehr für ihn. Wie das eigentlich gekommen war, wußte sie selber nicht. Direkt mit ihm zu brechen wagte sie nicht. Er wußte zuviel von ihr, und sie begegnete ihm jedesmal wie der Verbrecher dem mitwissenden Hehler. Er spürte ihre Abkehr. Man sah ihm nichts an. Er war undurchsichtig. Aber gerade seine lächelnde Maske ängstigte sie. Weiß Gott, vielleicht machte ihr dieser Mensch noch einmal schwer zu schaffen!

Hanni mied nun die Torbräuwirtschaft, so gut es ging. Wenn Merkl sie zufällig erhaschte, unterhielt sie sich mit gleichgültiger Gewandtheit. Seine verliebten Blicke und Anspielungen quittierte sie unbeteiligt, aber immer ging sie bang weg.

»Xaverl?« fragte sie an einem Abend: »Warum gehst du

denn gar nicht mehr aus? Das wird sicher schon lang wieder beredet... Der Merkl fragt oft nach dir. Ich genier' mich fast schon, weil ich keine Ausreden mehr weiß...«
»Der Merkl fragt nach mir, der Franzl?« schaute Bolwieser verlegen auf: »Hm, ja, hm... Wenn du meinst, ich kann ja schon wieder einmal fortgehen.« Und einschmeichelnd lächelte er: »Aber es ist ja so schön bei uns, so gemütlich...!« Er wurde wieder ernst: »Ja, ich kann ja wieder einmal hingehen zum Franzl, sonst meint er womöglich, ich bin ihm feind. Aber ich kann dir sagen, mir graust, wenn sie mich dann alle fragen, warum ich mich so lang' nicht hab' sehen lassen... Dir kann ich's ja sagen — ich mag sogar den Franz nicht mehr recht seitdem... Er kann nichts dafür, ich weiß, ich weiß, aber —« Er brach ab.
Hanni bekam Stirnfalten.
»Geh! Aber Xaverl! Der Merkl hat dir doch wahrhaftig nichts getan«, zerstreute sie seine Bedenken: »Ich hab' ihm seinerzeit die Sache erzählt... Zuerst ist er aufgebraust und wollt' gleich alles anzeigen, nachher hat er bloß noch lachen müssen...«
»So? Soso, du hast mit ihm drüber geredet?« musterte Xaver sie: »Was hat er denn sonst alles gemeint?«
»Gemeint hat er, das geht alles bloß vom Greinbräu aus, weil sie ihm neidisch sind wegen dem guten Geschäft, das er macht... Konkurrenzneid ist's, weiter nichts.« Das war einleuchtend.
»Ja! Ja!« sagte Xaver entspannt: »Da hat er sicher recht... Wär' ich bloß damals nicht mit zum Leichenmahl gegangen.«
»Und wenn du ewig so daheimhockst, das sieht grad aus, als wie wenn wir uns was zu fürchten hätten«, suchte sie ihn zu

beeinflussen und wurde trotziger: »Wär' ja noch schöner!... Noch einmal, wenn wer was tratscht, zeigen wir's ganz einfach an, fertig.« Sie richtete sich herrisch auf: »Du gehst ganz einfach jetzt wieder zum Torbräu... Sollen wir uns vielleicht einsperren?« Er schaute sie lauernd von unten an. Geduckt.

»Hanni?« fragte er sonderbar.

»Ja... Und?«

»I—ist's wirklich wahr? Hast du nie was mit'm Merkl gehabt? Nie?« forschte er ängstlich. Sein Blick wurde zitternd. Eine jähe Blässe überzog ihre Wangen.

»Was? Wasss?!« zischte sie: »Was, du meinst selber sowas? *Du?*... Pfui Teufel!« Alles an ihr wurde Verachtung. Er fuchtelte unbeholfen mit den Armen, suchte den Sturm zu bannen, aber der brach schon los.

»Pfui Teufel!« hämmerte sie auf ihn ein: »Du also auch!... Du wie alle andern! Den Leuten glaubst du mehr!« Er räkelte sich hastig aus dem Kanapee, weil sie aus der Türe wollte: »A—a—ber Hanni! Hanni! In Gottesnamen, so bleib doch da!«

»Bleib, sag ich!« schrie er plötzlich drohend. Das war noch nie geschehen. Steil blieb sie stehen.

»Ich werd' doch noch mit dir reden dürfen!« dämpfte er seine Stimme und wollte auf sie zu.

»Laß mich! Bleib bloß weg!« wehrte sie scharf ab: »Was willst du denn?«

»Hanni!« faßte er nach ihrem Arm. Sie drückte ihn weg, und das versetzte ihn in Wut. Er umspannte ihr Gelenk und zwängte sich zwischen die Türe und sie.

»Laß aus! Laß los, sag ich!« schrie sie.

»Nein!« schnaubte er unnachgiebig. Sie rangen kurz.
Die Käserin in ihrer Küche unter ihnen hörte das Gepolter und hob lauschend den Kopf. Sie konnte jetzt fast jedes Wort verstehen. Das war Wasser auf ihre Mühle.
»Angreifen! Vergreifen an mir! Schuft!« stieß Hanni heraus, und weil sie gegen ihn nicht aufkam, spuckte sie ihm ins Gesicht: »Du erbärmlicher Kerl! Du—hu—du— Hund! Da—das sollst du mir büßen!« Kalkweiß wurde er und ließ los. Sie schleppte sich zum Tisch und heulte zutiefst verwundet: »So weit ist's gekommen! A—a—ach, du—hu—du ganz gemeiner Kerl!«
»Ich bin nicht gemein! Ich will reden und du machst Krach!« verteidigte er sich bebend: »Da hast mich hinaufgetrieben, bis ich nicht mehr können hab'... Du weißt genau, daß ich kein Mißtrauen gegen dich hab'... Du kannst tun und lassen, was du willst, aber ich werd' doch noch fragen dürfen!« Er näherte sich ihr abermals. Sie hob verschreckt den Kopf.
»Neulich«, begann er fliegend: »Drei Tag', nachdem ich beim Greinbräu gewesen bin, da hab' ich Nachtdienst gehabt... So gegen dreiviertel eins bin ich einmal herauf... Ich hätt' gar nicht wegdürfen, aber ich hab's einfach nicht mehr ausgehalten drunten. Ich hab' dich bloß sehen wollen, weiter nichts, bloß sehen... Es hat mir keine Ruh' gelassen, und da komm' ich ins Schlafzimmer... Du warst weg. Das Bett war noch nicht angerührt... ›Hanni!‹ schrei ich: ›Hanni!‹, aber keiner gibt an. Du warst weg... Aus dem Haus! Ich hab' warten wollen, aber ich hab' wieder 'nunter zum Dienst müssen —«
Die Stimme versagte ihm. Er wischte sich den Schweiß aus dem Gesicht. Er drohte zu zerspringen. Verzweifelt

sah er in ihre kalten, starren Augen: »Das darf ich doch noch fragen!«

Merkwürdig, was jetzt geschah! Statt unter dieser unerwarteten Anklage zusammenzubrechen, richtete sich Hanni gerade auf wie eine Säule. Alle Instinkte der Vorsicht und Verstellung wurden überwach in ihr. Sie nahm ihn scharf aufs Korn.

»So — so! Soso!« sagte sie und wog jedes Wort: »So, also nachspüren tust du mir auch noch!... Sooo—so, das auch noch!« Sie bekam einen gemeinen Zug um den Mund und setzte noch mitleidsloser dazu: »Geh doch zum Merkl! Frag' ihn doch! Frag' ihn ungeniert! Meinetwegen! Geh' doch hin und erkundige dich!«

»Wo bist du denn da gewesen?« stöhnte er.

»Wo...?« erwiderte sie ungetroffen: »Wo...? Muß ich dir vielleicht über Schritt und Tritt Rechenschaft geben?... Wahrscheinlich wird's schön Wetter gewesen sein... Ich weiß es wahrhaftig nicht mehr... Wenn die ganze Bande über einen redet, wann soll ich denn da noch an die Luft gehen?... Spazieren war ich wahrscheinlich... Hm, beim Merkl?! Hm, pha! Mir nachspionieren, t—hm, sehr nett von dir! Ausgezeichnet!«

»Du bist spazieren gewesen?« stotterte er entwaffnet, und sein Gesicht zerfiel: »Spazieren?... Wirklich spazieren...?«

Sie gab ihm keine Antwort.

»Man kann nicht schlafen vor lauter Ärger. Man geht ein bißl in die Luft, und da heißt's, zum Merkl ist man!« murmelte sie verdrossen, schüttelte den Kopf und atmete heraus:

»Das ist ja reizend!... Sauber, sauber!« Er wurde klein, immer kleiner.

»Hanni? Hanni? Ich hab's doch nicht bös gemeint«, fing er zu bitten an: »Ha—hannerl, ich tu's nie wieder, gar nie! Ich mag dich soooo gern, Hanni! Verzeih', verzeih' mir!« Flehend reckte er seine Hände: »Schau', ich hab' doch keine Ruh' mehr gehabt, seit dem Gerede beim Greinbräu!«
»Und hast nie was verlauten lassen! Hast mir ewig schön getan, bist jede Nacht noch wilder gewesen und hast fort und fort spioniert! Sowas Falsches!« zermürbte sie ihn noch mehr mit ihrer überlegten Bosheit. Vernichtet stand er da.
»Hanni, entschuldige! Sei mir doch wieder gut!... Geht's gar nicht?« bat er kindlich.
»Gut?... Hm, gut!« warf sie ihm höhnisch hin: »Zuerst reißt du mir den Kopf 'runter und dann willst du ihn mir schnell wieder aufsetzen... Nie hätt' ich es für möglich gehalten, daß es einmal so weit bei uns kommt... Nie! Nie!« Es kam ein wenig Traurigkeit in ihre Stimme: »Jaja, so geht's! Zuerst frißt man sich vor Liebe auf—und schließlich——«
»Hanni, bittschön! Bitte, red' nicht weiter!« unterbrach er sie klagend. Er weinte beinahe und küßte sie unausgesetzt wie ein eingeschüchtertes Kind. Sie ließ es stumm geschehen. Ein kalter Triumph spiegelte sich auf ihrem Gesicht.
»Wir sind doch gut verheiratet! Wi — wir haben uns doch gern, nicht? Immer gern gehabt?«
Sie blieb eisig.
»Du! Du, Hanni? Hannerl?«
Sie sah über ihn hinweg und sagte weder kalt noch warm: »Wenn du mir einen Gefallen tun willst, dann geh' jetzt fort! Geh' zum Merkl und frag' ihn, aber laß mich allein...«
»Soll ich nicht daheimbleiben? Darf ich nicht?« bat er erniedrigt.

»Nein, ich muß das erst verwinden«, beharrte sie: »Geh' lieber fort jetzt.«
»Jaja, ja, Hannerl, ja ich geh' schon!« gab er eilfertig nach: »Ja, dann geh' ich. Ich geh' schon.«
Sie bewegte sich auf die Schlafzimmertür zu. »Gute Nacht«, sagte er scheu. »Gut' Nacht«, hauchte sie leer zurück. Er sah ihr nach. Sie wandte sich nicht um. —

Hanni hörte den Türenschlag, hörte seine Schritte über die Stiege hinab verhallen und atmete schwer auf. Matt war sie. Unlust hielt sie wach. Sie bohrte ihre Augen in die schwarze Finsternis.
»Pha, der Merkl!« murmelte sie: »P—ha, der!« Wie etwas längst Überwundenes, das man nur mitleidig belächelt, klang das. Dann fing ihr Ärger wieder zu knistern an. Sie dachte an den Streit mit Xaver.
Frauen halten sich stets an das konkrete Erlebnis und vergessen darüber den eigentlichen Grund. Nicht *daß* sie stritten, war ihr schrecklich, sondern *wie* sich Xaver dabei benommen hatte. Düster tat sich die Zukunft auf.
Und mit Xaver ging es so: Kaum auf der Straße angelangt, befiel ihn eine unerklärliche Menschenfurcht. Er tappte verstohlen über den verschneiten Platz und bog in stille, dunkle Gassen ein. Bleischwer waren seine Füße, aber er hielt nicht inne. Da und dort sah er zu einem spät erleuchteten Fenster empor und verfolgte die Schatten hinter den Vorhängen.
›Die gehen jetzt ins Bett‹, fiel ihm melancholisch ein: ›Unzählige Menschen sind verheiratet wie wir. Es wird auch nicht immer so glatt laufen. Es kommt dies und das vor.

Man verträgt sich *doch* wieder... Man hat sich eben gern. Kann nicht anders, kann nicht allein sein... Man liebt sich doch!‹ Er grübelte verwirrt in diese Richtung.
Der Schnee fiel dünn. Gelb leuchteten die vereinzelten Laternen. Er stieg den verwehten Gehweg hinter dem ›Lamplgarten‹ hinan und blieb auf der schroff abfallenden Hügelwand stehen, welche hier die Stadt begrenzte. Seltsam, er war noch nie dagewesen und wunderte sich darüber. Ungewohnt und neu kam ihm alles vor.
Er sah hinunter auf den breiten, gekrümmten Fluß, der in sich versunken dahinrauschte. Er blickte auf das dunkle, schlafende Häusergemeng hinunter. Etliche Kirchtürme ragten spitz empor. Eine weiche, träumerische Stimmung fing ihn ein.
›Man *liebt* einander... *Liebt* sich!‹ wiederholten seine Gedanken.
Er spürte Nässe in seinen Schuhen. Es fror ihn. Fingerdikker Schnee lag auf seinen Schultern. Fremd und verlassen war er.
Er suchte mit den Augen weit weg das Bahnhofsgebäude und erspähte dessen Lichter.
›Alt und älter wird man‹, tropfte schmerzlich in sein Hirn. ›*Liebt* sich‹, verdeutlichte sich immer mehr in ihm. Hanni kam ihm in den Sinn. Er dachte zum erstenmal ohne jede Begehrlichkeit an sie. Ganz kameradschaftlich.
›Mein Gott‹, verzieh er ihr wehmütig, ›jeder Mensch kann einmal einen Fehler machen... Immer hat sie zu mir gehört, immer... Und ich zu ihr... Zu ihr!‹ Trauer und Mutlosigkeit verebbten langsam in ihm. Er stapfte hügelabwärts, nach Hause.

Hanni atmete gleichmäßig im Bett. Mit offenen Augen. Er machte kein Licht.
In der Frühe war sie verschlossen. Sie erkundigte sich nicht einmal, ob er beim Torbräu gewesen sei. Auch er schwieg behutsam...

XIV.

Was ist das?

Zwei Menschen — Mann und Frau — leben Jahr und Tag nebeneinander und sind sich zutiefst vertraut. *So* miteinander verwachsen scheinen sie, wie etwa der Bauer mit seiner Arbeit, mit seinem Boden, mit seinem Vieh und seinem Jahrlauf. Wenn der eine oder andere denken will, das würde plötzlich aufhören, einer von ihnen sei mit einem Male nicht mehr da — er kann sich's überhaupt nicht vorstellen!

Da sind zwei Eheleute, die sich bis in die letzte Faser zu kennen glauben. Die sich durch ihre Gemütsveranlagung glücklich ergänzen. Die aufstehen am Morgen und zu Bett gehen am Abend und ständig empfinden, daß sie zueinander gehören. Deren Vertrautheit miteinander zu- und immer zunimmt. Bei denen Gewohnheit und Begehrlichkeit eine fast unwahrscheinliche Zufriedenheit heranbildet, die wie Liebe aussieht und unerschütterlich zu sein scheint.

Da sind Ehegatten, ganz und gar wie füreinander geschaffen, ohne Not und Kummer, in den besten Verhältnissen lebend!

Und nun ereignet sich irgendein Streit, eine Auseinandersetzung, die eigentlich nur an das rein Körperliche dieses Zusammengehörens rührt, und siehe da! — Dieses, was nur *Teil* sein sollte, stellt sich jäh als das *Ganze* heraus. Der Bestand dieser Ehe wird fragwürdig. Sie wankt! Sie zerbröckelt langsam.

Bei den Bolwiesers verliefen nach jenem Streit die Tage wieder wie gewohnt, doch die beiden begegneten einander seitdem teilnahmsloser.

Die aufgeschlossenste Nacht endete mit einem rätselhaften Unbehagen.
Um jene Zeit hatte Xaver sehr viel Nachtdienst, und das war schrecklich für ihn. Er saß mißtrauisch nachgrübelnd in seinem Dienstzimmer. Die rührigste Arbeit, der exakteste Eifer retteten ihn nicht davor. Oft wollte er hinaufschleichen zu Hanni, aber die Angst, sie zu verstimmen, hielt ihn stets davon ab. Er saß und zermarterte sich. Er mochte tun, was immer. Wie unheilvolle Trauervögel flogen die Gedanken daher und nisteten sich in seine Wehmut ein.
Es war totenstill. Er saß wie in einem durchsichtigen Gehäuse. Draußen lag gespenstisch die monderhellte Winternacht. Er war grenzenlos allein...
Hanni hatte weit mehr Ablenkung. Seit sie sich so pflegte, las sie Modenhefte. Die Hausschneiderin kam und nähte neue Kleider nach ihren Angaben. Zum Schafftaler kam die Frau Vorstand und ließ ihren Geschmack begutachten. Die beiden stimmten immer besser zusammen und hatten ihre verständnisinnigen Heimlichkeiten.
Dann war da die Frau Käser, die in der Woche zweimal zum Putzen kam und jedesmal Klatschgeschichten daherbrachte. Hanni spielte dabei die Überlegene, insgeheim aber grämte sie das, was sie erfuhr. Das Gemunkel über sie hörte nicht auf. Wahres und Erdichtetes mengte sich durcheinander. Scheinheilig empört berichtete die Käserin, doch innerlich gluckste sie vor Vergnügen und vergaß nicht die geringste Kleinigkeit.
»Ja—ja, was d' Leut' alles red'n, Frau Vorstand! Rein Sünden fürcht't man sich...« leitete sie ihre Mitteilungen ein, und dann folgte eine wahrhaft liebevolle Ausmalung dieses

Geredes. Wieviel sie selber dazu beigetragen hatte, verschwieg sie wohlweislich. Hanni war ein bereites Opfer. Sie fühlte wohl, daß sie sich diese Zuträgereien eigentlich verbitten müsse, aber eine unbezähmbare Neugier überwucherte Scham und Besinnung. Indessen, wenn sie allein war, wurde sie verdrossen.
Die einzige Rettung für sie war, an Schafftaler zu denken. Dann fuhr ein rechthaberischer Trotz in sie, und ihr Gesicht bekam einen unnachgiebigen Zug. —

Schon oft hatte der Merkl Hanni am Torbräu vorbeigehen sehen. Eilsam trippelte sie auf dem schneeglatten Platz dahin, und nie wandte sie den Kopf. Sie sah wirklich großstädtisch und flott aus, trug einen gutgeschnittenen, anliegenden dunklen Mantel mit hohem hellem Pelzkragen und eine gleichfarbige Kappe dazu. Von ihrem Gesicht sah man nur die Nasenspitze.
Beim viertenmal wollte der Wirt hinaus und sie anreden, doch als er vor die Türe kam, war sie bereits weg. Das wurmte ihn. Er ging finster in sein Büro zurück, beschäftigte sich weiter mit den Abrechnungen und zählte Geld.
Er war ein Mensch, der sich keine Flausen vormachte. Zweifellos hatte ihm Hanni von Anfang an Avancen gemacht. *Sie* war die Treibende. Einmal entflammt, stieg seine Begierde und wurde von Mal zu Mal wilder. Nun aber, da ihm klar wurde, daß sie ihm entglitt — jetzt wollte er nicht mehr verzichten auf sie. Seine Hoffnung begann zu schwinden — er wurde unbedenklich und rachsüchtig.
An einem farblosen Winternachmittag machte er sich auf den Weg zu den Bolwiesers. Dieser Gang hatte nach außen

den besten, triftigsten Grund. Er wollte die Zinsen für das geliehene Geld bezahlen. Niemand holte sie mehr, und das Schicken mit der Post hätte dem Klatsch nur neue Nahrung zugeführt.
Er wußte, hinter vielen Fenstern lauerten Neugierige, wußte ferner, daß man ihn vom Greinbräu aus gut beobachten konnte, wenn er ins Bahnhofsgebäude trat, und wußte auch, daß jetzt — es war so gegen fünf Uhr nachmittags und dämmerte schon — Bolwieser Dienst hatte. Er hatte einen genauen Plan im Kopf und war zu vielem entschlossen.
Die Frau Käser begegnete ihm und sagte anbiedernd: »Grüß Gott, Herr Merkl ... Gehn S' gewiß zum Herrn Vorstand, was?«
»Ja«, nickte der Wirt arglos: »Sind s' daheim?«
»Jaja, natürlich, Herr Merkl! ... Ewig ist die Frau Vorstand daheim!« Sofort ging das verhutzelte Weib zum Sailer in den Laden. Grad notwendig hatte sie es. Auch der Greinbräuwirt erspähte seinen Todfeind und winkte dem Windegger. »Sauber, sauber, jetzt verkehr'n s' schon mitten am Tag und der Mann muß Dienst machen ... So eine Sauwirtschaft!« hörte der eintretende Viehhändler Margertsrieder, und dann wurde das Gespräch erst richtig saftig.
Der Merkl ging jedoch nicht gleich in die Wohnung hinauf. Unerwartet tauchte er im Türrahmen des Bolwieserschen Dienstzimmers auf und kam dem verdutzten Vorstand mit schönster bramarbasierender Freundlichkeit entgegen.
»Xaverl!« sagte er laut und schimpfte scherzhaft weiter: »Grüß dich Gott, Xaverl! Also jetzt bin ich da! Das ist denn doch schon die höhere Gemeinheit! Was ist denn das, daß du dich nicht mehr sehn läßt bei mir? ... Die Zinsen hab' ich

schon gutding acht Tag' beieinander, und keiner holt sich 's Geld ... Was soll denn das auf einmal bedeuten mit euch? Du kommst nicht, die Hanni stolziert vorbei bei mir! Ist denn sowas überhaupt noch eine Art und Manier?« Er lachte breit und war sicher. Er zog den Schnappbeutel heraus und wollte das Geld blankweg auf den Tisch zählen. Aber Bolwieser, durch diese bestechend frische Art schnell wieder im Gleichgewicht, verwehrte es ihm mit freudig erregten Gestikulationen. Dies war dem Merkl sehr recht. Er schimpfte wiederum polternd und wollte sich von seinem Vorhaben absolut nicht abbringen lassen.
»Das ist gleich gemacht!« sagte er resolut und griff schon in den Beutel. Er wußte genau, das zerstreut jedes Mißtrauen, wußte noch genauer, was Xaver Bolwieser jetzt sagen mußte, und da erklang es auch schon.
»Ausgeschlossen! Nein — nein — nein, in meinem Dienstzimmer macht man keine solchen Privatgeschäfte«, lehnte der Bahnhofsvorstand aufgekratzt ab und bot Merkl einen Stuhl an: »Da, da hock' dich ein bißl her zu mir ... Das ist nett, daß du dich wieder sehen läßt.«
»Was will ich denn machen, wenn von euch keiner kommt«, warf der Wirt hin und wich aus: »Ich will dich aber nicht aufhalten bei der Arbeit ... Ist die Hanni droben, ja? Ich geh' derweil 'nauf ... Du bist ja sowieso nicht mehr lang' aus, oder?« Schon faßte er nach der Türklinke. Bolwieser bekam einen zerstreuten Blick.
»Jaja, sie wird schon droben sein«, meinte er: »Geh' nur ... Aber wart' auf mich, gell.«
»Selbstredend«, erwiderte Merkl: »Und wart' nur, wie ich dir den Kopf bürst'l, wenn wir beieinander sitzen! Mach' dich

auf was gefaßt, Bazi, windiger!« Bolwieser sah kurz auf die zufallende Türe. Seine Züge wurden unentschieden finster. Falten gruben sich in seine Stirn. Dann arbeitete er wieder mechanisch weiter. —

Mit einem Gefühl wie: ›Na, es geht ja alles sehr gut‹ stieg Merkl die schmale, knarzende Holztreppe empor. Die erste Verlegenheit war überwunden, doch das Schwierige kam erst noch. Befangen drückte er endlich an der Wohnungstüre auf den Klingelknopf. Alle Mühe und Geübtheit mußte er aufbieten, um ein lächelndes Gesicht zusammenzubringen. Hanni öffnete. Bestürzt sahen sie einander an.

»So, hm... Du bist's«, fand sie als erste das Wort.

»Ich wollt' bloß die Zinsen bringen«, brachte Merkl schließlich heraus. Er schlug die Augen nieder und heftete sie dann auf sie. Hanni aber lächelte auf einmal spitz, ließ ihn eintreten und sagte ziemlich spöttisch: »Soso, die Zinsen... Nur hereinspaziert, bittschön!« Er ging an ihr vorbei, weiter im schmalen Gang, ohne Hut und Mantel abzulegen, und blieb verlegen mitten in der warmen Küche stehen.

»Hätt'st ja auch dem Xaverl das Geld einmal mitgeben können«, meinte sie verschmitzt: »Er ist doch bei dir gewesen...«

Das gab Merkl einen Stich.

»Bei mir?... Der Xaverl?« sah er sie verwundert an: »Nie war er bei mir... Ich bin doch grad bei ihm drunten gewesen und hab' mich beschwert bei ihm.«

»Was? Nie? ... Nie?« wich alle Vorwitzigkeit aus Hannis Miene: »Er hat doch gesagt —— Ich hab' ihn doch immer hingeschickt?« Diese Wendung war dem Merkl nur erwünscht. Im Nu wich seine Befangenheit.

»Wenn ich dir sag'«, setzte er sich und legte den Hut auf den Tisch: »Gar nie! Was ist denn eigentlich los mit ihm?« Er suchte Hannis Blick.
»Hm«, schüttelte diese abwehrend den Kopf: »Hm, komisch... Hm, seltsam, er hat's doch immer gesagt.«
»Was gesagt? Nie war er bei mir! Seitdem der Lederer gestorben ist, hab' ich ihn nicht mehr gesehen«, wiederholte der Merkl. Hanni wurde bleich und setzte sich.
»Ich versteh' das nicht«, murmelte sie: »Wo geht er denn alsdann hin?«
Auch Merkl war nachdenklich geworden. Fragend sahen sie einander an. Schweigen. Der Wirt griff schüchtern nach Hannis Hand auf dem Tisch, aber sie zog sie hastig weg.
»Hannerl? Was ist's denn mit dir?« fragte er. Sie blickte geradeaus.
»Ist er denn draufgekommen? Hat er was gemerkt?« drang Merkl gedämpft in sie: »Weiß er was? Hat er dich vielleicht gar ausspioniert?« Sie gab nicht an.
»Hm, red' doch! Was ist denn passiert?«
»Ah!« machte Hanni endlich eine unmutige Bewegung: »Ah! Eigentlich gar nichts!«
»Eigentlich?... Also doch was! Was denn?« setzte er ihr zu.
»Vielleicht geniert er sich bloß noch immer wegen der Rederei«, warf sie hin. Sie ging an den Herd, kniete sich hin und riß die Ofentüre auf. Es war schon dunkel. Die Reflexe des Feuers umspielten ihre Gestalt. Merkl saß da und sah immerzu auf sie. Von unten bis oben, von oben bis unten musterte er sie.
»Geh«, bat sie ihn, ohne sich umzuwenden: »Sei doch so gut und dreh' das Elektrische auf.« Er tat es. Als er sich

umdrehte, stand sie bereits wieder und sagte viel gleichgültiger: »Wegen dem Getratsch bin ich auch nicht mehr zu dir gekommen... Nein, es ist jetzt aus zwischen uns...«
Unergriffen wiederholte sie: »Jaja! Wirklich, es *muß* einfach aus sein, wirklich!«
Sie standen sich gegenüber. Sie ruhig, er dumpf geladen.
»Wirklich!... Das gibt's jetzt nicht mehr! Es ist aus! Mach' dir nur keine Hoffnungen mehr!« bekräftigte sie noch einmal und lächelte unbestimmt.
Er schien es nicht zu hören. Ein wenig schwankte er und fiel wie ein anspringender Bär auf sie her. Doch sie stemmte sich energisch dagegen, bog immer und immer ihren Kopf weit weg und schimpfte bedrängt: »Nein! Nein—nein! Nimmer! Laß mich aus! Laß doch los! Nein — nein! So sei doch vernünftig, Franzl! Laß das jetzt!«
Seine Umklammerung wurde lockerer. Endlich fielen seine Arme herab. Er hockte sich wortlos an den Tisch.
»Du mußt doch denken, das Gerede immer! Überhaupt *ich?* Ich bin doch vollauf zufrieden mit meinem Xaverl«, wollte sie abschwächen, und weil sie seine Stummheit nicht vertrug, bekam sie einen bitthafteren Ton: »Wo würde denn das auch hinführen, Franzl?... Nein, es muß aus sein mit uns! Es *muß* einfach!«
Sie gewann wieder an Ausgeglichenheit und setzte leichthin dazu: »Es war ganz schön... Sehr schön sogar manchmal, aber jetzt muß Schluß sein...« Sie erschrak, als sie mittendrinnen sein Gesicht entdeckte. Es war versteckt und höhnisch.
»Hm«, räusperte er sich: »Hm, wenigstens vorläufig, was?«
Er wartete ihre Antwort nicht ab.

»Gut, Frau Vorstand, vorläufig, ja?« wiederholte er noch herausfordernder.

Seine Ungläubigkeit schmeichelte ihr und reizte sie zugleich.

»Vorläufig?« schüttelte sie den Kopf: »Nein — nein, nicht vorläufig... Überhaupt!«

Seine Blicke wurden unverschämt.

»Mir ist's zu dumm, in der ganzen Stadt herumgezogen zu werden!... Ist doch direkt schon ekelhaft sowas!« murrte sie verärgert, und als er sich nunmehr erkundigte, erzählte sie voll Eifer, was sie von ihrer Putzfrau in Erfahrung gebracht hatte. Er gab acht auf jedes Wort. Zum Schluß war er noch selbstsicherer.

»So!« sagte er resolut: »So! Also dieser saubere Windegger, weil ich ihm seinerzeit sein stinkiges Wild nicht mehr abgenommen hab', und natürlicherweis' der Greinbräuwirt und der Margertsrieder?... Soso!«

»Ja, und deine Kellnerin, die Marie, der du damals gekündigt hast... Die hat sogar erzählt, sie hätt' gesehen, wie ich einmal aus deinem Büro gekommen bin und mir den Rock eingeknöpft hab'... Und der Aspirant Scherber hat's weitergeblasen... Der Sailer und der Windegger haben mich zufälligerweis' damals gesehen, wie ich nachts aus dem Haus bin... Sie sind grad vom Greinbräu heimgegangen... Aber das weiß ja auch der Xaverl... Das ist schon lang geregelt«, wurde sie immer gesprächiger.

»So, so? Das weiß der Xaverl?« staunte er kurz.

»Ja, es ist damals schön Wetter gewesen... Ich hab' gesagt, ich hätt' nicht schlafen können und sei spazierengegangen... Er hat nämlich nachgeschaut dazumal...«

»Nachgeschaut?« fragte er gespannter.
»Ja, aber es hat nichts mehr auf sich«, beschwichtigte sie ihn.
»Gesehen haben aber Sailer und Windegger nicht, wo du hin bist?« forschte er.
»Nein ... Du weißt doch, ich bin so lang ausgeblieben. Ich bin an der Promenade drunten spazierengegangen, hab' gewartet, bis ich keinen Menschen mehr gesehen hab', und dann erst bin ich zu dir«, berichtete sie.
Auffallend — er bekam ein ganz lichtes Gesicht.
»Na also!« resümierte er unbekümmert: »Also gesehen hat dich keiner! ... Es wird bloß gemunkelt! Na wart', wart'! Ich möcht' sehen, wer da siegt ... Ich verklag' die Bande einfach! Ich zeig' diese gemeinen Ehrabschneider an!« Er trommelte lässig mit den Fingern auf dem Tisch. Hanni bewunderte sein Selbstbewußtsein. Dennoch fragte sie zweifelnd: »Anzeigen willst du's? ... Anzeigen?« Sie wurde tiefrot: »Aber wenn doch was rauskäm' ... ?«
Er richtete seinen Oberkörper straff auf: »Was? Haha! Rauskommen?« Und weiter prahlte er: »Verlaß dich drauf, die Bande wird schnell kleinlaut!« Er sah ihr luchshaft in die Augen und setzte hinzu: »Versteh doch, niemand weiß was, bloß du und ich, und da, glaub' ich, fehlt doch nichts — oder?« Ein böses Feuer blinkte auf seinen Pupillen. Sie nickte.
»Na also!« schloß er beruhigt. Dann unterhielten sie sich von anderen Dingen. Er lobte zwischenhinein immer wieder ihr gutes Aussehen, ihre prachtvolle Figur, ihr ewiges Jungsein, und sie hatte nichts dagegen, wenn er ab und zu sacht über ihren Hintern streichelte. Sie kokettierte unauffällig mit ihm.

Als Xaver kam, sah alles harmlos und friedlich aus. Der Merkl zählte das Geld auf den Tisch. Tausend Mark für ein Vierteljahr. Nach dem Geschäftlichen schimpfte er den Bahnhofsvorstand erneut wegen seines langen Wegbleibens. Hanni trug das Tablett mit Kognak auf. Die beiden Männer tranken ein Glas um das andere und wurden aufgeräumter.

»Oder läßt dich vielleicht gleich gar die Hanni nicht mehr weg?« fragte der Wirt einmal unverfänglich und schielte nach dieser.

»Nein—nein, aber —«, drückte Bolwieser herum, und schließlich kam man wie von selber ins vertrauteste Mitteilen. Die beiden Eheleute schütteten ihre Herzen aus, und Merkl mußte den Schiedsrichter spielen. Alles brachte man aufs Tapet. Das Gerede, den Streit und den Kummer. Es war erlösend, es milderte und klärte, dieses Reden.

»So«, sagte Merkl endlich bieder: »Jetzt paß' auf, Xaverl! Hör' mich an! Sind wir Kameraden oder nicht? Traust du mir, oder traust du mir nicht?«

»Ah! Ah, natürlich! Selbstredend!« wollte Bolwieser ausweichen, aber der Wirt ließ nicht locker.

»Glaubst du denn wirklich, daß ich so schamlos, so unverschämt bin und hintergeh' dich mit der Hanni?« fragte er hartnäckig. Offen war sein Blick. Bolwieser konnte nicht mehr zweifeln. Er erhaschte Hannis zustimmende Augen und sagte warm und herzlich: »Nein, Franzl, *ich* hab' dich noch nie für so einen schlechten Kerl gehalten! Gar nie! Darfst die Hanni fragen!«

»Nein—nein, wahr ist's, er hat noch nie ein schlechtes Wort über dich verloren«, ergänzte Hanni schnell: »Bloß —«

»Das Getratsch der andern«, kam ihr Merkl zuvor und sah beide treuherzig an. Er stand auf und klopfte mit den Kanten seiner geballten Hand auf den Tisch: »So, also! *Wir* sind einig, liebe Leut'... Und jetzt will ich dir was sagen, Xaverl.« Er drückte den gestreckten Zeigefinger auf seine Brust: »*Ich* laß' mir sowas nicht bieten! *Ich* zeig's an! Gleich morgen geh ich zum Rechtsanwalt Finkelberg... Nur so kommt man diesen niederträchtigen Ehrabschneidern bei!«
Bolwieser sah gezwungen auf zu ihm.
»Anzeigen?« murmelte er und besann sich: »Hm, ja—ja, Franzl, ich glaub', du hast recht... Ich hab's auch schon im Sinn gehabt... So geht das nimmer weiter!«
Abermals suchte und fand er Hannis beifällig-versöhnliches Gesicht.
»Jaja, Xaverl«, sagte sie: »Der Merkl hat wirklich recht... Das kann man sich nicht mehr gefallen lassen.« Das erwärmte ihn tief.
Einig und herzlich wie früher ging man auseinander. —

XV.

Der Rechtsanwalt Georg Finkelberg hatte Kanzlei und Wohnung im ersten Stock eines schmalen, niederen Hauses in der hinteren Werkgasse auf Numero 12. Er war seit ungefähr fünf Jahren in Werburg ansässig und hatte zu leben. Er entstammte einer ärmlichen Lehrersfamilie, hatte sich schlecht und recht durchs Studium gehungert, endlich einen leidlichen Staatskonkurs bestanden und — wie er sich auszudrücken pflegte — ›in einer ersten Münchner Kanzlei erfolgreich assessoriert‹. Schließlich verstarb sein Vater. Er hinterließ ihm einige tausend Mark Vermögen. Strebsamerweise verheiratete sich der junge Anwaltskandidat mit einer um fünf Jahre älteren Majorstochter, die ebensoviel mit in die Ehe brachte, und eröffnete in dem kleinen Provinzstädtchen auf Glück und Unglück seine Kanzlei. Er war rührig, wenig begabt, aber um so beharrlicher. Und auch die Verhältnisse waren ihm günstig.

Außer ihm nämlich gab es in Werburg nur noch den alten, schrullenhaften Justizrat Lemminger, von dem man allgemein sagte, er sei noch vom vorigen Jahrhundert. Bei ihm dauerten alle Streitangelegenheiten unendlich lange oder verliefen in einem resultatlosen Vergleich. Lemminger war vermögend, besaß einige Häuser und war leidenschaftlicher Kakteenzüchter. Lange, lange schon lief sein Beruf nur mehr nebenher. Kam ein Mandant zu ihm, so unterhielt er sich zuerst einmal über alles Mögliche und Unmögliche. Dann schlug er all die dicken Gesetzes- und Verordnungsbände auf und las viele, viele Paragraphen vor, schüttelte fort und fort seinen runden Glatzkopf, machte »Hmhm« und wieder »Hmhm«, hob seine wässerigen Sackaugen und blinzelte fast untröstlich über den schiefstehenden Zwicker auf den armseligen Menschen vor seinem Schreibtisch. »Hmhm, hmhm, tja, wissen Sie, die gerichtlichen Sachen sind eigentlich immer unerfreulich, Herr Nachbar«, lamentierte er alsdann mit legerer Grämlichkeit und klappte seine Bücher wieder zu: »Ich möcht' Sie ja nicht abhalten... Wir können's ja versuchen, aber, wie gesagt, es wird unerfreulich... Sehr, sehr unerfreulich... *Sie* möchten recht kriegen, Ihre Gegenpartei natürlich genau so, na! — Und keiner weiß, daß beim Gericht alles bloß Glückssache ist... Wenn ich offen sein darf, Herr Nachbar, ich rat' Ihnen, einigen Sie sich friedlich — ohne Gericht... Das ist billiger... So eine Streitsache zieht sich hin und hin, macht unnütz Feindschaften, und zum Schluß ist der Ärger noch größer... Ich werd' Ihnen was sagen: Ich als sozusagen alter Gerichtspirat, ich hab' schon lang' resigniert... Resigniert?... Wissen Sie, was das heißt? Ich sag zu allen: Vertragt euch, liebe Leute! Besser wird gar nichts, es wird bloß schlechter... Also wenn Sie wollen, Herr — Herr — wie heißen Sie jetzt gleich?... So, so, Heinersdorfer! Also wenn Sie absolut wollen, Herr Heinersdorfer — hm, hm, und wie war eigentlich die Sache, Herr Nachbar?... Um was hat sich's gehandelt?« Und damit legte er einen neuen Akt an oder eben — sein kleingeredeter Mandant ging. Nichts war dem alten Mann lieber als das. Er begleitete den Besuch bis zur Tür und sagte väterlich freundlich: »Na, was ich Ihnen gesagt hab' — vertragen Sie sich! Das macht keine Kosten und geht genau so... Freut mich, freut mich! Auf Wiedersehen, Herr Nachbar, guten Tag!«

Die Türe klappte zu.
In der staubigen Luft des unordentlichen Büros spielte die Sonne. Lemminger ging zur Türe des Wartezimmers, öffnete, steckte den Kopf durch und fragte das angealterte Fräulein: »Hat sich noch wer angemeldet?«
»Nein, Herr Justizrat«, erfuhr er meistens.
»Na, dann ist's ja gut... Dann ist's ja gut«, brummte er wie erlöst, tappte gemächlich durch das Zimmer und kam zu seiner alten Frau, die stets im Erker saß, illustrierte Familienblätter las und dazu Nüsse knabberte.
»Ein Wirbel das heut' wieder! Ein Wirbel!« schüttelte er den Kopf und beschäftigte sich mit seinen zahllosen Pflanzenraritäten, die — Topf an Topf — rund um die sonnigen Zimmerwände standen. —
Da freilich hatte Finkelberg ein leichtes Machen. Jeder Mensch, der etwas mit dem Gericht zu tun hatte, kam zu ihm, und er focht — man mußte es ihm lassen — focht cholerisch, mit allen Mitteln, beredt und bewegt, als ginge es um seine ureigenste Sache.
Zu ihm kam Merkl, und er brauchte es nicht zu bereuen. Der gesprächige Anwalt machte ihm geradezu den Mund wässerig. Oder den Kopf, oder das Herz — wie man will.
»Es handelt sich also um eine schwere Verleumdung, Herr Merkl? Um eine ganz niedrige Unterstellung nicht erwiesener Tatsachen?« erhitzte sich Finkelberg superklug und sah forsch auf den Wirt.
»Nichts ist erwiesen! Gar nichts!« erwiderte dieser, durch das Temperament des Anwaltes kühn geworden: »Seit ich in Werburg bin, sind die Bolwiesers meine besten Freunde... Die Frau Vorstand und ich sind Schulkameraden, weiter

nichts... Ich hab' mich auch sofort mit den Bolwiesers besprochen... Der Herr Vorstand will auch klagen.«
»Der Herr Vorstand?« fragte Finkelberg und stenographierte etwas: »Ja, das könnt' er natürlich, ja—ja, aber ich würd' doch empfehlen, daß die *Frau* Bolwieser klagt... Am besten ist's, Sie und die Frau Bahnhofsvorstand strengen die Klage an... Sie sind doch die Verleumdeten...«
»Und der Herr Vorstand?« erkundigte sich Merkl: »Der müßt' dann wohl Zeuge machen?«
»Ganz richtig«, half ihm der Anwalt: »Sehr richtig! Der Herr Bahnhofsvorstand käme als Entlastungszeuge in Betracht, wenn's zum Prozeß kommt.«
»Soso? Hm«, besann sich der Merkl: »Hm, also dann müßte ich mich erst einmal mit der Frau Bahnhofsvorstand bereden und wieder zu Ihnen kommen, Herr Rechtsanwalt.«
»Ja, bitte... Übrigens haben Sie keine weiteren Befürchtungen, der Fall liegt ja sonnenklar. Reden Sie nur recht bald mit Frau Bahnhofsvorstand... Ich will nicht zuviel versprechen, aber das eine kann ich Ihnen ohne weiteres jetzt schon fest zusagen: Wenn die Dinge wirklich so liegen, wie Sie mir sagen, kommt diesen Ehrabschneidern die Sache teuer zu stehen«, ermunterte ihn der beflissene Anwalt, und noch an der Türe legte er ihm nahe: »Schieben Sie die Sache nicht auf die lange Bank, Herr Merkl... Sie werden selber wissen, was aus solchen Klatschereien für ein Unheil entstehen kann... Sowas muß gleich mit der Wurzel ausgerottet werden!«
»Jaja, jaja, das ist auch meine Meinung«, gab Merkl zurück und verabschiedete sich. Er kam auf die wintersteifen Straßen und sinnierte in einem fort in sich hinein. Eigentlich

wollte er sogleich die Bolwiesers aufsuchen, aber er war zaghaft. Gewiß, was Finkelberg gesagt hatte, war einleuchtend und überzeugte, aber alles wollte genau überlegt sein. Leicht hätte der Wirt jetzt Hanni allein sprechen können und tat es doch nicht. Er wollte Bolwieser nicht mißtrauisch machen. Deshalb ging er heim und erwog die Möglichkeiten. »Ja«, sagte er sich zum Schluß, »ja, ich muß Hanni unauffällig allein sprechen, zuallererst nur sie allein... Da darf nichts überstürzt werden.«

Die Bolwiesers unterhielten sich seither jeden Abend über Merkls Vorsatz. Sie wurden oft lebhaft dabei. Xaver machte einen zermürbten Eindruck. Ihm schienen all diese Streitigkeiten höchst zuwider zu sein. Nichts war ihm ärger als gerichtliche Auseinandersetzungen. Menschen seinesgleichen scheuen alles Laute und Öffentliche. Sie wollen versteckt und unbehindert täglich, ja stündlich ihr bißchen Leben genießen. Was sie darin stört, hassen sie. Sie wehren sich freilich nicht dagegen, denn sie sind die echtesten Feiglinge. Bei Verdrießlichkeiten und Erschütterungen irgendwelcher Art sind sie stets zum Kompromiß bereit. Sie stecken einfach den Kopf in den Sand. Sie tun, als ob nichts sei, lassen einfach alles laufen, wie es läuft, und finden sich mit dem Gewordenen ab. Sie sind friedlich, weil das am bequemsten ist.

Bolwiesers Dienst lief sowieso fast automatisch. Nichts lenkte ihn dabei von seinem eigentlichen Sinnen und Trachten ab.

›Hanni‹ — das war sein Aufwachen und Einschlafen, war der Inhalt seiner Stunden und Tage, war der Motor seiner

Phantasie. Alles andere Gefühl und Interesse daneben verdorrte. Er dachte beständig an sie. Er vermeinte manchmal unwirklich zu schweben, so überwältigend war diese Lockung.

Die letzten Zwistigkeiten hatten ihn viel Nerven gekostet. Endlich war Friede, und nun sollte auf einmal das gerichtliche Gezänk angehen. Er sollte Rede und Antwort stehen über Dinge, die er niemandem verraten wollte, die ihm beim bloßen Aussprechen die Schamröte ins Gesicht trieben, die keinen was angingen, gar keinen! Aber gerade Hanni drängte am meisten darauf, daß man prozessieren müsse. Sie war es, die bei jedem Beisammensein immer und immer wieder heftig wurde über Xavers Zurückhaltung.

Er sah sie an und wollte sich an ihrer Erscheinung entzükken. Er steuerte auf Zärtlichkeiten zu. Er ließ sie reden und stimmte ihr zu in allem. Er äußerte keine Meinung, er gab nach und wieder nach, wenn sie gereizt wurde. Er versuchte mit schweigsamer List aus dem Gestrüpp ihrer Beharrlichkeit herauszukommen. Er wollte auch sie davon erlösen.

Aber nein, nein! Sie schien unverwirrbar diesem einen Ziele zuzustreben: Vernichtung ihrer Feinde.

Xaver umschmeichelte sie, küßte sie, streichelte sie, redete herzlich und grundgut mit ihr. Vergeblich. Sie wurde nicht warm, sie blieb eiskalt.

Diese Kälte Hannis übte mitunter einen ganz neuartigen Reiz auf Bolwieser aus. Sie beschäftigte und beunruhigte ihn. Es erging ihm dabei wie etwa einem Menschen, der sich im Spiegel betrachtet und plötzlich auf den verwegenen Gedanken kommt, nun einmal *hinter* die Erscheinung auf der Spiegelfläche zu kommen.

Was konnte dort denn sein?
Nur ein tristes Loch, das Nichts — oder erst das Eigentliche? — —
»Der Merkl hat mich heut' angeredet... Ich bin hineingegangen zu ihm. Er war beim Rechtsanwalt Finkelberg, sagt er«, erzählte Hanni und wurde lebhafter: »Und siehst du, was ich immer gesagt habe!... Wenn wir prozessieren, siegen wir unbedingt, sagt der Anwalt. Morgen oder übermorgen geh' ich mit dem Merkl hin zu Finkelberg.«
»Du? Warum denn du?« wunderte sich Bolwieser.
»Ja, ich... Die unmittelbar Verleumdeten sind der Merkl und ich, sagt der Anwalt, und es ist am besten, wenn wir zwei Klage stellen... Du brauchst bloß Zeuge machen«, erklärte sie seltsam zungenfertig: »Das ist ja auch richtig! Mich bereden sie ja und ihn... Von *mir* sagen sie sich ja die Schlechtigkeiten, nicht von dir, Xaverl...«
Das letzte Wort klang einschmeichelnd. Bolwieser schwieg und dachte.
»So... Also er will's absolut auf einen Prozeß ankommen lassen«, murmelte er schließlich und atmete vernehmbar. Sein Blick hing abwesend in der erleuchteten Küchenluft.
»Hast du denn etwas dagegen?« fragte sie und brauste ein wenig auf: »Ich kann nicht verstehen, wie du dich jetzt immer benimmst... Ich glaub', du hast direkt Angst!«
»Angst?... Nein—nein... Vor wem soll ich denn auch Angst haben?« wich er ungeschickt aus.
»Jawohl! Jawohl hast du Angst!« erwiderte sie härter. Er wurde verdattert.
Ein Wort gab das andere. Sie machte ihm Vorwürfe, und er suchte sie zu widerlegen. Ohne daß sie es wollten, kamen sie

ins Streiten, und es dauerte lange, bis sich wieder alles ausglich.

»Prozessiert wird! Jawohl! Die Bande soll büßen!« verstellte er sich entschlossen: »Wir verschaffen uns schon Ruhe, verlass' dich drauf!! Die Sache wird mir jetzt auch zu dumm!« Mit aller Gewalt redete er sich in eine Mannhaftigkeit hinein. —

Am anderen Nachmittag trafen sich Merkl und Hanni im Büro Finkelbergs. Es roch nach gekochtem Kraut dort, und alles hatte einen unangenehmen Schimmer von schlissiger Eleganz. Die paar Polstersessel waren sehr abgeschabt, auf dem überladenen Schreibtisch stand eine Bronzefigur der Pallas Athene.

Hanni redete fast gar nichts, Merkl um so mehr und sicherer. Sie war unbeholfen und geknickt, wahrscheinlich weil sie noch nie mit gerichtlichen Dingen etwas zu tun gehabt hatte.

Als Finkelberg das blutjunge Tippmädchen hereinrief, sah sie unausgesetzt in dieses sommersprossige, dummdreiste Gesicht. Der Anwalt diktierte einen scharfen Brief an die Gegner.

»So«, sagte er zum Schluß: »Vorläufig lassen wir einmal diese Mahnung los. Wenn die Gegenpartei wirklich widerrufen sollte, was ich natürlich sehr bezweifle, dann kommt es gar nicht zur Klage... Fräulein Betz, schreiben Sie den Brief sofort und lassen Sie ihn noch heute hinausgehen, verstanden?«

»Jawohl«, antwortete das billig zurechtgemachte Ding mit dem prall anliegenden, kurzen Faltenröckchen und ging ins Vorzimmer zurück.

Finkelberg erhob sich. Merkl stand auf und dann Hanni.
»Verlassen Sie sich drauf, gnädige Frau«, versicherte der Anwalt noch einmal: »Diese Gesellschaft werden wir schon zur Raison bringen.« Hanni nickte hölzern.
Die enge Stiege und der schmale Hausgang waren dunkel. Einmal rief Merkl kampflustig: »Jetzt geht's auf Biegen oder Brechen!« Hanni antwortete nichts. Er griff von hinten her nach ihrer Schulter, aber sie verwehrte es ihm ungut.
»Nicht! Nicht jetzt!« sagte sie abweisend und angstvoll: »Laß doch!« Er bekam eine schnelle Wut, sagte jedoch kein Wort. Auf der Straße trennten sie sich sofort. Eilig ging Hanni weiter. Merkl ballte in der Manteltasche seine Hände zu Fäusten.
Zu Hause erzählte Hanni mit einer erkünstelten Müdigkeit die Unterredung mit dem Anwalt. Sie war nachdenklich und ein wenig benommen.
»Und, sagt er, der Anwalt«, log sie einmal wie aus einer Kette trüber Gedanken heraus: »Daß du mich damals in der Nacht nicht im Bett getroffen hast, da — das wird wahrscheinlich gar nicht zur Sprache kommen... Das gehört gar nicht zur Sache, meint er...« Sie sah in Xavers Augen und stockte. Sie stummten einander an.
»Das brauchst du gar nicht aussagen«, wiederholte sie.
»Vielleicht kommt die ganze Geschichte überhaupt nicht vors Gericht«, sagte sie nach einer Weile wiederum, und kaum hörbar seufzte sie.

XVI.

Stellt euch ein zerlegenes, weggeworfenes, langsam vermoderndes Federkissen vor, das schon lange auf dem Schuttabladeplatz liegt. Wind und Wetter haben das Gewebe des Barchentbezuges aufgelöst und zerfressen, die Federn darunter sind zerrieben und verfasert, aber im Augenblick liegt es ruhig faulend in der Sonne. Da kommt ein mutwilliger Knabe und springt mit aller Kraft auf das Ding. Es zerplatzt, und millionenfach fauchen die Federfasern auf. Im Nu hüllt eine stickige Wolke weißen Geflocks den Knaben ein, heftet sich an seine Kleider, dringt ihm in den Mund, in die Nase und Augen — er kann nicht mehr sehen, nicht mehr schlucken und atmen, muß in einem fort niesen und droht zu ersticken. Es bleibt ihm nichts anderes übrig, als auf und davon zu laufen.

So ungefähr ging es in Werburg zu, nachdem Finkelbergs Brief an Windegger, an den Greinbräuwirt und an Margertsrieder gelangt war. Die drei hockten mit wutgequollenen Köpfen zusammen. Wie ein verbissener Kriegsrat. Außer Rand und Band über die feindliche Tücke. Immer wieder lasen sie das Schreiben, immer wieder brüsteten sie sich, immer wieder wurden sie insgeheim ängstlich.

›Als anwaltschaftlicher Vertreter der Frau Bahnhofsvorstand Johanna Bolwieser und des Herrn Gastwirtes Franz Merkl, hier, verwahre ich mich allerschärfstens gegen die unwahren Behauptungen eines Liebesverhältnisses zwischen Frau Bolwieser und Herrn Merkl‹, hieß es in dem Brief in jenem stocherigen, wohlbekannten Juristendeutsch, und in schroffer Drohung ging es weiter: ›Ich mache Sie darauf aufmerksam, daß derartige verleumderische Nachreden keineswegs auf erwiesenen Tatsachen beruhen, was leicht durch einwandfreie Zeugen belegt werden kann, und fordere Sie im Auftrage meiner Mandanten auf, binnen acht Tagen eine öffentliche Anzeige im ‚Werburger Boten' folgenden Inhalts zu publizieren:

Die Unterzeichneten nehmen die unwahren Behauptungen über Frau Bahnhofsvorstand Bolwieser und Herrn Gastwirt Franz Merkl, Besitzer des Torbräu, hier, mit Bedauern zurück und erklären, daß sie am Lebenswandel der Genannten nie etwas bemerkt haben, was den guten Sitten zuwiderläuft.‹

»Ausgeschlossen! Nicht um Venedig! Nicht um meinen Kopf!« schrie Windegger. Genauso der Greinbräuwirt, und genauso der Margertsrieder. Entrüstet steiften sie sich und schimpften sich Mut zu.
›Sollten Sie dieser nur billigen Aufforderung bis zur angegebenen Zeit nicht nachgekommen sein, sehe ich mich veranlaßt, gerichtlich gegen Sie vorzugehen‹, las der Förster, zögerte und setzte hämisch dazu: »Hm, nur billigen Aufforderung! Reizend, so eine Frechheit!... Das ist ja das reinste Ultimatum!«
Sie redeten und redeten und kamen zu keiner Entscheidung. Alle drei waren sie eingeschüchtert, alle drei aber wollten sie es nicht wahrhaben und wurden von Krug zu Krug erboster.
›Hergelauf'ner Metzgerg'sell!‹ und ›Saumensch!‹ waren die mildesten Bezeichnungen, die sie dem Merkl und der Frau Bahnhofsvorstand zugestanden.

»Da lassen wir's drauf ankommen! Herrgottsakrament — sakrament! Wenn's so klar auf der Hand liegt, da kann's doch nicht fehlen!« schloß Windegger dieses Mal und ähnlich auch noch in den darauffolgenden Tagen. Herum und hinum ging das Gerede in dem aufgeschreckten Städtchen, an jedem Wirtstisch, in jedem Laden, wo Leute zusammenstanden, sprach man von dem Ereignis.

Ganz heimlich kam jeder — der Viehhändler, der Greinbräuwirt und der Förster — zum Justizrat Lemminger. Einer wußte vom andern nichts, aber alle bekamen von Tag zu Tag zerfahrenere Gesichter.

»Daß überhaupt sowas wie der alte Lemminger noch praktiziert...«, verriet sich endlich Windegger: »Der gehört doch schon lang unters alte Eisen!«

»Tja, zu mir sagt er gleich gar, ich soll's bleiben lassen, rauskommen tut nichts dabei«, wagte nun auch der Wirt bekanntzugeben. Margertsrieder hob seinen Kopf und musterte seine zwei Leidensgenossen lauernd: »Hm, *den* und an Löff'l wenn ma net hätt'n! Pfeilgrod müassert (müßten) ma d' Supp'n mit der Hand fress'n...«

Beim Donnerstag-Tarock saß jetzt Bolwieser wieder in der Torbräustube. Unschwer sah es ihm jeder an. Ganz so freiwillig war er nicht wieder gekommen, eher schon wie ›hierherbefohlen‹. Unbehaglich sah er drein. Der Merkl wußte, was er seinem Kameraden schuldig war. Er tarockte nur mehr mit ihm und dem Hauptlehrer und entwickelte dabei sein bestes Unterhaltertalent.

Ganz nebenher erkundigte sich der Wirt einmal beim Stempflinger höhnisch: »Na, wie ist's denn, Stempflinger?... Sind die Herrschaften von der Konkurrenz schon

bei Ihnen gewesen wegen dem Widerruf? Kriegt man bald was zu lesen im ›Boten‹?« Der Buchdrucker wußte alles, tat aber höchst unwissend und verblüfft.
»Bei mir?... Widerruf? Was denn?« versuchte er dumm zu täuschen.
»Geh! Jetzt wird's gut... Ganz Werburg weiß es, und ausgerechnet Sie als Zeitungsmacher sollten nichts wissen... Wer da nicht lacht!« erdreistete sich Merkl und erzählte offen und laut, um was es sich handle. Die Gäste schauten abwechselnd auf ihn und auf den gedrückten Bolwieser. Der plagte sich zu einem einschichtigen Lächeln, als Merkl wiederum prahlte: »Wegen meiner Liebschaft mit verheirateten Weibern... Eine Ledige traut man mir ja nicht zu!« Ein allgemeines Unterhalten kam in Fluß. Offensichtlich war jeder auf Merkls Seite. Hineinschauen kann man ja in keinen Menschen.
Hanni litt wahre Höllenqualen, wenn sie auf die Straße kam. Alle Augen schienen Finger zu sein, die frech auf sie zeigten. Sogar Schafftaler fing einmal über das brenzlige Thema zu reden an. Aber wie anders war es, sich mit ihm auszusprechen!
»Scheint ja, Frau Vorstand, als ob sie rundum höllisch begehrt wären!« sagte er spaßhaft und bagatellisierte die ganze Angelegenheit: »Na, so Affären sind oft recht lustig! Überhaupt, um so eine entzückende Frau muß auch ein Gerede sein, das gibt ihr erst den Reiz...«
Merkwürdig, wenn sie mit ihm sprach, drückte auch sie sich viel gewählter aus. Es war überhaupt eigen, wie sie zueinander standen, der Friseur und Hanni. Alles, was sie sich sagten, hatte eine gewisse lächelnde Vieldeutigkeit.

»Ach, man hat's nicht leicht!« seufzte sie.
»Hmhm, ja, in so einem Dorf«, meinte er verächtlich in bezug auf Werburg und drückte unauffällig seine Körpermitte fester an ihren gebogenen Arm auf der Stuhllehne: »*Die* Leute haben Sorgen! ... Keiner hat eine Ahnung von Welt.« Ihre Nasenflügel bebten. Sie neigte ihren Kopf nach hinten, ihr Gesicht lag fast flach unter Schafftalers Augen, und eine bittende Hingebung war in ihrem Blick. In ihre Mundwinkel trat ein zaghaftes Zucken. Sie lächelte verlegen und wurde rot.
»Blumig, Ihr Teint«, flüsterte der Friseur gewinnend und fuhr mit den Fingerspitzen zart über ihre erglühten Backen: »Jaja, meine Präparate!« Er lauschte und überlegte kurz. Dann beugte er sich nieder und küßte ihre offenstehenden Lippen. »Endlich«, dachte sie: »Endlich...!« Das Warten vieler Wochen verdichtete sich zu einem Taumel. Ihr ganzer Körper zog sich heftig zusammen, sie reckte sich atmend und zog mit beiden Armen sein parfümiertes Gesicht herab.
»Ps—st!« machte er und riß den Kopf hoch. Er faßte wieder ihren Haarstrudel und redete weiter, als ob nichts gewesen wäre: »Männer sind ja oft größere Klatschbasen als Frauen, Frau Vorstand... Und besonders jetzt, wenn man so herumhorcht... Über jeden wissen sie was. Na ja, daß Sie und Herr Merkl den Prozeß gewinnen, ist ja absolut sicher.« Der Name Merkl, gerade jetzt, gab ihr einen wehen Stich.
»Herr Schafftaler! ... Kasse!« rief die Friseuse, und der Gerufene verschwand aus der Kabine. Hanni hörte ihn vorne reden. Die Kasse surrte und klingelte.
»Danke, danke sehr, Fräulein Rutt«, sagte die Gehilfin im Gang draußen.

Hanni fuhr mit beiden Händen über ihr heißes Gesicht. Ihr Herz klopfte. Sie sah flüchtig in den blanken Spiegel, hielt inne und knöpfte die drei obersten Knöpfe ihrer Bluse auf. Ihre wunderbar pfirsichene Haut unterhalb des Halses kam zum Vorschein, und tiefer der dünne Rand ihres bespitzten Hemdes. Sie legte fort und fort die offenen Blusenränder so, als seien sie nur zufällig aufgegangen und fuhr schreckhaft zusammen, als Schafftaler plötzlich hinter ihr im Spiegel auftauchte.

»Verzeihung«, sagte er scheinbar sachlich. Er betrachtete mit weltmännischer Überlegenheit die offenstehende Bluse und knöpfte ganz gelassen einen Knopf um den anderen auf. Mit stummem, wehrlosem Glück ließ Hanni es geschehen. Wie aufgebrochen fiel ihr Oberkörper auf die Stuhllehne zurück.

»Übrigens — interessant —, Sie machen Schule, Frau Vorstand«, sagte Schafftaler mit gespielter Ruhe: »Die meisten Damen tragen jetzt schon das Haar wie Sie.« Die Worte klangen inhaltslos an ihr Ohr. Sie stöhnte unterdrückt.

»I — ist denn auch niemand, der's sieht?« hauchte sie nun angstvoll und griff in sein dichtes Haar, als suche sie irgendeinen Halt.

»Ach wo... Die machen jetzt Brotzeit hinten«, lispelte er flugs, und wie ein schnappendes Tier erhaschte sie Schafftalers Gesicht und küßte es gierig. Sie umklammerte seinen Körper wie eine Ertrinkende, sie spürte seine weichen Hände auf ihrem Brusthügel, krallte sich fest auf seinem Rücken und ergab sich ganz...

Wie verjüngt kam Hanni nach Hause. Lange saß sie sinnend da. Wie ein anspruchsvoller Weintrinker genoß sie ihr Erleb-

nis Zug um Zug, und als sie sich an die Arbeit machte, war eine beseligende Mattigkeit in allen ihren Gliedern. Sie war glücklich — wunschlos glücklich. Alle Mißlichkeiten der letzten Zeit versanken.
In solcher Laune ist man versöhnlich gestimmt. Sie war wieder einmal sehr herzlich zu Xaver. Er war bewegt und gerührt darüber.
»Du mußt bloß immer recht lieb zu mir sein, Dickerl«, sagte sie: »Recht nett und lieb.«
»Ich bin's ja, Hannerl... Ewig bin ich's«, gab er ihr zurück, und seine Schläfen fingen an zu hämmern. Immer wiederholte sie diese einfältigen Worte, und immer erwiderte er gleicherweise.
»Versprichst du's auch recht schön, ja?« umschmeichelte sie ihn, und da ihm jedes Wort Qualen bereitete, stieß er fast ungeduldig heraus: »Ja! Ja doch! Wie werd' ich denn nicht!« Kraftlos verfiel er ihren Küssen. — — —
Der Widerruf der Verleumder erschien nicht im ›Werburger Boten‹. Die feindlichen Lager waren völlig erbraust. Nach kurzer Zeit wurden Windegger, Margertsrieder und der Greinbräuwirt zum Sühneversuch ins Rathaus geladen. Auch dieser Aufforderung kamen sie nicht nach. Störrisch und verbittert waren sie. Nur beim Justizrat Lemminger erschienen sie öfter. Sie redeten dem alten Mann zu wie einem lahmen Gaul.
»Es darf ja kost'n, Herr Justizrat! Kosten!« bedrängte ihn der Viehhändler: »Wir sind doch nicht irgendwer! Unsere Solvenz ist doch bekannt, Herr Justizrat!« Der Alte jedoch murmelte ewig: »Jaja, jaja, meine Herrn, jaja... Hmhm, unerfreulich... Jaja, wie die Sache liegt, kann sie vielleicht

auch gut hinausgehen, jaja, ich mach's Ihnen ja gern, das seh'n Sie ja, aber, aber es ist halt unerfreulich.« Er kratzte verdrießlich seinen kahlen Kopf.

Die drei bestürmten ihn. Er war ihre einzige Zuflucht, aber er blieb, wie er war.

»Na, ich werde tun, was ich kann... Was in meinen Kräften steht«, wimmelte er diese aufgeregten Männer ab und war bereit.

Auf der Straße sagte Windegger empört und verdrossen: »Herrgott, an die Wand könnt' man diesen alten Trott'l schmeißen! Sowas Lahm's! Hm!« Wenig hoffnungsvoll waren die drei.

»Noja«, tröstete der Viehhändler sich selber und seine Genossen: »Noja, wir sind ja auch noch da! Was er nicht weiß, der alte Depp, das wissen ja wir!«

Rundherum im Städtchen prasselten die Debatten. Jedermann wußte etwas anderes zu flunkern. Hin und her, her und hin flogen die Voraussagen über den möglichen Ausgang des Prozesses. Überall brodelte es vor Erwartung.

»Ah! Klar, daß der Merkl und die Frau Vorstand verspielen! Die Gegenpartei hat ja schon zahlenmäßig das Übergewicht — drei gegen zwei! Da gibt's doch keinen Zweifel, wer gewinnt!« meinte man da.

»Unsinn! Der Greinbräu, der Windegger und der Margertsrieder sind doch sowieso schon bloß mehr in der Defensive!« sagte der Oberapotheker a. D. Schweininger, ein boshafter Spötter, der noch Bismarck Anno 70 und 71 gesehen hatte und sich stets in einer militärischen Ausdrucksweise gefiel: »Offensive! Offensive ist der halbe Sieg! Und wer steht denn in der Offensive?« Er lugte im Lamplgarten um den vollbesetzten Tisch und fing seine Suada mit den gewohnten Worten an: »Der Altreichskanzler hat ewig den Standpunkt vertreten: ›Frieden halten, solang's nur geht, aber wenn's zum Kampf kommt, dann kein Zugeständnis an die Weichlichkeit mehr!‹« Er war unabhängig und konnte eine solche Meinung vertreten, obgleich er im Lager der Gegner Merkls sein Bier trank.

»Ah, ewig mit dem Bismarck!« murrte der Lamplgartenwirt Heindl: »Mit Ihrem Bismarck! *Der* hat doch mit der heutig'n Zeit nichts mehr zu tun! Und überhaupts! Eine Rechtssache ist doch kein Krieg!«

»Recht?! ... Pha, Rechtsangelegenheit? Sowas sind doch nur Fiktionen!« redete ihn der zungenfertige Debatter Schweininger nieder: »Alles ist Fiktion! Nur Gewalt entscheidet, basta!« Er liebte derartige dunkle Andeutungen. Er schleuderte diese kurzen Sätze scheppernd aus sich heraus und freute sich, wenn's die anderen nicht verstanden. Je mehr er stritt, um so mehr Durst bekam er, und darum litt man ihn. Er trank jeden unter den Tisch. Das war für den Lamplgartenwirt einträglich. Man ließ ihn ruhig wettern. Man nahm's nicht ernst.

»Und — in Parenthese — à propos!« warf er abermals hin und hob seinen knöcherigen Zeigefinger: »Hat man sich denn überhaupt überlegt, daß die Greinbräupartei keinen einzigen Zeugen hat? Auf Zeugen kommt's doch an, auf sonst gar nichts!«

»Hoho! Hoho!« wollten einige widersprechen, aber — leider — was Schweininger gesagt hatte, stimmte. Nämlich jetzt, wo es hart auf hart ging, zog sich jeder, der einst wacker mit der Greinbräupartei geklatscht hatte, zurück. Der Krämer

Sailer wollte nie gesehen haben, daß die Frau Bahnhofsvorstand ihm und dem Oberförster Windegger jemals in einer Nacht begegnet sei. Die Käserin war wie umgewandelt und wußte nichts, die Krämerin hinwiederum meinte, was in ihrem Laden geredet werde, das gehe bei ihrem einen Ohr hinein und beim anderen hinaus. Die ehemalige Torbräukellnerin Fanny, welche der Briefträger Mengl geschwängert hatte, war längst daheim im Niederbayrischen und gab bei einer protokollarischen Vernehmung an, sie wisse nichts, rein gar nichts. Der Aspirant Scherber, an den sich Margertsrieder einmal heranmachte, witterte sofort Gefahr und stellte sich dumm. Dann aber, als der Viehhändler unzweideutig durchblicken ließ, daß eine solche Zeugenschaft auch von Nutzen sein könnte, wurde der junge Mann dreist und schimpfte entrüstet, was man ihm denn eigentlich zumuten wolle? Er als Beamter verbitte sich das!
Er erzählte dieses Vorkommnis dem Sekretär Mangst und hatte dabei den echten Brustton der Empörung. Sein Kollege zischte nur: »Gesindel!« und zog den Kopf ein. An ihn, den wahren Giftmischer hinter verschlossenen Türen, wagte sich seltsamerweise niemand heran. Er blieb unbehelligt und rieb sich insgeheim die Hände.
Am meisten kam der Buchdruckermeister Stempflinger in Verlegenheit, als ihn Hartmannseder und Windegger eines Tages aufsuchten und bearbeiteten. Er geriet in einen wahren Angstzustand und zog sich dadurch aus der Schlinge, daß er pathetisch sagte: »Meine Herren, ich als Zeitungsverleger muß im Interesse des allgemeinen Friedens strengste Neutralität bewahren... Wenn Sie wie ich nach bestem Wissen und Gewissen jede Woche Ihre Mei-

nung schwarz auf weiß vorlegen müßten, dann könnten Sie mich begreifen... Und außerdem, ich muß mich an nackte Tatsachen halten, verstehn Sie! Wo käm' ich denn da hin, wenn ich mich auf einmal in derartige Streitigkeiten einlassen würde, die ich notabene nur als Außenstehender vom Hörensagen kenne!« Er plusterte sich auf und bekam einen fast beschwörenden Ton: »Und bedenken Sie doch — die Rücksichten, die ich als Geschäftsmann und Redakteur nehmen muß!«

Kurzum — alle Anstrengungen der Greinbräupartei, geneigte Zeugen zu finden, mißlangen kläglich. Jetzt wagte kein Mensch mehr, auch nur ein ungünstiges Wort über Merkl und Hanni fallen zu lassen. Der Klatsch hatte sich eingeschüchtert in seine stinkenden Schlupfwinkel zurückgezogen.

Eine Spannung herrschte wie vor dem Sturm.

XVII.

So, und dann also kam der Tag der Gerichtsverhandlung. Kläger und Beklagte mußten sich förmlich durch die Gaffer drängen, die sich in den Gängen des kleinen Amtsgerichtes angesammelt hatten. Ein wahres Spießrutenlaufen war es. Im Nu füllte sich der Zuhörerraum bis zum Bersten, und diejenigen, welche keinen Zulaß mehr fanden, stauten sich draußen vor den Türen, murmelten, horchten und disputierten halblaut. Alles war fieberhaft erregt. Der Gerichtsdiener Ederer rief endlich mit lauter Stimme die Namen der Prozessierenden auf, und der Reihe nach verschwanden diese im Gerichtssaal. Stolz und majestätisch folgte Finkelberg seinen Mandanten, gebückt und grämlich der Justizrat den seinen. Die Leute rumpelten an die verschlossenen Türen und drückten die Ohren hin.

»Geht schon an!... Verlesung ist jetzt«, hörte man die Vordersten den Hinteren berichten. Drinnen im Saal vergewisserte sich der grauhaarige Amtsgerichtsrat Schneider über die Erschienenen, las monoton den Akt vor, dann trat feierliche Stille ein. Der einzige Zeuge, Bahnhofsvorstand Bolwieser, wurde vom Richter über die Bedeutung des Eides belehrt.

»Der Meineid ist nicht nur eine schwere Sünde vor Gott dem Herrn«, führte der Amtsgerichtsrat mit eingeübter Würde aus und blickte ab und zu auf Bolwieser: »Die Pflicht, die reine Wahrheit zu sagen, ist nicht nur eine moralische, nein, auch das Gesetz stellt den Meineid unter schwere Strafe. Auf vorsätzlichen Meineid steht Zuchthaus, auf fahrlässigen Gefängnis.« Der also Belehrte stand mit leicht gesenktem Kopf und todernstem Gesicht da und nickte hin und wieder. Er mußte den Saal wieder verlassen, und während drinnen nun das hitzigste Hin und Her entbrannte, tappte er draußen unbehaglich auf dem Gang auf und ab. Er beachtete die Leute nur wenig. Zuwider war ihm das Anschauen. Er schloß sich völlig zu und schien nur mit sich beschäftigt. Dennoch, wieviel er sich auch Mühe geben mochte, er konnte keinen klaren Gedanken fassen. Ein dumpfer Druck lag auf ihm. Mitunter schlug das Gerede im Gerichtssaal an sein Ohr wie ein fernes Murmeln. Er dachte ›Hanni‹, er wollte irgendeine Aussage formulieren, der Satz brach mittendrin auseinander, und unbestimmt tastete er in eine andere Richtung. Eine trostlose Verwirrung ergriff ihn mit der Zeit. Er atmete schwer und sah traurig durch das trübe Gangfenster in den tristen Wintertag hinaus. Eine wehe Unlust kroch durch seine Adern, und wie ausgetrocknet war sein Schlund.

»Zeuge Herr Bahnhofsvorstand Bolwieser Xaver!« schrie der Gerichtsdiener endlich, und wie aus einer bösen Unwirklichkeit schritt der Gerufene in die Wirklichkeit des Gerichtssaales hinein.

»Ich schwöre«, plapperte er dem Richter nach, und seine erhobene Hand zitterte ein wenig, »daß ich die reine Wahrheit sagen werde, nichts verschweigen und nichts hinzusetzen werde, so wahr mir Gott helfe.« Noch immer stand sein Arm in der Luft und sank erst lahm herab, als der Richter sich räkelnd auf seinem Stuhl zurechtsetzte.

»Also Herr Bahnhofsvorstand, Sie wissen ja, um was es sich handelt, nicht wahr?« meinte dieser nach den üblichen Formalitäten: »Es wird von der Gegenpartei behauptet, daß Ihre Frau Gemahlin mit Herrn Gastwirt Merkl ein Liebesverhältnis unterhalte... Sind Sie auch dieser Meinung oder haben Sie schon einmal einen ähnlichen Verdacht gehabt, Herr Vorstand?« Bolwiesers Augen schwammen in denen des Richters. »Nein, ausgeschlossen — überhaupt nie«, sagte er stockend.

»So«, meinte der Richter legerer: »Ich möchte Sie gleich darauf aufmerksam machen, wenn Sie über etwas nicht aussagen wollen, können Sie's verweigern, Herr Vorstand!... Also, einen derartigen Verdacht haben Sie nie gehabt und —«

»Wenn das Gerede so fortgegangen wär', Herr Amtsgerichtsrat, dann hätt' *ich* die Sache angezeigt!« unterbrach ihn Bolwieser sonderbar aufgebracht: »Für mich als Beamten —«

»Jaja, natürlich! Selbstverständlich, Herr Vorstand«, besänftigte ihn der Richter und forschte ruhig weiter: »Nun wird aber von Herrn Oberförster Windegger behauptet, daß Ihre Frau Gemahlin am vierzehnten September gegen zwölf Uhr nachts von ihm gesehen worden sei, wie sie — Ihre Frau Gemahlin —«, er spähte auf Hanni, und auch Bolwieser hatte sich mechanisch umgedreht und streifte diese mit einem schreckhaften Blick —, »wie also Ihre Frau Gemahlin aus dem Bahnhofsgebäude ging, und zwar sehr gut angezogen und ziemlich sonderbar... Wissen Sie was davon?« Das kam unerwartet. Das zerschlug alle vorhergegangenen Verabredungen zwischen Hanni und Xaver. Es war schrecklich. Hanni verfärbte sich und starrte. Bolwieser wurde totenbleich. Er wollte nachdenken, wollte die Worte zurückschlucken, aber schon liefen sie ihm davon.

»Meine Frau...?« sagte er, wieder dem Richter zugewendet und versteifte unmerklich seinen erzitternden Rücken. Der ganze Saal erstummte jäh. Hanni blieb das Herz stehen. Sie sah Merkl an und hielt den Atem zurück.

»Meine Frau?... Um zwölf Uhr nachts am vierzehnten September?« wiederholte der Bahnhofsvorstand und schüttelte hölzern den Kopf: »Da — da kann ich nichts berichten, i — ich hab' ja Nachtdienst gehabt, und da kann ich doch nicht weg.«

Jetzt hörte man da und dort jemanden aufatmen.

»So«, sagte der Richter, als sei nun alles wasserklar, und hob seinen Oberkörper: »Jaja, natürlich... Nachtdienst... Da konnten Sie ja gar nicht weg, natürlich...!«

»Einen Moment, Herr Amtsgerichtsrat«, mischte sich Justizrat Lemminger ein und wies auf Windegger: »Mein Mandant möchte etwas zur Sache sagen.«

»Bitte!« wandte sich der Richter an diesen: »Bitte, Herr Oberförster?«

Ein Räkeln ging durch den Saal. Alle Blicke hefteten sich an den Förster, erneut drehte sich Bolwieser um und sah seinen Gegner verloren an.

»Ich kann beeiden, daß ich die Frau Bahnhofsvorstand selbiger Zeit gesehen habe, Herr Amtsgerichtsrat!« rief Windegger laut und fest: »Ich kann als Zeugen auch den Krämer Sailer angeben.« Da sprang Finkelberg rettend dazwischen und parierte flüssig: »Jaja, *daß* Frau Bahnhofsvorstand an dem betreffenden Tag um die angegebene Zeit aus dem Haus gegangen ist, das bestreitet doch niemand — auch sie nicht! Davon ist doch gar keine Rede! Aber weder Sie, Herr Oberförster, noch irgend jemand kann doch dar-

aus den Schluß ziehen, daß sie zu Herrn Merkl gegangen ist! Oder wollen Sie das etwa bestimmt behaupten?«
Jedes Wort traf Bolwieser wie ein Hammerschlag. Das Furchtbare wurde ihm klar. Sein Denken verlöschte. Er würgte an einem Aufschrei — aber er fühlte Hanni hinter sich. Er spürte ihre Blicke auf seinem Rücken. Mit aller Kraft hielt er sich aufrecht und zeigte eine eisige Miene.
»Wollen Sie das etwa behaupten?« hörte er Finkelberg abermals fragen.
»Das freilich nicht!... Nachgegangen bin ich ihr nicht«, retirierte Windegger, und der Richter brümmelte: »Na also, Herr Oberförster...!« Windegger setzte sich. Die gespannte Luft im Saal schien aufzuweichen. Überheblich strahlend sah Finkelberg auf Hanni und Merkl.
»Hat noch jemand was?« erkundigte sich Amtsgerichtsrat Schneider: »Nein?... So!... Sie können Platz nehmen, Herr Vorstand.« Bolwiesers Knie waren kraftlos. Er tappte steif auf die Bank zu und setzte sich neben Hanni. Die beiden sahen sich nicht an. Sie hockten nebeneinander wie leblose Puppen.
Nun richtete sich Finkelberg hoch auf und begann sein schmetterndes Plädoyer: »Meine sehr verehrten Herrschaften!« Nicht ohne Koketterie flocht er diese Anrede öfters ein und brauste los: »Die Ehre und der Ruf einwandfreier Bürger stehen hier auf dem Spiel. Nicht der Schatten eines Beweises ist erbracht, daß zwischen Herrn Gastwirt Merkl und Frau Bahnhofsvorstand auch nur die geringste intimere Beziehung besteht. Den übelsten Klatsch, die schwersten Verleumdungen hat sich die Gegenpartei zuschulden kommen lassen!« Er donnerte. Er hatte seinen

besten Tag. Immer kleiner wurden die Gesichter Windeggers, Hartmannseders und Margertsrieders.

»Und was — was, frage ich Sie offen, meine sehr verehrten Herrschaften, was konnte da für ein Schaden entstehen!? Meine Mandanten sind zwar glänzend rehabilitiert, aber es bleibt« — er verringerte seinen Stimmaufwand und fädelte fein weiter — »da doch immer etwas hängen in der unwissenden Öffentlichkeit. Darum ist es Aufgabe des Gerichtes, hier mit aller gebotenen Schärfe einzugreifen!« Er endete mit großem Schwung, und die Wirkung blieb nicht aus. Im Zuhörerraum klatschten sogar etwelche. Der Richter mahnte streng zur Ruhe. Als jedoch Justizrat Lemminger hin und her fuchtelnd seine lahme Verteidigungsrede hielt, lachten doch wieder einige respektlos.

»Es kann doch nicht einfach angenommen werden, daß eine Böswilligkeit dabei war! Klatschereien kommen doch überall vor«, meinte der Alte und sah in das ungläubige Gesicht des Richters. Er wurde von Satz zu Satz versöhnlicher, und zuletzt klang alles fast bittend.

Endlich wurde es still. Der Amtsgerichtsrat rückte hin und her, besann sich einige Augenblicke, setzte seine Kappe auf und verkündete den Urteilsspruch.

Je dreihundert Mark Geldstrafe und Tragung sämtlicher Kosten erhielten die drei Verleumder zudiktiert.

»Gegen das Urteil können Sie binnen acht Tagen durch Ihren Herrn Anwalt Berufung einlegen lassen oder zu Protokoll der Geschäftsstelle«, schloß der Amtsgerichtsrat Schneider etwas teilnahmslos, dann aber fand er es doch noch für richtig, die Verurteilten eindringlich väterlich zu warnen, sie sollten die Sache lieber auf sich beruhen lassen.

Die Mienen der Belehrten freilich verrieten das reine Gegenteil.
Hinten leerte sich der Zuhörerraum. Allseits bestaunt zog Finkelberg mit seinen Schutzbefohlenen ab. Im Gang plapperte es geschwätzig durcheinander. Die Stimmung hatte umgeschlagen. Herabmindernd musterten die Leute den Greinbräuwirt, seinen Rechtsbeistand und seine Leidensgenossen. Alle waren für Merkl und die Bolwiesers. Der alte Spruch: ›Wer da siegt, der da überwiegt‹ bewahrheitete sich wieder einmal.
Der Merkl wollte ein lustiges Siegesmahl geben, doch — seltsam, die Bolwiesers begaben sich auf der Stelle nach Hause. Und dort erst, in der Wohnküche, brachen sie beide aus sich heraus.
»Ja—ja! Ja—ja, Dickerl?! Um Gotteswillen, was hast du denn bloß ausgesagt?... Ja, Xaverl?!« fand Hanni als erste das Wort. Er schwieg sie zerrüttet an.
»Dickerl?!... Armes, kleines Dickerl!« rüttelte sie ihn auf.
»Xaverl?... Du! Red' doch! Du!... Armerl!« Eine wehe, unsichere Barmherzigkeit schwang mit ihren Worten mit. Sie überdachte das Geschehene. Ein Gedanke jagte den anderen. Schaudernd fiel ihr ein, daß noch einer um diesen Meineid wußte: Merkl.
»Xa—xaverl! Mein Xaverl! Mein guter Dicker!« rief sie fast flehend und streichelte zitternd über den Kopf des Verstörten. Noch ratloser wurde sie.
»Aber Xaverl! Dicker?! Wir haben's doch so und so oft ausgemacht! Wa — warum! Warum hast du denn bloß so ausgesagt? Du?... Du?!« Sie weinte fast.
Er schnaubte endlich beinahe röchelnd. Die beengte Brust

schien ihm zu zerspringen. Er hob sein aschfahles Gesicht und sah sie ausgeliefert an. Beide stockten. Er ächzte wiederum und sagte tonlos aus sich heraus: »Ich hab' aber doch nicht anders sagen können... Ich hab' dir doch helfen wollen...« Durch sie hindurch bohrte sein starrer, leerer Blick. Zum erstenmal überwältigte sie die unfaßbare Wucht seiner irren Verfallenheit.

»Allmächtiger Herrgott! Mei — meinetwegen! Meinetwegen auch noch!« entfuhr ihr, und sie bedeckte mit beiden Händen ihr erschrockenes Gesicht. Zwei, drei Seufzer kamen stoßweise aus ihr. Dann — ganz plötzlich — wurde sie ruhig.

Der Sitzende lugte von unten her in die Höhe und sagte wie beschwichtigend: »Jetzt ist's halt geschehen... E—es weiß's ja keiner...« Er richtete sich mühsam auf und blieb stehen wie ein regloser Klotz.

Was, was war denn geschehen? Was denn? Sie sah über ihn hinweg, sah weit, weit in die Zukunft hinein. In *ihre* Zukunft! Eine große, triumphierende Freiheit dehnte mit einem Male ihre Brust. Sie umklammerte jäh diesen verlorenen Mann da und küßte ihn bis zur Atemlosigkeit...

Werburg hatte wochenlang den anregendsten Gesprächsstoff. Doch ein geschlagener Feind ist ganz und gar verbissen. Der Windegger, der Greinbräuwirt und der Viehhändler ließen nicht nach und legten Berufung ein. Einen Münchner Anwalt hatten sie bestellt, und auch den Krämer Sailer brachten sie schließlich so weit, daß er sich als Zeuge erbot. Die Sache kam vor die Kleine Strafkammer des Landgerichts München II.

Dennoch, die neue Schlacht endete mit einer endgültigen Niederlage der drei. Der neue Anwalt war gewiegter, ja, der Sailer beschwor wahrheitsgetreu, er habe Hanni in jener Septembernacht aus dem Stationsgebäude gehen sehen, aber das änderte doch nicht das geringste an der Sache. Wieder leistete Bolwieser seinen Schwur fast wörtlich. Nachher, auf der Heimfahrt, im Zug wurde das Gespräch sehr unterhaltsam. Hanni redete unausgesetzt. Sie wollte keine Sekunde still sein und beachtete ihren Xaver kaum. Die Herren Finkelberg und Merkl sagten ihr allerhand Artigkeiten.

Bolwieser saß mit einem gefrorenen Lächeln da, und im bewegtesten Disput oft — wenn er sich unbeobachtet glaubte — glotzte er grauenhaft. Er dachte immer einen gleichen zähen Gedanken und kam nicht zu Ende damit.

XVIII.

Und wieder waren die großen Bälle im Torbräu. Und wieder war die ganze bessere Gesellschaft beim Merkl. Und wieder sah man die Frau Stationsvorstand Bolwieser wie eine Junge prangen. Sie hatte sich vorteilhaft verfeinert und war leblustiger als ehedem. Es kam nicht selten vor, daß sie — weil Xaver Nachtdienst hatte — allein erschien und sich neben Herrn Friseur Schafftaler placierte, als sei's so verabredet. Ohne jedes Genieren sagte sie laut: »Mein Xaverl tanzt ja sowieso nicht und macht sich aus dieser Gaudi nichts. Er weiß mich ja in den besten Händen.« Bei keinem Tanz blieb sie sitzen. Meistens war Schafftaler ihr Partner. Das Paar stach heraus aus der provinzlerischen Eleganz rundherum und wurde viel bestaunt und beneidet. Nur hin und wieder sah man Hanni auch mit dem Merkl tanzen.

Der zeigte zwar im Saal ein heiteres Gesicht, kam er aber in die Küche, so veränderte er sich. Er schimpfte beim geringsten Anlaß, als schreie er seine unanbringbare Wut heraus. Einige überraschten ihn vor der Saaltüre, wie er in der aufgeklarten Winternacht hin und her ging, in sich gekehrt, düster und fast scheu. Er sagte irgendein gleichgültiges Wort und ging schnell wieder vorne zur Haustüre hinein. Ruhelos trieb es ihn herum. —

In jener Zeit ereignete sich etwas, das dem Bahnhofsvorstand die endgültige Erkenntnis abrang, daß er ein Pantoffelheld sei. Ein schlimmerer, als man sich denken konnte. Ein ganz und gar zertretener.

Nämlich eines Tages, nachdem er in seinem Dienstzimmer angekommen war, sah er draußen zwischen Fensterscheibe und den Eisenstäben ein Kuvert stecken und nahm es herein. Es mußte schon vor einigen Stunden hierhergebracht worden sein, denn es war schneenaß und blätterte von selbst auf. Darin entdeckte er einen mit Schreibmaschine geschriebenen Brief, der folgenden Wortlaut hatte:

›Werter Herr Stationsvorstand Bolwieser!
Als Unbekannter, aber doch als einer, der Ihre werte Persönlichkeit in jeder Hinsicht schätzt, möchte ich Sie in Ihrem eigenen Interesse dringend darauf aufmerksam machen, daß Ihre Frau Sie schon lange ganz gemein hintergeht. Sie ist Ihnen aber nicht, wie man geglaubt hat, mit Herrn Merkl untreu. Ihr weites Herz schlägt für einen ganz anderen, nämlich für den lausigen Friseur Schafftaler.
Dieser gewissenlose Schmuser, der wo jedem nächstbesten Frauenzimmer den Hof macht und den Kopf verdreht, damit er ein gutes Geschäft macht, das ist der feine Galan der Frau Bahnhofsvorstand. Was sagen Sie dazu?
Ihre Frau geniert sich nicht, wenn Sie, Herr Vorstand, im Dienst sind und Ihre Pflicht tun, jeden Tag zum Schafftaler zu laufen, und was die zwei alles in der Frisierkabine machen, das ist eine Schande und ein Spott. Auch auf den Bällen beim Torbräu, wo Sie nicht dabei gewesen sind, haben die zwei Ehebrecher ganz ekelhafte Gemeinheiten steigen lassen, daß jeder Mensch darüber geredet hat. Sie als ehrenhafter Beamter, Herr Vorstand, haben ja Nachtdienst gehabt! Da haben die zwei freien Schwung gehabt.
Sie erbarmen mich aufrichtig, Herr Vorstand, und darum teile ich Ihnen unumwunden dieses schamlose Treiben Ihrer scheinheiligen Frau mit. Damals beim Prozeß hat sie getan

wie wenn sie nicht bis fünf zählen könnte, aber sie ist eine ganz schmutzige Person, ein Mensch, das wo man nicht so leicht wieder trifft. Mit einem solchen minderwertigen Weibsbild kommen Sie auch noch ins Unglück.
Dies zur Kenntnisnahme. Ein Unbekannter.‹

Bolwieser mußte sich setzen. Die Augen verschwammen ihm. Stumm und arm saß er da und war nicht einmal fähig, darüber nachzudenken, wer der infame Briefschreiber gewesen sein mochte. Er sah wie verblödet auf das zerfließende Gemeng der Buchstaben, und zeitweise erstarb ihm die Umgebung gänzlich. Dann wieder rann sie gleich einer trägen Masse durch sein Hirn.

Aber er brach nicht brüllend aus sich heraus wie ein todwundes Tier. Nein. Er faltete nach einer Weile den Bogen zusammen und verbarg ihn in seiner Brieftasche.

Das war alles.

Er stellte später auch Hanni nicht zur Rede. Er forschte nicht nach dem Briefschreiber. Er litt.

Was hatte er an Hanni nicht schon gelitten? Früher heftig, aber kurz. Später weit weher und nachhaltiger, und jetzt ganz still und ohnmächtig. Etwas Unaussprechliches schien in ihm zerbrochen.

Er erinnerte sich, wie er ihretwegen falsch geschworen hatte. Ja! *Nur* ihretwegen! Alles andere stimmte nicht.

Worte kann man sagen und hören. Dinge sehen. Sie bedeuten beide gar nichts. Erst das Warum dahinter gibt den Ausschlag.

Damals, als der Richter jene grausige Frage an ihn richtete, empfand er jäh: ›Jetzt geht mir Hanni verloren, jetzt zerfällt alles, wenn ich nicht lüge!‹ Und da flog ihm der ›Nachtdienst‹ als plausibler Grund zu. Aus einem inneren Zwang heraus bildeten sich die Worte. *Er* sagte sie gar nicht, Hanni hinter ihm formte sie. Eine unsagbare Kraft ging von ihr aus, die machte einfach wehrlos...

Oft quälte Bolwieser eine peinigende Angst, wenn er an den Meineid dachte. Noch mehr aber zerrieb ihn der Unmut über seine hoffnungslose Schwachheit. Er erkannte sie nun. Das war am schmerzlichsten.

Nach der Münchner Verhandlung, als sie heimgekommen waren und ins Bett gingen, weinte er auf einmal gottesjämmerlich. Und da tröstete ihn Hanni wahrhaft erlösend. Er wurde ruhiger. Sie küßte ihm die Tränen aus dem Gesicht und rief mit nie empfundener Süßigkeit: »Mein armes, kleines, dickes Buberl!« Das wischte im Nu all seine Gewissensbisse weg. Er versank in ihrer Geborgenheit wie eine zerbröckelnde Kreatur in der Erde. Noch am anderen Tag, als er während des Dienstes nachsann, zitterte der undefinierbare Ton ihrer Worte in ihm nach, und es fiel ihm ein längst verkrustetes Erlebnis ein, das er einst als Aspirant mit einem Münchner Straßenmädchen gehabt hatte.

An einem freien Tag bummelte er bis nach der Polizeistunde und kam etwas angeheitert in anrüchige Straßen. Er hatte gar nichts im Sinne, aber plötzlich brach eine unerklärliche Unruhe in ihm aus. Das Mädchen pürschte sich an ihn heran, kicherte keck, er blieb hölzern stehen, und nach einigen Stotterlauten ging er mit. Eigentlich empfand er nur Ekel, als sie auf dem engen, zerschlissen eleganten Zimmerchen angekommen waren. Er wäre am liebsten auf und davon. Das Mädchen entkleidete sich gleichgültig und gefiel ihm

immer weniger. Endlich bereit, sagte es lächelnd: »So Kleiner, nun komm' mal! Zeig schön, was du kannst!« Diese Worte — weiß der Teufel, was in ihnen klang — rissen ihn hin. *Nur* sie, sonst nichts.
Und die von Hanni hatten denselben Ton.
›Gefangen!‹ dachte er stumpf: ›Sie hat mich entmannt, ruiniert! Ich bin ihr Hund!‹
Er fing an, sich zu verachten. Völlig gleichgültig durchzuckte ihn manchmal ein lahmer Entschluß, sich auf der Stelle dem Gericht zu übergeben. Sogleich aber überfluteten tausend andere Erwägungen diesen mörderischen Gedanken. Nein, man zertrampelt nicht einfach ein mühsam aufgerichtetes Leben. Man ist ihm gleichsam durch jahrelange Übung in- und auswendig verhaftet. Man ist von den Bitterkeiten kleingeschliffen. Ein gewisser Zynismus erhält aufrecht. Ängstlich und notgedrungen zufrieden giert man um all die Annehmlichkeiten. Alles andere versinkt mehr und mehr. Darum tat Bolwieser gar nichts nach Erhalt des anonymen Briefes. Er steckte, wie es seine Art war, den Kopf in den Sand. Er fraß alle Ängste in sich hinein. Mit offenen Augen sah er sein Elend, mit witternden Sinnen empfand er Hannis Untreue, und es kam ganz allmählich eine heimliche, alles zersetzende Rachsucht über ihn.
»Was ist das bloß mit dir?« fragte ihn Hanni einmal: »Du machst mich ja ganz kaputt!... Das ist doch nicht mehr normal! Ein Stier ist nichts gegen dich!«
Er schwieg sie lächelnd an und meinte schließlich: »Ich kann doch nichts dafür, daß du mir immer besser schmeckst...« Und es glomm eine unverhohlene Lüsternheit in seinen Augen.

»Ja, aber wo soll denn das in Gottes Namen hinführen, Xaverl!... Geh, Gockel! Jetzt hör' doch einmal auf!« verbat sie sich seine Zudringlichkeiten bei Tisch. Sie ging an den Herd und meinte fast trübselig: »Andere sind doch auch verheiratet, aber so kann doch kein Mensch mit seiner Gesundheit wirtschaften.«

»Ich vertrag's eben«, gab er zurück.

Sie war über dieses Zuviel verärgert. Es verbrauchte sie und war ihr doch nicht genug. Ja, wäre Xaver jedesmal ein anderer gewesen, dann — aber so! —

Er musterte sie von hinten. Bei den Füßen fing er an. Die staken in plumpen Wollhausschuhen.

»Ich hab' neulich beim Sedtler wundernette Pantofferl geseh'n«, sagte er: »Die täten dir viel besser stehen.«

Sie drehte sich um, streckte ihren Fuß und betrachtete die Hausschuhe. Die Bemängelung grämte sie.

»Ich kann mich auch nicht zu Tod frieren, bloß weil es dir paßt!... Hmthm!« wehrte sie sich ernüchternd: »Ich bin doch nicht dein Spielzeug!«

»Doch! Doch, du bist mein kleines Kokotterl!« scherzte er in verstelltem Ton: »Ja—wolll!«

Sie schüttelte nur den Kopf und seufzte leicht. Er ging weiter mit seinem Blick, über die runden Knie, empor zum anliegenden Rock. Die Masche der blauen Hausschürze grenzte das hervortretende Gesäß ab, dann stieg der vollschlanke Oberkörper gerade auf bis zu den gelockten Haaren im Genick.

»Sonderbar«, sagte er: »Zu was macht sich denn eine Frau schön? Für ihren Mann oder bloß für die Leute?«

Das machte sie noch ungeduldiger.

»Ja, Herrgott, ich kann doch nicht im Nachthemd kochen und putzen!« schalt sie: »Soll ich vielleicht im Kostüm in der Wohnung 'rumwirtschaften? Du kannst dich doch gewiß nicht beschweren!«

»Ja, mein Gott, ich hab's halt so gern«, lenkte er listig ein.

»Dann mußt du mir eben eine große Wohnung schaffen, zwei Dienstmädchen, daß ich mich den ganzen Tag bloß zu pflegen brauche und auf dem Diwan liegen kann... Bitte«, erwiderte sie gereizt: »Wenn ich dir hinten und vorn nie gut genug bin, hm, dann mußt du dir eben ein kostspieliges Luxusweib anschaffen...«

»Reg' dich doch nicht so auf, Hannerl! Mein Luxusweiberl kannst doch du auch sein! An mir fehlt's doch gewiß nicht! Ich gönn' dir doch alles«, besänftigte er sie und setzte hinzu: »Man lebt nur einmal... Komm, geh' her zu mir, komm!«

Sie gab nach. Er saß und hatte die Arme um ihre Körpermitte gespannt. Sie stand, streichelte versöhnt sein Haar, sah auf ihn herab und murmelte: »So verliebte Mannsbilder sind auch anstrengend, hmhm! Ewig und ewig soll man parat sein!«

Ähnlich sprachen sie oft miteinander. So stand nunmehr Xaver zu Hanni: Sie war für ihn nur noch Gegenstand seiner Lüste. Er mißtraute ihr und verachtete sie. Und doch war er ihr ausgeliefert! Der Unterlegene suchte sich schadlos zu halten.

Ja, er wurde ein ausgemachter Pantoffelheld. Wie sie pfiff, so tanzte er. Ihre zunehmende Nervosität machte sie heftig und heftiger. Ungemütlich war es oft, aber er hatte mit der Zeit gelernt, wie man jedem Zank die Ernsthaftigkeit nimmt, wie man jeden Streit in ein Nichts zerlaufen läßt.

Mit abgefeimtem Geschick brachte er stets die Versöhnung zustande. Jedesmal war Hanni unbefriedigt darüber. Instinktiv fühlte sie die Überlistung, und immer blieb eine ganz dünne Schicht Unmut in ihr zurück. Er aber hatte wieder all das von ihr, was er einzig und allein wollte.
Und trotzdem litt er. Er litt furchtbarer, als er zu fassen vermochte. Er saß viele Male vereinsamt da, und es pochte und tobte in ihm: Jetzt geht sie zum Schafftaler, jetzt sind sie in der Kabine, jetzt —
Er stemmte sich dagegen. Er wollte ruhig werden. Er sah unausgesetzt Hanni vor sich. Wie sie sich in der Küche fliegend beeilte, um fortzukommen. Wie sie sich im Schlafzimmer mit größter Bedachtsamkeit anzog. Er sah jedes Stück, das sie über den begehrten Körper stülpte, er roch förmlich den Duft, der von ihr ausging. Er wurde unsäglich verzweifelt. ›Wes das Herz voll ist, des läuft der Mund über‹, heißt es. Da nützt auch alle Vorsicht nichts.
»Der Schafftaler ist eigentlich ein sauberer Mensch... Er hat sowas Adrettes und Gepflegtes«, sagte Hanni und musterte Xaver von der Seite: »*Ich* freilich, ich kann dir nie fein genug sein, aber *du* —« Sie verglich heimlich. Xaver war gealtert und vernachlässigte sich offensichtlich. Jede Frau aber sieht an den Vorzügen ihres Geliebten die Schattenseiten ihres eigenen Mannes um so schärfer. Sie wird unzufrieden und findet immer mehr auszusetzen. Dieses dauernde Nörgeln wird von Mal zu Mal gehässiger und macht vor nichts mehr halt. Hanni fing an, Xaver zu tyrannisieren. Wie soll man sich aber gegen einen solchen Tyrannen wehren? Man kann gegen ihn nicht aufkommen — also belügt man ihn.

Hanni hatte sich in der letzten Zeit eine eifrige Sparsamkeit angewöhnt. Peinlich rechnete sie. Das tat Xaver nicht weiter weh, aber — weiß Gott warum — es ärgerte ihn.
»So, das wird für den Urlaub zurückgelegt«, erklärte sie einmal, als er sie beim Zählen des zurückgelegten Geldes überraschte. Er nahm die blecherne Sparbüchse und stimmte ihr vollauf zu: »Jaja... Ich nehm' die Kasse zu mir ins Dienstzimmer hinunter, und du behältst den Schlüssel, damit keins dran kann. Ich leg' immer was drauf, und du gibst mir das von dir...« Sie freute sich über seine Bereitwilligkeit. Die war aber nicht so uneigennützig, wie sie meinte. Der Mensch ist dunkel.

XIX.

Im selbigen März mußte der Bahnhofsvorstand wieder einmal als Beisitzer nach München. In einer der vorhergehenden Nächte, als er einsam in seinem Dienstzimmer saß, nahm er die Sparkasse aus der Schublade und betrachtete sie aufmerksam von allen Seiten. Dann holte er aus seiner Rocktasche eine zweite Sparbüchse heraus, die der ersten auf ein Haar glich. Der neue Schlüssel sperrte beide Büchsen. Aufgeregt und gespannt zählte er die Ersparnisse. Er besann sich kurz, lauschte, lugte durch das Fenster in die Nacht hinaus und steckte hastig zweihundert Mark in seine Brieftasche. Sorgfältig stellte er die Sparbüchse wieder auf ihren Platz und schloß die Schublade ab.

Vor der Abfahrt nach München redete er herum, daß er diesmal vielleicht nicht heimkomme und übernachten müsse. Hanni fand nichts dabei und meinte scherzhaft: »Naja, ich bin ganz froh, wenn ich auch 'mal Urlaub von dir hab'!« Sie lächelten einander an. Sie küßten sich. Er fuhr ab.

Die Verhandlung vor dem Disziplinargerichtshof dauerte nicht länger als jede andere. Schon gegen sechs Uhr nachmittags war Bolwieser sein eigener Herr. Kein Treuberger hielt ihn diesmal auf. Der war inzwischen in die Oberpfalz versetzt worden, und seit ihrer Verfeindung hatte Bolwieser nie wieder etwas von ihm gehört. Ein fremder, jüngerer Kollege mit aufdringlich forschem Gehaben saß während der Verhandlung neben dem Werburger Bahnhofsvorstand. Die beiden wechselten nur etliche Freundlichkeiten und trennten sich auf der Straße sogleich. Bolwieser atmete auf, als er allein war. Immerzu hatte er an Treubergers damali-

gen Spott denken müssen, und jetzt — nach so langer Zeit — gab er seinem einstigen Kameraden recht. Er war versöhnlich gestimmt, ja, er sehnte sich fast nach diesem Menschen, der ähnliches erlitten hatte wie er.
Bolwieser empfand nicht den mindesten Drang, nach Hause zu fahren. Im Gegenteil, seit langem fühlte er sich endlich einmal wieder frei und ledig von Hanni. Das berauschte ihn schier.
Er nahm sich für die Nacht ein Zimmer in einer billigen Pension, aß zu Abend und begab sich auf den Bummel. Ungehemmt ließ er sich treiben. Nichts versagte er sich. Sinnlos gab er Geld aus. Er fuhr die größten und kleinsten Strecken mit dem Auto und suchte alle möglichen Kaffeehäuser und Tanzbars auf. Wenn er an Hanni dachte, wurde er flüchtig verstimmt und versuchte, schnell darüber hinwegzukommen.
›Ich will leben, und sie bremst, rechnet auf einmal und spart‹, redete er sich zugute und maß verhalten die vorübertanzenden Dämchen: ›*Die* sind viel gescheiter als sie! Sie pfeifen auf alles andere und wollen nichts als lieben... Wie dumm doch so Eheweiber sind! Sie verpatzen sich selber alles mit ihrer lästigen Ordentlichkeit.‹ Immer verärgerter wurde er über Hanni.
›Beim Schafftaler, da wird sie schon anders sein‹, bohrte er weiter: ›Bei *dem* tut sie auch nichts anderes als lieben, aber bei *mir?* Bei mir ist sie kalt. Ihrem Liebhaber bietet sie alle Herrlichkeiten... Ich darf nie, wie ich will. Da gibt es Reibereien... Jetzt soll sie's büßen!‹
Sein Ärger war jetzt störrische Wut.
Der Pantoffelheld rebellierte.

Seine zermürbende Eifersucht bäumte sich.
Eine böse Freiheit wogte in ihm. Wie einem Menschen, der sich aus dem Joch verhaßter Hemmungen losgewunden hat; wie einem ausgebrochenen Sträfling, welcher zufällig zu Geld gekommen ist und nun in den kurzen Stunden bis zur Wiederfestnahme das ganze herrlich-höllische Leben bis auf den Grund auskosten will — so war ihm zumute.
Brunst, unbezähmbare Brunst begann in seinem Blut zu wallen. Wie ein röhrender Hirsch trieb er durch die Stadt. Nach langem Herumirren landete er in einer versteckten Animierkneipe, in der sich nur noch wenige Gäste befanden. Steif nickte er den drei Musikern auf dem Podium zu, spähte mit verlegen-finsterem Gesicht herum und setzte sich endlich in eine verborgene Nische. Er war geladen und gespannt, zugleich aber verstört und gelangweilt. Er war müdgehetzt und überwach, war lustlos und wild.
Als die hochbusige, sehr zusammengeschnürte, dickgeschminkte, um und um duftende Kassiererin die Weinkarte brachte und sich sofort herausfordernd an ihn drückte, verlor er allen Halt. Es war geschehen um ihn. Er bestellte, was sie sagte. Immer für sich und für sie. Zum Kognak kam Schwedenpunsch, dann Nikolaschka, dann Wein, Wein und zum Schluß Sekt. Dünn und armselig spielte die Musik. Er trank wenig und hielt sich mit aller Überlegung nüchtern. Bereitwillig bot er einer anderen herankommenden Kellnerin volle Gläser an. Der Wirtin und den Musikern spendierte er. Spät und später wurde es. Ein Gast nach dem anderen verließ das Lokal. Die Musiker packten schon ihre Instrumente ein. Die Mädchen drängten ihn, und er gab ihnen ein großes Trinkgeld. Devot verabschiedeten sie sich. Die

watschlig verfettete Wirtin knipste die vorderen Lichter aus und verschloß die Eingangstüre.

»H—jetzt — jetzt kommt also niemand mehr? Keiner mehr?« fragte Bolwieser seine Damen lauernd.

»Nein, Herzl, jetzt ist's Schluß, aber wir können schon noch bleiben«, antwortete die Vollbusige: »Jetzt sind wir ganz allein und ungeniert.« Ihre Kollegin auf Bolwiesers Schoß strampelte wie neubelebt, leckte dem Gast mit der spitzen Zunge das Ohr und jubelte: »So, Dickerl, jetzt kannst alles haben!« In Bolwiesers glasigen Augen schwamm das hängebackige Teiggesicht der lächelnden Wirtin.

»U—und hören tut uns auch keiner mehr — oder?« erkundigte er sich.

»Ah! Woher denn!... Die Schutzleute haben ja schon kontrolliert... Aber wir könnten ja noch die Rouleaux 'runterziehn, Frau Enzinger«, meinte das angealterte brandrote Mädchen mit den stechenden, tiefumränderten Augen und wand sich aus dem Tisch: »Warten S', Frau Enzinger, ich mach's schon...«

»Gut gewachsen«, murmelte Bolwieser, als sie zur Türe ging.

»Ja, aber bei mir ist viel mehr da«, sagte die Vollbusige und machte ordinäre Andeutungen. Stumpf donnerten draußen die Rouleaux hernieder. Die Wirtin trank das dargebotene Glas aus, wünschte ›gute Unterhaltung‹ und verschwand hinter dem Bartisch in die Küche. Wie ein schnaubender, ungelenker Bär packte Bolwieser nun die Busige an und riß ihr die Bluse auf.

»A—aber geh, Schatzl? Wer wird denn gleich so wild sein!« wehrte sie sich halb. Draufgängerisch ging Bolwieser zur

Attacke über. Da aber kam die Rothaarige wieder an seine Seite, und er hob röchelnd seinen Kopf. Dann glotzte er sie an, doch sie wurde nicht im mindesten verlegen. Gleich plapperte sie: »So, das ist aber nett! Da komm' ich ja grad' recht! Genier dich bloß nicht, Schatzi... Mach' nur weiter! Ich helf' auch mit.« Und dreist legte sie ein Bein über Bolwiesers Schenkel. Die Dicke entblößte ihre Brust vollends. Blaugeädert erglänzte ihre schlaffe Haut im fahlen Licht. Xaver warf sein brennend heißes Gesicht darauf. Weitauf brach sein Mund, und haltlos glitt die Zunge hervor. »Au! Au—au! Nicht so stürmisch, Herzl! Du tust mir ja weh!« entwand sich die Vollbusige seinem Biß. Eine unbeschreibliche Orgie begann. Zuletzt hingen die zwei Kolleginnen wie Quallen an Bolwieser. Sie hatten ihre Kleider abgelegt und ergötzten sich an seinen ungeschickten Griffen.
Diskret kam einmal die Wirtin und servierte eine Rechnung. ›Siebzig Mark und fünfzig!‹ las der Bahnhofsvorstand stur am Ende einer langen Zahlenreihe und lachte blöd wie durch einen Nebel: »Hä—hä—hähä, da—das ist ja grausam! Aber wir haben 's ja... Da... bringen Sie noch etliche Flaschen Reserve, und vielleicht trinken wir noch einen Mokka... Was meinen die Damen dazu?«
»Ja! Ja—jaja, das frischt auf! Das macht wieder lebendig!« stimmten ihm diese zu.
Mit generöser Geste bezahlte er. Alles war ihm gleichgültig. Wie aufgebrochen war sein Körper. Er verbiß sich schier in die Leiber der Mädchen. Er knirschte und ächzte wie berstend. Er griff herum und verkrampfte sich. Er stieß brüllende Laute heraus, er schwitzte und stammelte grölend:

»Da—da—das ist ja no—noch gar nichts! Gar nichts! Ga—ga—gar nichts! Hähähä, ich ka—kann ja noch viel—viel mehr vertragen, hähähähä!«
»Du, hm«, hörte er einmal die Dicke murmeln: »Das ist der reinste Sprunghengst!« Und er plärrte verströmend dazwischen: »Hähä, ja—hja! Ja, das bin ich!«
Die beiden Mädchen wurden immer skrupelloser. Nach dem Kaffee tanzten sie in geiler Ausgelassenheit auf dem besudelten Tisch, Gläser klirrten, leere Flaschen klapperten auf den Boden. Bolwieser sah die Körper der beiden Tanzenden aneinandergedrückt, sah, wie sie sich in der Mitte wetzten, und drückte sie noch mehr zusammen. Er riß auf einmal der Vollbusigen die breite Spitzenhose herab und packte ihren nackten, quellenden Schenkel. Er preßte seinen Mund darauf, spürte das schwabbelig-schlenkernde Fleisch, und wie von ungefähr, ganz jäh, schoß durch sein verstumpftes Hirn: »Äh! Bei Hanni ist alles so glatt und fest! Äh!« Er ließ lahm los und verzog angeekelt seine Miene.
»So, die ist jetzt hin, die ist kaputt, Schatzi! Und ich hab' gar nichts so Schönes mehr!« jammerte die Dicke und musterte schmollend das Wäschestück.
»Ach was!« schrie er auf: »Wa—was denn?... Es ist ja alles gleich, alles ganz gleich, ganz gleich! Da, da!« Er streckte ihr eine Zwanzigmarkbanknote hin. Er hatte sich erhoben. Ein drohender Grimm verzerrte mit einem Male sein Gesicht: »A—alles gleich, ganz gleich!« rief er noch lauter: »Alles egal! Egal, egal, egal!«
Die Mädchen hielten erschrocken inne.
»Wa—was ist's denn, Schatzi? Was hast du denn?« erkundigten sie sich furchtsam. Er zwängte sich ohne ein Wort aus

der Nische und tappte auf die Türe zu. Hurtig schloß die Rothaarige auf.

Auf der menschenleeren Gasse lag schon die kalte, nebelige Frühe. Bolwieser blieb benommen stehen. Er riß die Augen weit auf und schnupperte an der feuchten Luft. Sein Gesicht schien verklebt und besudelt. Er rülpste und bekam den widerwärtigen Geschmack des säuernden Weins in den Mund. Er steifte seinen wankenden Körper, gab sich einen Ruck und ging großschrittig in den vermummenden Nebel hinein.

Am Stachus schrillten schon die ersten Trambahnen. Vereinzelte gelbe Lichter blinkten durch den milchweißen Dämmer, Rouleaux wurden scheppernd hochgezogen, da und dort drangen Stimmen durch den Nebel, und holperige Milchfuhren dröhnten über das Pflaster. Ganz ernüchtert hielt Bolwieser inne, und eine düstere Klarheit kam über ihn. Er ordnete scheu seine Kleider, schlug den Mantelkragen hoch und drückte seinen Kopf tiefer. Vor jedem Menschen, der vorüberkam, schämte er sich.

Er trottete planlos weiter und ging in einen öffentlichen Abort. Dort zählte er sein übriggebliebenes Geld. Kaum noch zehn Mark hatte er. Er sah stier in den kleinen, ausgeblichenen Spiegel und stöhnte verloren. Er wollte sich Einzelheiten vergegenwärtigen, aber alles zerrann, alles floh breiig vorüber. Das Sinnlose, das er vollbracht, wurde noch sinnloser, und nichts als ein grauenhafter Ekel blieb. Bleischwer waren seine Glieder. Als hinge um und um ein schwerer stinkender Schlamm an ihm, so war ihm zu Mute.

»Äh! Äh, pfui Teufel! Pfui Teufel!« spie er fort und fort in das Becken und zog an der Wasserspülung. Er glotzte in das glitzernde Wasser, und wie aus einem sumpfigen, undeutlichen Gemeng seiner Gedanken ragte Hannis Gestalt. Sie und nur sie. Eine gräßliche Traurigkeit bemächtigte sich seiner. Er preßte seinen Kopf an die kalte, ölfarbenbestrichene Mauer und krümmte hilflos seine Arme, so, als suche er einen Halt...

Später nahm er ein Bad und wusch sich immerfort fanatisch. Endlich war er gefaßter und fuhr mit dem nächsten Zug nach Werburg zurück. Er kam an und war überströmend zärtlich zu Hanni. In seinen Blicken lag eine unentwirrbare Niedergeschlagenheit. Ganz tief in ihm schien alles zerstoßen und zerstampft.

Etliche Tage war er ziemlich schweigsam. In einer der Nächte wimmerte er der danebenliegenden Hanni tief erschüttert ins Ohr: »Du! Du?! Ich kann ja nicht sein ohne dich! Nicht leben, wenn du mich nicht magst! Du? Du!! Du mußt doch gut sein zu mir!« Ganz unvermittelt kam dies. Mit einem leichten, beinahe schreckhaften Erstaunen sah sie ihn an. Sie streichelte ihn weich wie eine Mutter, und als sich seine Klage wiederholte, sagte sie sanft: »Ja, Xaverl! Ja, ich *bin* doch gut zu dir! Ich bin's doch sowieso.« Aber es war dennoch nur so hingesagt. Nur eben, damit er sich beruhige. Er atmete auf, als verliere er einen zentnerschweren Druck...

XX.

Träge verrannen die letzten Wintertage. Der verrußte Schnee auf den Dächern schmolz in der Märzensonne. Auf den Plätzen und Straßen bildeten sich schmutzige Pfützen, und durch die ausgehöhlten Pflasterrillen flossen dünne, trübe Bächlein. Der Fluß, der die Stadt zerteilte, stieg mit jedem Tag. Längst hatte er die Sandbänke überflutet, da und dort überspülte er bereits die Ufer seines breiten Bettes, und die Keller der anliegenden Häuser liefen voll. Klar, wie blankgeputzt, schälte sich jeden Morgen der hohe Himmel aus dem Nebel. Frische Wolken überschleierten ab und zu die hervorgebrochene Sonne, gaben sie wieder frei und zogen langsam weiter. In den kahlen Bäumen trillerten die ersten Stare, und die Luft roch nach belebender Würzigkeit.

Seit Wochen lebten die Bolwiesers viel stiller als ehedem nebeneinander. Es gab kaum mehr einen Wortwechsel zwischen ihnen. Ihre Unterhaltungen waren ein bißchen einsilbiger und lahmer, aber stets ruhevoll friedlich, und ein Außenstehender hätte glauben können, diese Ehe sei wirklich ausgeglichenstes Glück und behaglichstes Idyll. Sonderbar war nur, daß der Stationsvorstand seit einiger Zeit gerne über den Durst trank und sich immer weniger für die Geschehnisse des Tages interessierte. Zwei- oder dreimal schon war er berauscht nach Hause gekommen, und Hanni hatte ihm nicht einmal große Vorwürfe gemacht.

Wenn er wankend und schwankend vor ihrem Bette stand, sie anglotzte und lächelnd einige gewohnte Zärtlichkeiten herausstotterte, drehte sie sich nur um und sagte: »Weck' mich doch nicht immer auf, wenn du so beieinander bist! Leg' dich hin und schlaf, ist gescheiter!« Wenn er alsdann nach ihr langte, wenn seine kalte Hand ihre warme Schulter berührte, machte sie eine unwirsche Bewegung. Verächtlich verbat sie sich die Störung, stellte sich schlafend, und er ging ebenfalls zu Bett. Bald darauf schnarchte er sägend. Dieses widerwärtige Geräusch stockte manchmal. Der Schlafende gurgelte wie erstickend, wälzte sich ächzend auf die andere Seite und sägte in veränderter Tonart weiter. Oft lag Hanni lange wach, und wenn zufällig der klarhelle Mond ins Zimmer fiel und die gebauchten Bettdecken wie ein phantastisches Gebirge vor ihren Augen enthüllte, dann sah sie hinüber zu ihrem Gatten und entdeckte nur Abstoßendes an ihm. Den dickfleischigen, behaarten Arm, den der verrutschte Ärmel frei ließ; die feiste, energielose Hand mit den dumm gebogenen kurzen Fingern; oder das faltige Genick, die zerzausten, widerspenstigen Haare auf dem hinteren Kopfrund; das häßlich große wegstehende Ohr und die sich bei jedem Atemzug blasebalgähnlich blähende, fcttc Wangc...

Und sie blickte über die Kontur des regellosen Berges der Decke, sie roch den penetranten Bierdunst und Schweiß.

›Früher hat er sich stets vorher gewaschen‹, fiel ihr mürrisch ein. Und sie dachte mit plötzlichem Schaudern daran, daß sie nun mit diesem Menschen da bis zu ihrem Ende zusammenleben müsse. Auf Gedeih und Verderb, jeden Tag, jede Stunde — ganz gleichgültig, was er sich noch für Untugenden zulegen mochte.

Ekel, Unmut und Bitterkeit wurden nach soundso langem Anschauen zum zehrenden Haß.

›Und so werde ich alt... Das frißt mich langsam auf‹, sickerte in ihr Nachdenken, und der appetitliche Schafftaler kam ihr in den Sinn; — sie erinnerte sich an alles Glückliche und Erregende, das sie mit ihm erlebt hatte. Sehnsucht und ein großes, schmerzliches Verlangen wurden zur Wollust. Sie versuchte die Augen zuzudrücken, zu schlafen, zu überwinden, doch vergeblich. Wach und wacher wurde sie. Die Gedanken reihten sich aneinander wie Glieder einer Kette, und mittendrinnen drängte sich Merkl in dieses Strömen und blieb plump vor ihr stehen.

Sie erzitterte. Es war ihr, als würde ihre Brust von einem Schraubstock zusammengepreßt.

In der anderen Frühe war sie bleich, und ihre Augen hatten etwas Lichtloses. Xaver bat um Verzeihung, tat beflissen zärtlich, sie ließ seine Küsse über sich ergehen und küßte ihn wohl auch wieder. Sie überhörte sein Schmeicheln und schimpfte nie.

»Ist ja gut... Ist doch gut, gut, gut«, schloß sie verborgen abwehrend, und je hündischer er winselte, je mehr er den Reumütigen herausstellte, um so fester gefror der Haß in ihr. Sie zeigte ihn nie. Sie klagte nur sehr oft über Kopfweh und Nervosität, und er benahm sich wie der rücksichtsvollste Gatte.

Dann ging er zum Dienst.

Sie saß droben und düsterte in sich hinein. Er hockte in seinem Dienstzimmer drunten mit seiner Qual, die nach der Ernüchterung noch viel weher brannte.

Meineidig war er geworden, bestohlen hatte er sie, einmal mußte das alles herauskommen. Er hatte oft und oft das Gefühl, als sinke er immer tiefer. Das ging von Ruck zu

Ruck, nicht ständig, nein — es setzte aus, dann auf einmal bebte es wieder, gab nach, und abermals war er um einen Zoll hinabgesunken.
Ängste flackerten auf. Aber über alledem schwelte seine unaufhörliche Eifersucht. Er nahm sich fest vor, nie wieder zu trinken. Er war manchmal schon so weit, sein ganzes bisheriges Leben zu ändern, sich mit Hanni auszusprechen, kühne Entscheidungen zu treffen.
›Dem Merkl das Geld kündigen — den Dienst aufgeben — fort aus Werburg — ein Haus irgendwo — Bauer oder Rentner oder sonst etwas — einfach weg mit ihr, allein zu zweit!‹ formte sich stählern in ihm.
An einem Abend sagte er zu Hanni: »Der Merkl beschwert sich, daß du ihm so ausweichst... Er ist verdrossen drüber... Laß' dich doch wieder einmal sehen bei ihm... Ihr seid doch nicht verfeindet.«
Sie wurde ein wenig ungut darüber: »Hm, er beschwert sich? Was soll ich denn tun bei ihm?... Ja, daß die Leute wieder was zu reden haben...«
»Naja, man will aber doch keine Feindschaft«, murmelte er: »Du kannst doch wenigstens freundlicher sein zu ihm.«
»Hm, der ist ja wirklich reizend!« höhnte sie: »War ich vielleicht nicht auf jedem Ball bei ihm? Soll ich vielleicht mitten am Tag zu ihm in die Wirtschaft hocken?«
»Früher bist du auch öfter hingegangen zu ihm«, warf er ein.
»Früher?... Da hat's auch seinen Grund gehabt! Das weißt du doch selber... Da hab' ich doch wegen meinem Vaterl immer 'nuntermüssen, aber jetzt? Was hab' ich denn jetzt noch mit ihm zu reden?«

Bolwieser merkte, so durfte er nicht weiter.
»Naja, naja, mein Gott, du kannst ihm doch ein gutes Gesicht hinmachen und brauchst ihn doch nicht schneiden«, lenkte er ein.
»Hm, komisch... Sind wir vielleicht abhängig von ihm? Das wird ja immer noch netter...« brauste sie jetzt auf: »Du bist doch jede Woche etliche Male bei ihm... Was bildet sich denn der auf einmal ein? Bloß weil wir zufällig Schulkameraden sind, soll ich mich ewig mit ihm abgeben!... Und überhaupt — er soll ja nicht so aufdringlich werden! Er soll froh sein, daß wir ihm das Geld lassen!«
Xaver hatte alle Mühe, sie zu besänftigen. Zuguterletzt sagte er nur noch: »Mein Gott, mein Gott, Hannerl, mir ist's doch gleich... Ich laß ihn halt reden, basta.« Unvermerkt lugte er nach ihr und hatte ein böses Mißtrauen in den Augen: »Du bist eben umschwärmt und begehrt, wo du hinkommst.« Und als sie sich umdrehte, scherzte er: »Bist eben die schöne Frau Bahnhofsvorstand von Werburg.«
»Weniger wär' mir lieber«, gab sie ebenso zurück und sah durch das Fenster. Von seinem Magen herauf stieg etwas zur Gurgel. Er verschluckte es schnell wieder. —
Was aber war das nun? Ein dunkles Empfinden, daß der andere genauso leide, oder einfach die Angst vor der völligen Vereinsamung. Der Bahnhofsvorstand schloß sich dem Merkl immer mehr an. Schloß sich ihm an und schloß sich ihm auf. Und da kam eine Nacht — das Tarocken war zu Ende, die Gäste waren fort, die Kellnerin ging eben zu Bett, öd und verraucht lag die Wirtsstube im Halbdunkel einer einzigen Lampe über einem Tisch, an welchem Bolwieser saß. Er und Merkl.

»Xaverl, ich bin dein Freund, das weißt du«, sagte der Torbräuwirt. Bolwieser hob das Gesicht und wurde blaß. Er konnte nichts sagen. Eine Ahnung keimte ihm auf.
»Aber ich kann's nicht mehr mit anschauen, Xaverl—«, fuhr Merkl fast zögernd fort, und in seinen Worten war ein bedeutungsvolles Schwingen.
»Was denn?« brachte Bolwieser endlich heraus. Mechanisch klang es.
»Da—daß dich die Hanni auf Schritt und Tritt mit dem schmierigen Schafftaler hintergeht — schon monatlang, Xaverl«, wurde der Wirt erregter, hielt aber mit aller Kraft seine Stimme zurück: »Ich muß's jetzt endlich sagen! Ich kann nimmer anders.« Seine Lippen blieben offenstehen. Er starrte auf Xaver. Aber es geschah gar nichts Unerwartetes. Eine lähmende Pause setzte ein. Nichts, gar nichts sagte der Bahnhofsvorstand. Bloß seine Augendeckel gingen zwei-, dreimal auf und zu.
»T—hm, Xaverl?« hielt es der Wirt nicht mehr aus: »Xaverl?« Und unwillkürlich, so fast, als fürchte er, der andere sei zu Eis geworden, rührte er dessen Arm an: »Xaverl?... Ich weiß ja, ich tu' dir weh, aber ich kann nicht mehr anders... Ich hab's dir sagen müssen, Xaverl.« Er hatte sich mehr in den Tisch gebeugt. Seltsam, das plump-rohe Metzgergesicht war hilflos. Unruhig hingen seine Blicke an Bolwieser.
»Xa—xaverl?«
Da rührte sich der Bahnhofsvorstand. Doch er schnaubte nicht einmal schmerzlich. Er brüllte nicht heraus. Er brach nicht in sich zusammen – nichts von alledem. Er sagte nur noch tonloser: »Sie hintergeht mich, meinst du?«

»Ja, und wie!... Jeden Tag!« wurde Merkl lebendiger. Abermals schauten sie einander an.
»So, hm... Sie hintergeht mich mit dem Schafftaler, die Hanni?... So—so«, murmelte der Stationsvorstand, als hätte er noch nicht ganz begriffen und denke erst einmal gründlich nach.
»Bei *mir,* da hat es bloß so geheißen... Ich bin verdächtigt worden wegen nichts und wieder nichts, aber beim Schafftaler, bei dem ist's sicher... Ich kann's beschwören... Jeden Eid leg' ich ab!... Ich hab' Zeugen!« verriet der Merkl seine Eifersucht. Er vergaß jede Beherrschung. Er konnte seine Wut nicht mehr verbergen. Ein Wort jagte das andere.
»Daß sie so eine ist, die Hanni, nein — das hab' ich nie geglaubt! Nie! Daß sie so falsch, so hinterhältig und gewissenlos gegen dich sein kann, Xaverl — mir geht's durch und durch, wenn ich dran denk'...« Er wagte Bolwieser nicht mehr offen in die Augen zu sehen. Er konnte aber auch nicht mehr schweigen.
»Einen grundguten Menschen wie dich, Xaverl... So einen Menschen so hundsmiserabel hintergehen!... Ich kann mir nicht helfen, da—das find' ich schamlos!« beteuerte er verlogen. Die sture Schweigsamkeit Bolwiesers ging ihm auf die Nerven. Jede Sekunde dieser Stille bohrte wie ein Nadelstich.
»So kannst du's doch unmöglich laufen lassen, Xaverl!« sagte er.
Keine Antwort kam.
»Das ist doch dein Ruin, Xaverl!... Da—das bringt dich doch um, wie ich dich kenn'! Da—das geht doch nicht?!« fragte er in den anderen hinein. Er redete weiter. Er hetzte.

»Xaverl?... Du?... Xaverl?!« wiederholte er des öfteren, denn die Verschlossenheit Bolwiesers wurde ihm allmählich unheimlich.
»Ich weiß ja, daß ich dir weh tu', Xaverl!... Aber ich bin doch schließlich dein bester Kamerad!«
Bolwieser griff nur nach dem Bierkrug, trank den schalen Rest aus, und als er den Krug wieder hinstellte, brümmelte er abwesend: »T—ja, h—ja, Franzl, die Weiber!... Die Weiber?!... Hm, eins davon kann zehn Mannsbilder ruinieren und steht immer noch!... Hm, was das bloß ist? Was das bloß ist?« Er stand bierschwer auf und schüttelte in einem fort den Kopf; er sah in ein finsteres Nichts hinein: »Hmhm, fürchterlich!... Und dabei mag sie mich doch auch gern, die Hanni... Hmhm, i—ich könnt' nicht klagen über sie, hmhm, fürchterlich!« Er atmete, als breche sein Körper auseinander: »Hm... Hm, ich versteh' das nicht!... Hm, grausam, grausam sowas!« Und er fuhr mit der Hand über sein schweißperlendes Gesicht, drückte eine Sekunde lang Daumen und Zeigefinger fest in seine Augenwinkel: »A—aber was soll — man — denn da — auch — machen?!«
»Wa—was denn? Was denn?« bröckelte es ohnmächtig von seinen Lippen. Merkl hatte tausend bösartige Vorschläge auf seiner Zunge, aber er sagte nichts mehr. Der Bahnhofsvorstand nahm Hut, Stock und Mantel und ging auf die Türe zu. Der Wirt rührte sich nicht vom Fleck. Er sah ihm nur stumm nach. Zerquält und düster blieb er sitzen.
Erst im ehelichen Schlafzimmer Bolwiesers ereignete sich etwas Unglaubliches. Xaver kam — nie noch hatte er das getan — geräuschvoll zur Türe herein und knipste das elektrische Licht an. Hanni erwachte verärgert, rieb ihre

schlafbenommenen Augen aus und murrte. Als sie endlich aufsah, erstaunte sie. Bolwieser stand steif da und lächelte sehr sonderbar.
»Was ist's denn?« fragte sie und furchte die Stirne.
»Hähähä, de—der Schafftaler wartet drunten... Hähähä, der Schafftaler!« brümmelte er noch seltsamer, und das warf sie mit einem Ruck in die Höhe.
»Wa—wasss? Was sagst du?« sprang sie ihn gleichsam an: »Wasss?« Weit und groß standen ihre Augen im Licht, rot und kreidebleich wurde sie zugleich: »Wasss?!«
»Hähähä, jaja, der Schafftaler steht drunten... Der Herr Friseur Schafftaler!« wiederholte Bolwieser und hatte noch immer dieses fast kranke Lächeln: »Der Schafftaler, den wo du viel lieber magst als mich... Hähähä, viel lieber, hähähä!«
Er glotzte zerfallen in Hannis Gesicht. Es wurde riesengroß vor ihm und fing zu flimmern an.
»Was redest du denn da?... Was plapperst du denn?!« schlug an sein Ohr. Er wollte abermals etwas sagen und schwankte leicht.
»Du bist ja vollauf besoffen«, keifte es heftiger: »Leg dich nieder, ekelhafter Kerl, ekelhafter!« Hanni hatte sich wieder in der Gewalt. Sie sprang aus dem Bett und knipste das Licht aus. Als sie wieder lag, hörte sie vor Erregung nichts mehr. Bolwieser räkelte sich endlich und brümmelte ins Dunkel: »Hähähä... I—ich hab' dich aber noch lieber als der Schafftaler... Ich tu' ihm ga—gar nichts... Hähähä, ich bleib stockstumm...«
»Ins Bett geh! In Ruh' laß mich!« bellte sie haßtief. Und da folgte er.

Als er ächzend auf die quietschende Matratze niedersackte, atmete sie unhörbar auf.
›Verraten‹, dachte sie: ›Verraten!‹
Kopflos war sie dem Schafftaler verfallen. Und war unsagbar bang und glücklich darüber. Jetzt hatten etliche hämische Worte ihre heimlichen Wonnen, den ganzen Reiz dieser unausgesetzten Lockung plump zerhämmert. Eine furchtbare Wut bekam sie.
›Das war nur dieser Merkl!‹ erriet sie instinktiv, und eine blinde Rachsucht überwältigte ihr Inneres.
Xaver fing unregelmäßig zu schnarchen an. Ein mörderischer Gedanke zuckte in ihre Arme. Sie zwang ihn nieder.
Die ganze Nacht schlief sie nicht. Es war ihr zeitweise, als sei ihr Leib von der Gurgel bis unterhalb des Nabels aufgeschnitten. Ein eisiger Hauch wehte beständig darüber.
Frierend sah sie in das brütende Dunkel...

XXI.

Geschah nun etwas Entscheidendes in der anderen Frühe? Nein, nicht das geringste. Die beiden Bolwieserleute begegneten einander scheu.

Xaver schwieg sich aus. Er saß am Tisch, zerkaute seine Semmel, trank den Kaffee und hatte ein leeres Gesicht. Vielleicht bereute er, vielleicht schämte er sich, vielleicht aber hielt ihn eine erdrückende Angst nieder. Sein ganzes Leben stand ja auf dem Spiel! Alles!

Sicher empfand auch Hanni dieses Furchtbare. Sie wußte erst gar nicht, was sie tun sollte. Sie bockte. Endlich fing sie schüchtern zu nörgeln an, und allmählich schimpfte sie gegen dieses sinnlose Trinken. Immer wieder stockte sie, als erwarte sie schon im nächsten Augenblick Xavers Losbrechen. Der aber blieb stumm und geduckt. Das räderte sie gleichsam.

Gestern, meinte sie unruhevoll und gehemmt, gestern da habe er ja in seinem Rausch faktisch phantasiert. Sie lauerte beklommen. Vergeblich.

Xaver wußte, schien's, gar nichts mehr von dem Vorgefallenen. Er fragte nicht darnach, und das machte sie gänzlich mißtrauisch.

Gedemütigt fühlte sie sich. Schreien hätte sie mögen, doch ihre Kehle war wie zugeschnürt.

»Du ruinierst dich ja vollkommen durch dieses Hineinsaufen! Herrgott, wie kann man denn so haltlos sein!« warf sie hin. Immer nur dieses Trinken beanstandete sie und wich aus mit den Worten, den Augen und mit den Gedanken.

Xaver blickte verspielt auf sie: »Tja, mein Gott! Man kommt

oft so mir nichts dir nichts ins Saufen hinein und weiß gar nicht wie...« Mit einer erstarrten Verlegenheit versuchte er harmlos zu lächeln. Seine Miene aber wurde zur trübseligen Maske. Das war alles.

Diese Verlegenheit blieb seitdem bei Bolwieser. Sie wich nicht mehr. Bald zeigte sie sich als zerdrückte Gleichgültigkeit, bald wieder als verstockte Gier. Rätselhaft war dieser Mann. Je mehr ihm Hanni entglitt, um so rasender, um so schamloser und zynischer begehrte er sie. Unersättlich war er. Er erniedrigte sie fort und fort. Er machte ihre Ehe zur Hurerei.

Oft glaubte Hanni, es nicht mehr auszuhalten. An die Gurgel wollte sie ihm. Ihr Ekel und Grimm suchten eine Entladung. Wie zwischen zwei quetschenden Mühlsteinen fühlte sie sich in seiner Umschlingung. ›Lieber ein Ende mit Schrekken, als diese dauernde Unerträglichkeit!‹ durchfuhr es sie. Einmal würgte sie ihn wirklich. Mittendrinnen aber erlahmten ihre Hände. Er lächelte und nahm's als pikanten Spaß. Sie sank zurück in eine fade Kraftlosigkeit und war völlig verzweifelt.

Nein, so konnte es nicht weitergehen. Unmöglich!

Immer größer wurde Hannis Verwirrung. Ihre Verliebtheit in Schafftaler riß sie hin und her. Und keine Klarheit, keine errechenbare Möglichkeit, kein Ziel enthüllte sich. Krank vor Eifersucht hockte auch sie manchmal da: ›Was werden jetzt für Damen bei ihm sein? Ist er zu jeder so wie zu mir?‹ Hemmungslos trieb sie auf dem Wrack ihres verstörten Verlangens dahin, unaufhaltsam.

»Man sollt' eben noch das nötige Geld zum Vergrößern zuschustern können«, hatte ihr Liebhaber kürzlich verlauten lassen: »Dann, dann wäre mein Geschäft die reinste Goldgrube.« Hanni überlegte. Und wieder fiel ihr angstvoll ein: ›Wenn aber auf einmal eine andere das Geld hergibt?‹ Ihr Kopf schmerzte. Ihr Herz war wie zertrampelt. Entschlüsse erhoben sich, aber da lag Xaver wie ein träger, unverrückbarer Block vor ihrem Leben und versperrte jeden Weg.

Und dann kam noch etwas dazu. An einem regnerischen Aprilabend erhaschte sie der Merkl. Dunkel war es und menschenleer ringsum. Hanni sah auf den Wirt und fand das Wort nicht gleich. Er kam ihr zuvor.

»Jetzt ist mir alles gleich! Entweder oder!« raunte er sie zischend an und stand da wie zum Sprung bereit. Sie wollte arglos lächeln: »Hoho, Franz? Was ist's denn? Du —« Sie kam nicht weiter. Ihre Sicherheit wirkte nicht.

»Du weißt genau, was ist!« knurrte er und griff nach ihrem Arm. Sie wich zurück und dabei fiel ihr der Schirm aus der Hand. Er sprang herzu und erwischte ihn, nahm ihn vom Boden auf, spannte ihn zu und sagte unbeirrbar: »Geh' rein jetzt und verstell' dich nicht so!« Es lag eine muffige Drohung in den Worten. Das empörte Hanni. Grob widersprach sie: »Hoho! Hoho! Was soll denn das jetzt auf einmal bedeuten, hör' mal!« Blaß war sie und riß ihm den Schirm aus der Hand. Sie stampfte mit dem Fuß hart auf den Boden: »Ich verbitt' mir das! So kannst du mit deinen Kellnerinnen reden! Mi—mit mir nicht!« Stracks ging sie weiter.

»So! Also nicht?« schrie ihr der Merkl vollkommen giftig geworden nach: »So? Dann muß einfach der Xaverl dran glauben! Mir ist's gleich. Ich hab's ja in der Hand!«

Jäh blieb Hanni stehen.

Sie begriff.
Es wurde ihr schwarz vor den Augen.
Sie drehte sich wie traumwandlerisch um, sie machte einen zögernden Schritt, dann noch einen — die weiteren waren entschlossen. Sie ging ganz nahe an den regungslos Wartenden heran, sah ihm finster und verbissen ins Gesicht und fauchte knirschend: »So! Also dafür haben wir uns gern gehabt? Dafür hab' ich dir mein ganzes Geld zugeschanzt?... Ha—hab' dir eine Existenz geschaffen! Daß du jetzt so gemein sein kannst, du—du Schuft, du!« Nur die starr funkelnden Augen Merkls sah sie.
»Du ganz gemeiner Kerl du!« schnaubte sie und bekam auf einmal einen höhnischen Ton: »Ha! Pha! Halt, halt, Schuft!... Mach meinetwegen, was du willst! Aber dann wollen wir einmal seh'n, wen's mehr trifft!... Wir können unser Geld jetzt grad wieder brauchen!« Mit jedem Wort war sie fester geworden.
»Kannst dir's ja überlegen, scheinheiliger Kerl, scheinheiliger!« drehte sie sich abermals um und ging von dannen.
Verstört kam sie heim. Noch wortkarger war sie als sonst. Xaver erhob sich nach einer Weile und ging fort. Mit Hut und Mantel kam er noch einmal vor die offene Küchentüre und sah seine Frau stumm an.
»Ja, und?... Was willst denn noch?« fragte sie.
»Ich geh' jetzt... Gute Nacht... Ich laß' dich schon allein«, antwortete er rostig.
Sie senkte den Kopf und tat, als habe sie nicht verstanden.
»Ich will dich nicht weiter stören«, sagte er wiederum und ging noch nicht.
Lästig war dieses Herumstehen und versteckte Sticheln.

»Herrgott! So geh oder bleib da! Was drückst du dich denn so rum?« fuhr sie ihn an. Wie ein geschlagener Hund tappte er davon.
Sie preßte ihren Kopf in die stützenden Hände und sah fortwährend auf die glatte, mit weißer Ölfarbe bestrichene Mauer. Der Lampenschimmer warf bewegte Reflexe darauf. Die Schatten schwammen ineinander und wurden zu einer festen, drohenden Gestalt mit grinsendem Gesicht—: Merkl.
Sie fuhr erschreckt mit der einen Hand über ihre Augen und knirschte. Alles kam ihr wieder in den Sinn. Die Zahl 29 auf dem Abreißkalender fiel zufällig in ihren Blick. Ja, sie sah nun das Kommende genau. Sie zitterte nicht mehr davor. Das Maß ihrer Geduld lief über. Haß und Rache brannten in ihr wie ein hellichter Scheiterhaufen. Und obendrauf lagen dieser finstere Merkl und — und Xaver...
Sie stand auf, ging ins Zimmer nebenan, holte das Schreibzeug und schrieb diesen Brief:

›Werburg, den 1. Mai 19 . .

Herrn Franz Merkl, Torbräuwirt

Hierselbst, Marktplatz 4

Mit Heutigem möchten wir Dir für den 1. August d. Js. das geliehene Geld im Betrage von 50000 Mark (in Worten fünfzigtausend) aufkündigen und bitten Dich, bis zum gegebenen Zeitpunkt die Rückzahlung nebst dazufallenden Zinsen zu bewerkstelligen.

Besten Gruß

. . . .‹

Ganz ruhig las sie das Geschriebene noch einmal durch, faltete den Bogen zusammen, steckte ihn in ein Kuvert, schrieb die Adresse darauf und legte den Brief auf den Küchenschrank.
Sie dachte eine Weile klar und kalt nach. Zweifel, Verzweiflung und Furcht verrieselten in ihr. Allein und groß wähnte sie sich und atmete befreiter. Einmal noch lief ein Schatten über ihre Stirn, verschwand aber sogleich wieder. Sie wollte an den Tisch und entspannt ausrasten. Da stand Xaver wieder vor ihr. Fast wie aus dem Boden gewachsen. Sie hatte ihn nicht hereinkommen hören. Entgeistert sah sie ihn an.
»T—ja?... Tja, warst du denn gar nicht weg?«
Er nickte.
»Hja, hm... Ich hab' dich gar nicht gehört... Warum schleichst du denn so herein und erschreckst mich so?... Warst du denn nicht beim Merkl?« gewann sie die Fassung wieder.
»Nein«, schüttelte er den Kopf.
»Warum denn nicht?... Das ist doch noch nie passiert? Warum kommst du denn so schnell wieder?« forschte sie gespannt weiter.
»I—ich hab' bloß gemeint... Du hast doch gesagt, ich soll nichts mehr saufen... Ich bin bloß ein bißl spazierengegangen... Bloß spazieren... Entschuldige, wenn ich dich erschreckt habe«, antwortete er gedemütigt und sah in ihr noch immer leicht erstauntes Gesicht.
»Hmhm«, schüttelte auch sie jetzt den Kopf: »Hmhm, komisch!... Ich hab' dir doch nicht verboten, in die Wirtschaft zu gehen!... Bloß daß du dich immer gleich vollsäufst, mag

ich nicht!« Und härter setzte sie dazu: »Verdreh doch nicht immer alles so!«
»Entschuldige«, bat er weich: »Entschuldige, aber ich hab's so verstanden.« Er lockerte sich ein wenig auf, ging an den Tisch und hockte sich hin. Eine Art fades Mitleid überkam sie flüchtig. Nach einer Weile sagte sie nebenher, aber berechnet: »Ich hab' dem Merkl einen Brief geschrieben... Wir möchten unser Geld wieder... Jetzt wird er natürlich unser Freund nimmer sein.«
Xaver schien nichts zu hören.
»Wir brauchen unser Geld auch einmal wieder«, meinte sie erneut.
»Soso... Jaja, es ist ja dein Geld«, gab er endlich zurück.
Das wurmte sie. Warum schaltete er sich denn so aus? Es ging doch auch ihn an! Dieses Wort ›dein‹ klang so teilnahmslos.
»Ja Herrgott, Trottel!« keifte sie ihn an: »Kann man denn gar kein vernünftiges Wort mehr reden mit dir?«
Er sah sie trüb an: »Jaja, ja, Hannerl, reg' dich doch nicht auf... Ich hab' doch bloß gemeint... Das Geld ist ja doch von dir... Und wenn du meinst, jaja! Du hast ja recht, ganz recht hast du!« Sie zeigte ihm den Brief.
»Da mußt du auch mitunterschreiben«, meinte sie, während er gleichgültig las. Sie fand allerhand Gründe. Nach und nach wurde sie gesprächig. Es klang, als rechtfertige sie sich vor sich selber.
Ein Häusl möchte man sich doch einmal bauen lassen — und die Zeit sei jetzt so unsicher, überall gebe es Konkurse, und beim Merkl, da stehe es auch nicht grad so glänzend. Verlieren möchte man sein Geld dann doch nicht.

»Jaja, ja—ja, du hast schon recht... Du hast's immer recht gemacht, Hanni«, schloß er. Und er freute sich offenbar, daß sie belebter sagte: »Gut also, dann schick' ich den Brief morgen ab...«

XXII.

Am ersten Mai hatte der Merkl den eingeschriebenen Kündigungsbrief der Bolwiesers in der Hand. Es war ein sehr vorgeschrittener Mai diesmal. Draußen im weitläufigen Wirtsgarten trieben die mächtigen Kastanienbäume schon saftige Blätter, und im Geäst jubilierten heitere Vögel. Der Wirt sah die breiten Streifen der Sonne auf den Fenstergesimsen nicht. Schwärzeste Nacht war in ihm. Er durchflog den Brief immer wieder. Er war nicht sonderlich erschreckt darüber, denn nach seiner letzten Begegnung mit Hanni war so etwas vorauszusehen. Nun war die Klarheit da. Es gab kein Zurück mehr. Dieser Brief war der endgültige Bruch aller Beziehungen, er war Hannis wahrgemachte Kriegserklärung. Jetzt galt es zu siegen oder zu unterliegen.

»Gut, gut, meinetwegen!« brummte Merkl verhärtet. Er lachte trocken auf und musterte den Brief noch einmal. Er erkannte Hannis Schriftzüge und sah ihre Unterschrift. Herrisch und kühn waren die Schwünge, deutlich und zielbewußt. Xavers Name daneben nahm sich zögernd und erzwungen aus. Die Schlußschleife darunter hatte etwas gewaltsam Energisches, das dem Wirt ein ironisches Mitleid abzwang. Er konnte sich unschwer ausmalen, wie der ganze Brief zustande gekommen war. Er erriet alles: Hannis Befehl und Xavers jämmerliches Gehorchen, ihre raffinierte Überlistung und sein schmerzliches Nachgeben trotz besserer Einsicht.

Aber für derlei Betrachtungen war jetzt keine Zeit. Der Wirt durchdachte genau und scharf seinen Kampfplan. Er ließ einen Tag, er ließ zwei und drei Tage verrinnen. Vielleicht stahl sich Xaver doch noch einmal insgeheim zu ihm. Am Ende konnte man ihn dann so einschüchtern, daß er gegen Hanni auftrat, ja, auftreten mußte. Doch nichts dergleichen geschah. Verrechnet hatte sich der Wirt. Auch von Hanni sah und hörte er nichts mehr. Sie nämlich war nach Passau gefahren. Ganz unerwartet hatte sie diesen Entschluß gefaßt.

»Xaverl«, hatte sie gesagt, und ihr Ton war warm gewesen, beinahe bestrickend offen: »Xaverl, ich glaub', es ist ganz gut, wenn ich jetzt einmal auf acht oder vierzehn Tag' wegfahr' und meine alten Leut' aufsuch'... Sie haben schon so lang nichts mehr hören lassen und — so eine kleine Trennung kann uns auch nicht schaden. Wir hocken bloß zuviel aufeinander... Wenn ich wiederkomm', ist sicher wieder alles gut und schön...« Der Vorschlag traf Bolwieser zwar wie ein Überfall, aber ihre Herzlichkeit tat ihm wohl. Er widersprach nicht, und als ihm Hanni gar noch den Sparkassenschlüssel mit den Worten aushändigte: »Da, nimm' mir einen Hunderter 'raus, und wenn du recht lieb sein willst, kannst du mir auch ein bißl mehr geben«, da war er ganz und gar glücklich. Ihre günstige Veränderung gefiel ihm, verborgen wunderte er sich auch über ihre Vertrauensseligkeit, er verzieh ihr alle Bösartigkeiten der letzten Zeit und freute sich derart über ihre einschmeichelnde Kokette-rie, daß er ihr zweihundert Mark heraufbrachte. »Da, da Hannerl«, ermunterte er sie beflissen: »Da, mach dir nur eine gute Zeit... Jaja, du hast vielleicht ganz recht... Und deine Leute werden sicher eine rechte Freud' haben, wenn du kommst...« Sie schmiegte sich an ihn und küßte ihn wie in ihren besten Tagen. Er war beseligt und innerlich sogar froh, einmal allein gelassen zu werden. Dumm war nur, daß er nun nicht mehr zum Merkl gehen konnte. Er witterte den feindlichen Wind von daher sehr wohl. Doch Hanni hatte alles aufs beste geregelt. Die Käserin besorgte den Hausstand während ihrer Abwesenheit und kochte dem Bahnhofsvorstand.

Heiter und versöhnt schieden die Eheleute. Lange noch winkte Hanni aus dem fahrenden Zug. Dann aber, als er in den Wald einbog, versank ihr Werburg gleichsam wie ein untergehendes Sodom.

»Gott sei Dank! Gott sei Dank!« hauchte sie wie errettet.

In Burgreith, der nächsten Station nach Werburg, stieg der Schafftaler in ihr Abteil. Die beiden verbrachten eine Nacht in einem guten Münchner Hotel, und dieses einmalige, vollkommen unbehinderte Zusammensein brachte die Entscheidung. Beglückt und hoffnungsvoll trennten sie sich am anderen Tag. Hanni fuhr weiter nach Passau, der Friseur zurück nach Burgreith. Niemand erfuhr jemals etwas davon. —

Nach zirka einer Woche ereigneten sich in Werburg rasch aufeinanderfolgend Dinge, welche das ganze Städtchen in Aufruhr versetzten.

Der Merkl handelte. Nach vielen Überlegungen suchte er den Amtsgerichtsrat Schneider auf und hatte eine lange Unterredung mit ihm. Der korrekte alte Herr war gar nicht erbaut von diesem Besuch. Die Eröffnungen, die ihm der Wirt machte, waren ihm sichtlich zuwider, aber er gab ihm die nötigen Auskünfte. Dennoch — er konnte sich nicht enthalten —, zum Schluß sagte er menschlich bewegt:

»Herr Merkl, bedenken Sie genau, was Sie tun wollen! Leben und Existenz eines ehrenhaften Beamten stehen hier auf dem Spiel —«.

Er hielt inne. Das ging über seine Kompetenz. Peinlich. Auch der Wirt wurde dunkelrot und verlegen und verabschiedete sich schnell.

Hinter der Türe blieb der Amtsgerichtsrat stehen, schüttelte kurz den Kopf und brümmelte: »Hm, hm! So falsch soll ein Mensch sein! Hm, hm, nicht zu sagen! Hmhm, nicht zu sagen ...« Zweifellos erinnerte er sich an den seinerzeitigen Prozeß, in welchem Merkl und die Bolwiesers wie eine Mauer gegen die unflätigen Anwürfe ihrer Feinde zusammenstanden. Deutlich fiel ihm Bolwiesers damaliger Eid ein, sein Benehmen und seine Unsicherheit. Er sah tief nachdenklich geradeaus. Dunkle Zusammenhänge gingen in ihm auf. —

Merkl kam heim. Das Zureden Schneiders war nicht ohne Wirkung geblieben. Der Bahnhofsvorstand erbarmte den Wirt. Schließlich aber kam die blinde Besessenheit des Verschmähten über ihn. Hanni wollte er vernichten, ihre Ehe und ihren Ruf. Ganz bloßstellen wollte er sie. Krieg war ausgebrochen. Kein Mittel durfte gescheut werden.

›Sie oder ich!‹ sagte sich der grollende Wirt und vergaß darüber Xaver. Er setzte sich eines Nachmittags hin und schrieb einen langen Brief an die Staatsanwaltschaft des Landgerichtes München. Er plagte sich, möglichst deutlich zu sein, machte genaueste Angaben und ersuchte die Behörden um schnelles Eingreifen. Er saß da, nachdem das Schreiben abgeschickt war, wie — ja, wie denn? —, wie ein rauchender Teufel. Jeder Tag, den er verwartete, fing am

Morgen prasselnd zu brennen an, und am Abend war er ein Häuflein verfliegende Asche. —
Hanni schrieb ihrem Mann rührend bekümmerte Briefe aus Passau. Fast täglich, wenn Bolwieser zum Essen heraufkam, konnte die Käserin grinsend wiederholen: »Schon wieder eine Botschaft von der Frau, Herr Vorstand!... Ich sag ja! Ich sag ja! Ich hab's ewig g'sagt, über unsere Frau Vorstand geht nix!« Freudig erregt erbrach der Bahnhofsvorstand das Kuvert und las. ›Herzliebstes Dickerl!‹ oder ›Mein liebes, gutes Männlein!‹ erhaschte die neugierige Käserin manchmal, und kein Zug auf Bolwiesers Gesicht entging ihr. Fast das Essen vergaß der Bahnhofsvorstand manchmal.
»T—ha, ha—ha! Jetzt sowas«, erzählte die Käserin nach Feierabend dem Sekretär Mangst: »T—ha, wenn's beinand sind, kujoniert sie ihn, daß's eine wahre Schand' is' und jetz', weil's weg is, schmust s' daher vom herzliebst'n Dickerl... Hmhm!«
»Ein Mannsbild ist ja dümmer wie die Polizei erlaubt«, murmelte alsdann der Sekretär.
Über alles mögliche schrieb Hanni. Nur dem Naheliegendsten wich sie aus. Daß ihr ›Vaterl‹ nicht mehr recht weiterkomme wegen seiner Gichtfüße, daß er eine Herzlichkeit sei zu ihr, die Mutter sei wohlauf und möchte am liebsten, daß sie gar nimmer heimfahre — ob die Käserin denn auch alles recht mache — wie das Wetter sei, und ob er auch zur rechten Zeit Socken und Unterwäsche wechsle, der Xaverl?
Vom Merkl ließ sie kein Sterbenswort verlauten.
Mit vielen verliebten Floskeln waren all diese Botschaften gespickt. Meinen konnte man, ein Backfisch habe sie ver-

faßt. Xaver las sie beseligt vor dem Einschlafen. Und er stimmte mit Hanni jetzt erst recht überein: Vielleicht brachte diese Trennung alles Beste ihrer Ehe wieder in Fluß. —

Einmal brachte der Postbote auch dem Schafftaler einen Brief aus Passau, nur einen einzigen, aber er war dick, und die Schrift war unverkennbar. Nichts bleibt in einer Kleinstadt verborgen. Man ist unter sich wie in einer umfänglichen Familie. Selbst das Amtsgeheimnis hält nicht stand. Der Briefbote erzählte dem Aspiranten Scherber etwas, dieser wieder hinterbrachte es dem Sekretär Mangst, und der — behielt es für sich. Er musterte nur ab und zu seinen Vorstand mit einem beinahe herablassend höhnischen Blick und machte sich so seine Gedanken.

Die Käserin räumte nachmittags meist die Bolwieserwohnung auf. Dabei schnüffelte sie Schubladen, Ecken und Winkel aus und fand einmal einen sehr intim gehaltenen Brief Hannis an Xaver. Gierig verschlangen ihre Habichtsaugen die Sätze, doch auf einmal wurde ihre Miene unversöhnlich bösartig, als sie folgendes las: ›Und gib acht, Dikkerl, daß die Käserin keinen solchen Brief erwischt. Du weißt, solche Weiber bringen alles ins Gerede. Überhaupt, ich trau' ihr nicht recht in solchen Sachen. Schau ihr außerdem immer hübsch auf die Finger. Unehrlich ist sie nicht, aber wenn man gut zu ihr ist, wird sie sofort nachlässig. Das kann ein Mann nicht beurteilen. Pass' auf auf sie ...‹

In wilder Entrüstung platzte die Alte nach Feierabend dem Sekretär Mangst in die Ohren: »So ein Saumensch, so ein windig's! Dö Schicks', dö elendige! Dös is der Dank, daß man ihrern Saustall sauber macht ... Und ihm, dem saudummen

Tölpl, dem schmierbt s' Zucker ums Maul! ... Ich möcht' net wiss'n, was's da drunten z' Passau wieder für an Kerl hat!« Mangst ließ sie schimpfen und freute sich diebisch darüber. Zum Schluß sagte er bloß: »Tja, mein Gott, so ein Pantoffelheld ist ein geschlagener Mensch... So g'schlag'n wie der Vorstand ist nicht leicht wer.« Die Käserin wunderte, daß er nicht wie sonst weiterredete mit ihr.

»Hm«, machte sie und sah ihren Zimmerherrn sonderbar an: »Jaja, es schaut schier aus, als wie wenn's überhaupt nimmer kommt, dös Mensch, dös miserablige...« Es war eine lauernde Frage. Der Mangst ging nicht darauf ein.

»Ah!« warf er hin: »Nein–nein, das glaub' ich kaum...« ———

Eigentümlich war, daß der Schafftaler selbigerzeit bei mehreren Baufirmen am Ort Kostenvoranschläge und Erkundigungen über Erweiterungsbauten seines Ladens einholte. Noch auffallender aber, daß — wie bald ruchbar wurde — seinerseits die ernstliche Absicht bestand, das Anwesen, in welchem sich sein Laden befand, überhaupt zu kaufen.

Das kam auch dem Merkl zu Ohren, und dabei erfuhr er zugleich, daß Hanni verreist sei. Jetzt ging ihm ein jähes Licht auf. Er beschloß, den Bahnhofsvorstand aufzusuchen. So ungezügelt und durcheinandergewirbelt war sein Haß, daß er sich eigentlich nicht einmal genau darüber Rechenschaft ablegen konnte, warum und weswegen er ausgerechnet sein bemitleidenswertes Opfer sprechen wolle. Vielleicht erkannte er von ungefähr Hannis ausgeklügelt hinterlistige Berechnungen und wollte sie im letzten Augenblick durchkreuzen. Weiß der Teufel, es kam ihm auf einmal vor, als sei er der ahnungslose Vollstrecker ihres Willens.

An der Ecke der Wehrgasse stieß der Wirt mit dem Oberwachtmeister Ampfinger zusammen. Das gab ihm einen Stich. Mitunter scheint es, als rieche man das herannahende Unheil. Merkls Miene wurde im Nu wie ausgewechselt. Er mußte sich fest zusammennehmen, um sich nicht zu verraten.

»Wo aus denn, Herr Oberwachtmeister?« erkundigte er sich mit gut gespielter Arglosigkeit. Der Polizist drückte ein wenig herum und meinte nebenher, dem Bahnhofsvorstand müsse er einen kleinen Besuch machen. Diese Mitteilung wirkte geradezu erschreckend. Merkl wurde stockig und blaß, drehte sich plötzlich um und stotterte seltsam zerfahren: »So—so, hm, da—da will ich dann lieber ein anderes Mal hi—hingehn...« Und ohne ein weiteres Wort ging er in entgegengesetzter Richtung weiter.

Am selben Abend verbreitete sich wie ein Lauffeuer in der Stadt die Kunde, der Bahnhofsvorstand Bolwieser sei wegen Meineidsverdachtes vom Platz weg verhaftet worden. Mitgegangen sei er mit dem Oberwachtmeister, ohne auch nur den geringsten Einspruch zu erheben. Ganz gebrochen sei er.

Stimmen erhoben sich überall gegen Hanni. Ihr gab man alle Schuld. »Sie hat den guten Menschen ruiniert, das Schandweib!« hieß es weitum. Wie eine schwarze Trauerfahne deckte die Nacht die verschreckte Stadt zu. Bolwieser wurde sofort nach München überführt. Mangst vertrat seine Stelle interimistisch. Das erste, was er tat, war — er schickte ein Telegramm nach Passau: ›Herr Bahnhofsvorstand heute nachmittag wegen Meineidsverdachtes verhaftet — Mangst, Sekretär.‹ —

Wie umgewandelt war er auf einmal, sah herab auf Scherber und legte sich einen befehlshaberischen Ton zu.
Den Merkl sah man in den ersten drei Tagen kaum mehr in seiner Wirtsstube. Er schloff herum wie ein frisch gefangener Fuchs und war ziemlich einsilbig. —
Der einzige Mensch, den der Vorfall wenig zu genieren schien, war der Friseur Schafftaler. Wenn die Damen bei ihm darüber redeten, wich er aus und machte nur nebensächliche Bemerkungen.
»Naja«, sagte er meistens, »es muß sich ja erst herausstellen, ob der Verdacht auch gerechtfertigt ist... Ich hab's immer am besten gefunden, man mischt sich in keine fremden Angelegenheiten...«
Er gab sich wie immer. Kulant war er zu jeder Kundschaft, nobel und freundlich. Des Nachts saß er oft sehr lange an seinem Schreibtisch und stellte Berechnungen an.
Wirklich — man mußte Respekt vor ihm haben. Er verstand es, eine gewisse notwendige Distanz zu wahren.

XXIII.

Kein Mensch — gleichgültig, ob Frau oder Mann — ist innerlich klar, einfach und durchsichtig. Die Zwiespältigkeit macht unser aller Leben aus. Gerade die Kraftvollsten, Lebenshungrigsten und Gesündesten sind die Zwiespältigsten. Ihr Handeln ist nie der Ausfluß ihrer wirklichen Gefühle und Gedanken. Sie sind gewissermaßen geheimnisvoll getriebene, schuldlose Lügner, unbewußte Schauspieler und instinktive Irreführer. Sie leiden darunter, aber sie können nicht anders. Sie glauben sich ständig wehren zu müssen und wissen nicht einmal gegen wen, ob gegen sich selber oder nur gegen die unerwünschten Auffassungen ihrer Mitmenschen.

Seit jener Nacht, da Bolwieser betrunken vor ihrem Bette gesagt hatte: ›Hähä, der Schafftaler wartet drunten‹, war Hanni entschlossen. Sie suchte nach einer Möglichkeit, ihn loszuwerden, aber sie wagte nicht, direkt zu handeln. Darum kam ihr der Merkl so gelegen. Sie konnte sich die Hände in Unschuld waschen. *Sie* hatte es nicht getan!

Als sie aber in Passau die Botschaft von Mangst bekam, schrie sie auf wie von Sinnen. Obgleich sie wußte, wie alles kommen würde, brach sie jetzt zusammen. Sie heulte, sie redete durcheinander, sie packte verstört ihren Koffer und wollte auf der Stelle wegfahren, dann aber ließ sie sich auf einen Stuhl fallen und weinte zerrüttet aus sich heraus: »Ja, aber wo soll ich denn hin? Er ist ja gar nicht mehr daheim! Er ist ja im Zuchthaus! Was um Gotteswillen soll ich denn machen, was denn?!« Ihre Mutter wackelte mit ihrem alten Kopf. Sie seufzte verwirrt und zupfte, wie es ihre Art war,

immerzu an ihrem Ohrläppchen, gewann endlich an Fassung und tröstete ihre Tochter trübselig: »Thm — hm, ich sag' ja! Ich sag' ja, man darf keinem Menschen mehr trau'n! Hmhm, dem best'n nicht!... Am g'scheitern wird's sein, du bleibst da, Hannerl... Bei uns weiß's ja keiner!... Hmhm, jetzt sowas! Sowas! Der Xaverl! Hätt' doch kein Mensch glaubt, daß er sich so weit vergißt!« Brockenweise berichtete Hanni. Es war nicht einfach für sie, die Werburger Ereignisse unverdächtig darzustellen. In früheren Briefen hatte sie die Dinge wohl ab und zu flüchtig erwähnt. Sie ging nun, um nicht zuviel sagen zu müssen, dazu über, eine noch größere Aufregung und Verstörtheit zu mimen, warf nur noch abgebrochene Sätze aus sich heraus, und die besorgte Neithart-Mutter wehrte erschreckt und besänftigend ab: »Jaja, ja, ich kann mir's schon halbwegs denken, Hannerl!... Laß's bleibn! Laß's bleibn... Ich hab' mir schon genug g'hört!«
Der alte Brauer war mit dem Einspänner über Land, um Schlachtsäue zu kaufen. Das war günstig und ungünstig zugleich.
»Ich — ich hab' ja bloß Angst, daß sich 's Vaterl recht aufregt«, wimmerte Hanni: »Besser wär's wirklich, ich würd' auf der Stell' wegfahr'n... Ich bring euch so einen Verdruß ins Haus.«
»Ah! Wer wird denn!« redete die Neithartin ihr diese Befürchtungen aus: »Sei froh, daß d'da bist!... Du kannst doch in Gottes Namen auch nichts dafür!... Reg' dich nicht auf, Hannerl... Ich red' schon mit'n Toni...«
Spätnachts erst kam der Neithart heim. Am andern Tag erfuhr er den Spektakel. So nämlich nannte er alle Sachen, die ihm unangenehm waren. Während der Nacht hatte sich

Hanni jedes Wort zurechtgelegt. Wiederum weinte sie schrecklich, daß der Brauer mitunter ungeduldig wurde, wenngleich ihn seine Tochter ehrlich erbarmte.
»Soso, also mit'm Merkl ist's an'gangen«, flocht er nachdenklich ein: »Hm... Und der Windegger hat die ganze Sauerei auf'zogen... Ich hab' deine Brief' nie recht g'lesn, Hannerl... Jaja, jetzt fällt mir sowas ein... So? Du hätt'st es mit'm Merkl Franzl habn solln?« Er lugte dabei auf seine niedergebrochene Tochter. Er kalkulierte vielleicht.
»Noja«, sagte er nüchtern, »g'scheiter wär's schon bald g'wes'n, du hätt'st statt den Xaverl an Franzl als Mann g'habt...« Er fing an, gegen die Beamten zu wettern, und strich die Geschäftsleute heraus. Er ahnte da eine Spur, aber er ging ihr nicht nach.
Er war wie alle abgebrühten, echten Händler, die es zu was gebracht haben und einen unantastbaren Ruf genießen: Jeder Mensch, welcher unter die Räder kam, ganz gleich wie, galt ihm nichts mehr. Nur der Erfolg imponierte ihm. Jede Gerechtigkeit war ihm tief zuinnerst zuwider, war gewissermaßen anrüchig, war ›dummes Zeug‹.
»Und gar nie hat er ein Sterbenswort gesagt von seinem Meineid, der Xaverl... Ich kann's nicht begreifen —«, log Hanni jammernd. Der Brauer hörte genau. ›Meineid‹ klang schon so verrucht. Das Verworrene und Dunkle, was Hanni vorgebracht hatte, erhellte sich für ihn. Kaltblütig überlegte er.
»Ein ganz ein saudummer Waschl! Ein nixnutziger Depp!« brummte er nun verächtlich und bekam eine Miene wie ein ehrenhafter Geschäftsmann, der einem wortreichen Schwindler auf die Schliche kommt. Als Mensch, dem die

Familie über alles geht und der in der Wahl seiner Verteidigungsmittel nicht heikel ist, sagte er mannhaft: »Hannerl, ich will dir weiter nicht weh' tun, aber das eine sag' ich dir — eine Neithart-Tochter und ein Meineidiger, sowas muß sofort auseinandergehn... Das muß aus der Welt g'schafft werden...« Er schüttelte seinen massigen Kopf und sagte ruhiger: »Hmhm, so eine Sauerei, hmhm... Ist bloß gut, daß kein Kind da ist... Da bist du wieder g'scheiter g'wesen wie ich, Hannerl...« Für ihn war Bolwieser abgeurteilt. Im ersten Anschwung wollte der Alte auf der Stelle zum Untersuchungsrichter nach München fahren, hielt es aber dann für besser, sich von all diesen unsauberen Dingen fernzuhalten, und riet seiner Tochter bloß, gleich in den nächsten Tagen zum Herrn Justizrat Kandelbinder zu gehen.
»Dumm's Zeug, dumm's!« verbat er sich, kritisch geworden, als Hanni schüchtern etwas sagen wollte: »Auseinander muß die Sach' und so schnell wie möglich, basta!... Wie steht's denn mit deinem Geld? Hat der saubere Kerl das vielleicht gar auch durchbracht?«
Das liege unangerührt auf der Werburger Stadtsparkasse, erfand Hanni.
»So! Gott sei Dank!« beruhigte sich der Alte: »Wenigstens hat man da keinen Schaden!... No, mit so einem Vermögen laßt sich schnell wieder eine angemessene Partie machen.« Da stand er, der Brauer Anton Neithart, wie das unüberwindliche Fundament einer ewigen Ordnung. Nichts focht ihn mehr an. Die Dinge konnten ihren Lauf nehmen. Bolwiesers Schicksal interessierte ihn nicht weiter. Er lichtete sich bald wieder auf und war in den darauffolgenden Tagen väterlich zärtlich zu Hanni, weil sie seiner Meinung nach so

rücksichtsvoll war, den Namen ihres Mannes nicht mehr zu erwähnen.

»So lass' ich mir's g'falln, Hannerl«, belobigte er sie einmal und musterte sie stolz: »Ist nicht g'fehlt um eine Neithart-Tochter!... Und um so eine saubere und feine schon gar nicht...« Er ging seinen Geschäften nach wie immer. Hanni erholte sich mehr und mehr. Ernst zeigte sie sich. Frei sah sie in die Zukunft. Nur in der Nacht befiel sie manchmal Angst. Bang sah sie dem Prozeß gegen Xaver entgegen. Zum Justizrat Kandelbinder ging sie wohl einmal, aber sie sprach sich nicht offen aus. Sie fragte eigentlich nur ewig und ewig.

Oft machte sie sich ein Gewissen und beschloß, nach München zu fahren, zum Untersuchungsrichter, und um Xaver doch wenigstens aufzusuchen. Niemand sollte ihr schlecht nachreden, sie lasse ihren Mann jetzt schandmäßig im Stich. Doch da war ihr Vater unerbittlich.

»Nicht fahrst du mir!« polterte er: »Da bleibst du mir! Die Ekelhaftigkeiten kommen noch früh genug... Nachlaufen braucht man da nicht!« Ihr war es sehr, sehr recht.

»Siehst ja! Nicht einmal schreiben tut er, der Schlawiner!« bekräftigte der Brauer und schimpfte immer mehr auf seinen Schwiegersohn: »Der kennt schon, was er ang'fangen hat... Es wird gut sein, daß er bald hinter Schloß und Riegel kommt.«

Auch nach Werburg fuhr Hanni nicht. Alle diese Dinge dort schwammen immer weiter in die Ferne für sie. Das heißt, nicht gerade alle, aber die unangenehmen. Einem Deggendorfer Viehhändler gab sie einmal einen Brief an den Friseur Schafftaler mit. Die Antwort kam postlagernd nach Passau

und erfrischte sie geradezu. Sie blühte bald wieder auf aus ihrem traurigen Ernst. Sie gefiel, wo sie auftauchte.
Zum Glück wurde sie in Passau vernommen. Das sind etliche Auszüge aus dem Protokoll ihrer ersten Aussagen:
›Nein, ich hab' meinem Mann nie aufgezwungen, was er aussagen soll. Ich bin selber ganz baff gewesen, wie er's mir verraten hat, daß er in der betreffenden Nacht von seinem Dienst weg ist und rauf zu mir... Überhaupt, der Herr Rechtsanwalt Finkelberg hat's ja immer gesagt, daß das, was mein Mann beeidet hat, gar nicht zur Sache gehörte. Mir ist's einfach unerklärlich, wie mein Mann so aussagen hat können. Den Grund?... Mein Gott, ich wüßt' beim besten Willen keinen Grund...‹
Später heißt es:
›Den Merkl hab' ich schon in der Schule in Passau gekannt. Mein Vater hat mir immer seine geschäftlichen Aufträge erteilt, darum bin ich so oft zum Merkl hingekommen. Jaja, damals bin ich nicht daheim gewesen, das ist ganz richtig, aber was ich gemacht hab' — ich glaub', ich bin spazierengegangen, weil ich mich ja am Tag wegen dem ewigen Gerede vor den Leuten direkt gefürchtet hab' — wo ich gewesen bin, da kann ich mich nicht mehr erinnern...‹
Ferner — nachdem sie sich an vieles nicht mehr erinnern kann — sagt sie einmal aus:
›Ich bin meinem Mann eine gute Frau gewesen... Immer. Er hat sich nie beklagen können.‹
Auch in den Angaben Merkls ist nie von Hannis Untreue die Rede. Vielleicht tat's der Wirt seines Rufes wegen, vielleicht erbarmte ihn Bolwieser. Wer weiß. Der Torbräuwirt berief sich lediglich darauf, daß der Stationsvorstand entgegen

seiner eidlichen Aussage in jener Nacht im Schlafzimmer seiner Frau gewesen sei. Und er gab als Kronzeugin Hanni an, von der er diese Tatsache persönlich erfahren habe.
Der Fall lag einfach, insbesondere weil Bolwieser haargenau dasselbe gestand, was die zwei Zeugen übereinstimmend zu Protokoll gaben. Die Voruntersuchung war deshalb ziemlich schnell abgeschlossen. Vierzehn Tage saß der Bahnhofsvorstand in Haft. Er hätte an Hanni wohl einen Brief schreiben können. Er tat es nicht.
Er war gänzlich verändert.
Dem Wärter murmelte er einmal zu: »Hoffentlich lassen s' mich nicht 'naus bis zur Verhandlung... Ich möcht' keinen mehr sehen, gar keinen... Nein — nein, keinen mehr...«
Wie für sich, wie aus einem Nebel träger Gedanken heraus, sagte er dies und schüttelte dabei den Kopf. Melancholisch, ohne Groll oder sichtbaren Schmerz, schielte er auf zum fetten, großmächtigen Wärter, und eine Leere schwamm in seinen Augen. Sein unrasiertes Gesicht war farblos und unbewegt. Er schien kleiner geworden.
»Unterhalten ist verboten! Wenn Sie was vorzubringen haben, sagen Sie's beim Verhör!« schnarrte ihn der Wärter an und riegelte ab. Weg war er. Der Sträfling fand diese Barschheit nicht weiter kränkend. Seit seinem ersten Hafttag fügte er sich apathisch in alles. Er blieb steif und dösig hinter der verschlossenen Türe stehen und sah stumm vor sich hin. Nach einer Weile machte er etliche zögernde Schritte und blieb wieder so reglos stehen. Er ging überhaupt nur selten in der Zelle auf und ab. Meist saß er auf der Holzpritsche oder lehnte an der kalten, ölfarbenbestrichenen Wand. Er schaute nicht einmal empor zur vergitterten,

hohen Fensterluke. Das Lebendige mußte in ihm erstorben sein. Die zwielichtene Düsternis des engen Raumes war ihm am liebsten. Mitunter — denn hier gab es das leidige Kübelsystem nicht — trat er an das freistehende Klosett in der Ecke, setzte sich darauf und stützte seinen Kopf mit den Händen. Endlich erhob er sich wieder, und dann und wann öffnete er den hölzernen Deckel, klappte ihn etliche Male auf und zu und hörte verblödet dem eintönigen Rauschen der Wasserspülung zu. Das war allem Anschein nach seine einzige Unterhaltung.

Als der Wärter den Sträfling am vierzehnten Tag aus der Zelle holte und knapp hinwarf: »Sie sind bis auf weiteres entlassen«, starrte ihn dieser ungläubig und enttäuscht an. »Ja—jaja, aber ich kann mich doch nicht mehr sehen lassen... Wo soll ich denn hin! Das geht doch nicht!« wimmerte er verständnislos und begleitete diese Worte mit hilflosen Gesten. Der Angesprochene aber ließ ihn wortlos vor sich treten und machte ein ungutes Gesicht. Die Schritte der beiden hallten einsam auf den Steinfliesen des langen, gewölbten Ganges.

Es half dem Häftling all sein Bitten um Inhaftierung bis zur Verhandlung nichts. Auf dem Büro wurden ihm seine Habseligkeiten ausgehändigt, mit kurzen Worten wurde er abgefertigt und konnte gehen. Bolwieser begriff nicht recht, wie das zugegangen war. Auf der sonnenprallen, lauten Straße wußte er nichts anzufangen. Er kam sich gebrandmarkt und überflüssig vor. Nichts Deutliches konnte er denken. Mechanisch bewegten sich seine Beine. Die belebte, hastende, lärmende Helligkeit störte ihn qualvoll. Er sah eigentlich gar nichts. Alles schwamm traumhaft vorüber.

»Hmhm«, machte er manchmal in sich versponnen: »Hm—hm, zu was denn? Hmhm...« So aus aller Fassung war er, daß er einfach immerzu weiterging, immer irgendeine Straße entlang. Menschen, Auslagen, Autos und Geräusche huschten vorüber. Er befand sich gleichsam in dauernder, schleichender, unwirklicher Flucht, bis es allmählich dunkel wurde. Auf einer stillen Anlagenbank endlich veratmete er scheu. Es schien ihm, als müsse er sterben. Er ächzte schwer. Müde und ratlos versuchte er zu überlegen.

»Pa — passau?... Da — das geht doch auch nicht... nein — nein«, bröckelte von seinen Lippen. Vielleicht fiel ihm Hanni ein, vielleicht flohen viele Furchtbarkeiten durch sein verwirrtes Gedächtnis. Sein Gesicht veränderte sich nicht im geringsten dabei.

In der Nähe schlug eine Kirchenuhr. Stumpf zählte er die zehn Schläge. Er räkelte sich langsam und müde in die Höhe und ging wieder. Er wußte selber nicht wie — auf einmal stand er am Bahnhof, löste eine Karte und fuhr nach Werburg.

Er drückte sich in eine Ecke des verlassenen Abteils und rührte sich die ganze Zeit nicht. Niemand stieg ein. Wenn der Zug hin und wieder ruckend und scheppernd anhielt, erzitterte Bolwieser leicht und zog den Kopf noch mehr in den aufgestülpten Mantelkragen. Erst beim Anfahren atmete er stockend auf.

»Werburg!« hörte er plötzlich und kraxelte aus dem Waggon. Er tappte auf den Perron zu. Da stand Scherber und nahm ihm das Billet ab. Groß starrte ihn der Kerl an und stammelte auf einmal tonlos: »Gu — utn Abnd, Herr Vorstand!« Aber Bolwieser ging eisig vorüber...

Die Wohnung roch ungelüftet und verlassen. In der aufgeräumten Küche tickte die Uhr wie immer. Nur das Bauer, in welchem der Kanarienvogel auf der Stange festgekrallt schlief, war nicht wie sonst mit einer Decke umhüllt. Als Bolwieser das Licht anknipste, erwachte der Vogel, schüttelte sich und piepste kurz auf. Die Herdplatte war blank gescheuert. Kein Topf stand darauf, und lange mußte schon kein Feuer mehr darunter gebrannt haben. Jede Heimseligkeit war aus dem Raum gewichen.
Der Bahnhofsvorstand ging in das Schlafzimmer. Auch hier waren die Fenster verschlossen und verhängt. Sauber standen die schön gemachten Ehebetten da. Das geschmacklos verkleidete Licht verbreitete eine rötliche Helligkeit, und im aufragenden Spiegel in der Ecke bemerkte Bolwieser seine dunkle Gestalt. Er erkannte sich kaum mehr. Geknickt, sehr gealtert und verwahrlost sah er aus. Er erschrak fast. Reglos blieb er eine Weile stehen. —
Die alte Käserin erwachte gegen Mitternacht und vernahm in der darüberliegenden Vorstandswohnung Schritte. Sie richtete sich im Bette auf und lauschte gespannt. Nein, es war kein Irrtum, da droben ging jemand, und manchmal quietschte eine Türe leise. Voller Angst lief die Alte in die Stationsräume hinunter. Aber sie kam kaum über den ersten Satz hinaus.
»Der Vorstand ist heut' abend heimgekommen«, klärte sie Mangst grantig auf: »Schlafen wird er halt nicht können... Lang wird er kaum mehr da sein...« Er saß im Dienstzimmer Bolwiesers, vor dessen Schreibtisch, und schien sich in seine neue Rolle schon ganz eingelebt zu haben. Er zog die Schublade auf und reichte der Käserin zwei blecherne Spar-

büchsen: »Da, die gehören ihm... Geben Sie ihm die Dinger morgen...« Doch die Alte sträubte sich heftig dagegen: »Um Gotteswill'n! Nein — nein, nicht um viel Geld bringt mich da noch wer hinauf!... Ausgeschloss'n, ich laß mich nimmer sehn bei ihm...«

»Lächerlich! Er frißt doch niemand!« warf Mangst ärgerlich ein und schmiß die Büchsen wieder in die Schublade. Die Alte ging.

Es war unheimlich — als sie wieder im Bett lag, dumpften die Schritte über ihr noch immer. Unausgesetzt wie ein gefangenes Tier ging Bolwieser in der verlassenen Wohnung herum.

»Jeßmariaundjosef!« bekreuzigte sich die Käserin: »Hm! Allmächtiger, er wird sich doch nicht gar was antun!« Und sie fing an, ein Vaterunser nach dem anderen herzuflüstern...

XXIV.

Es läßt sich denken, daß die Käserin am frühesten Morgen des anderen Tages in der ganzen Nachbarschaft herumlief und kreuzwichtig berichtete. Wie gierig saugende Schlünde verschlangen die Ohren ihrer jeweiligen Zuhörer ihre Worte. Und das waren erst Worte! Bald klangen sie leise und wie tastend, wurden halb und endlich ganz laut, bald kamen sie gestockt aus ihr, wie aus einer beklemmenden Bedrängnis, dann wieder überstürzten sie sich hastig oder rannen behaglich dahin. Jeder Laut schien abgewogen, jede Geste hatte ihre eigene Wirkung. Meisterhaft, wie die lebendigste Zeitung, verstand es die Alte, die Leute zu bannen. Je neugieriger sie wurden, um so romantischer, schauriger und ausschweifender schmückte die Erzählerin ihre Botschaft aus. Das war, als habe man einen Stein in einen ruhig geglätteten Weiher geworfen. Langsam weitete sich der Kreis der Einwurfsstelle, Ringe zogen sich über die ganze Wasserfläche. Bald wußte jeder Mensch in Werburg, was geschehen war. Hinter den Fenstern der Häuser, welche das Bahnhofsgebäude in weitem Rund umrahmten, saßen gespannte Späher und lugten fort und fort zur Bolwieserwohnung hinüber. Dort aber blieb es still und stumm. Kein Fenster öffnete sich, kein Schatten wurde hinter den Gardinen sichtbar. Ein Tag verging, und der zweite neigte sich schon in den Abend. Unruhig wurden die Nachbarn. Böses ahnten sie. Die wildesten Gerüchte wurden lebendig. Der Krämer Sailer wollte schon zur Gendarmerie gehen, indessen — da kam die Käserin mit einer höchst banalen, ernüchternden Nachricht.

Bolwieser — Heilige Dreifaltigkeit, wie er bloß ausschaue! Nicht mehr zu kennen sei er! —, also der Herr Vorstand sei vor ihre Tür gekommen, geläutet habe er, und —möcht's ein Mensch glauben! — ohne weiteres habe er sie gebeten, mit ganz kurzen, rostigen Worten gebeten, sie sollte ihm verschiedene Lebensmittel holen.

Sailer und Sailerin hinter der Ladenbudel atmeten auf. Die Frau Kommandant Wiggentaler sagte, als sei sie vollauf bewandert in den Seelenregungen von Menschen, die einmal hinter Schloß und Riegel gesessen: »Das wundert mich kein bißl... Sowas ist ja bekannt... Mein Mann sagt's immer: ›Bis so ein Entlass'ner wieder ins Gleis kommt, das geht oft lang, lang her‹«...

Nur zwei Menschen sahen Bolwieser: die Käserin, die für ihn täglich einholte, und der heimtückische Sekretär Mangst. Der brachte ihm die Sparbüchsen. Sicher war er nur neugierig und wollte sich am Unglück des ehemaligen Vorgesetzten weiden. Bolwieser öffnete versehentlich. Er erwartete die zurückkehrende Käserin. Da stand Mangst. Die beiden sahen sich betreten an.

»Gut'n Morgen, Herr Vorstand... Da — das ist noch von Ihnen«, brachte Mangst etwas geniert heraus und reichte Bolwieser die Büchsen.

»So, ja, best'n Dank, best'n Dank«, brummte dieser nur und nahm sie. Weiter war nichts. Ehe sich Mangst besinnen konnte, stand die zugemachte Tür wieder in seinem Blick. Er starrte einen Huscher lang, grinste schließlich und ging. Niemanden ließ Bolwieser über die Schwelle. Keinem öffnete er. Die Käserin brauchte nicht mehr aufzuräumen. Sie kam, gab die Sachen ab, fertig. Nie wurde der ehemalige

Bahnhofsvorstand sichtbar. Seit seiner Verhaftung war er vom Dienst suspendiert und verbarg sich wie ein Geächteter. Der Merkl kam etliche Male beim Hereinbruch der Dunkelheit. Er läutete vergeblich und wartete unruhig. Er schlich davon, wie er gekommen war. Er schrieb drei Briefe voller Anklagen gegen Hanni. Immer wiederholte sich darin das gleiche. Sie hätte ihn, den armen Xaver, mit ausgemachter Raffiniertheit ins Unglück gebracht. Sie korrespondiere heut' noch mit Schafftaler.
Bolwieser las das alles ohne große Erregung. Dann zerriß er die Briefe und verbrannte sie. Er reagierte auf nichts. Schließlich kam nur noch ein kurzes Schreiben Merkls:

›Ich habe von Eurem Kündigungsbrief Kenntnis genommen. Den mir geliehenen Betrag könnt Ihr am 1. August haben.
Merkl.‹

Was aber tat denn nun Bolwieser die ganze Zeit so allein in seinen vier Wänden?
Mag sein, daß er Stunden und Stunden zergrübelte. Unwahrscheinlich schnell zerfiel er. Es war, als glimme ein schleichendes Feuer in ihm und verzehre ihn inwendig, höhle ihn aus und fresse ihn langsam auf. Der Vollbart wuchs ihm. Er achtete überhaupt nicht mehr auf sein Äußeres. Er wusch sich kaum mehr richtig. Zum Erschrecken sah er aus. Er lag nachts schlaflos und beugte manchmal den Kopf in das danebenstehende Bett Hannis hinüber. Er roch an den Kissen. Ihr Duft, ihr Fluidum war daraus gewichen. Er stand auf und zog die Schubladen der Kommode auf. Da lag noch ihre meiste Wäsche. Er nahm so ein sorgfältig zusam-

mengelegtes Stück in die Hand und betrachtete es wie eine verweste Erinnerung. Es fielen ihm wahrscheinlich hundertmal dieselben glücklichen Lüste ein und zergingen schmerzlich.
Er knirschte plötzlich und riß den dünnen, zarten Stoff mitten entzwei. Das gab ein Geräusch wie ein jäher Schnitt und tat weh. Doch er riß weiter. Er fing eine systematische Zerstörung an, bis nur mehr Fetzen die Schubladen füllten.
Er saß zuletzt auf der Kante des Bettes. Sein Denken stand still wie eine abgelaufene Uhr. — —
Drunten in der Nacht pfiff ein Zug. Das Rattern donnerte daher. Die Fensterscheiben erzitterten leise.
Er erwachte wieder aus seiner Erstarrung.
Auf der niederen Konsole, die den Spiegel trug, stand das geschliffene Zerstäuberfläschchen. Er griff danach und hob es gegen das Licht. Eine dünne Staubschicht trübte das Kristallglas. Das Parfüm war eingetrocknet. Um Bolwiesers Mundwinkel zog ein bitteres Zucken. Er trat an das Fenster, öffnete einen Flügel und warf das Fläschchen weit hinaus in die besternte Dunkelheit. Drunten auf den Gleisen klirrte es leicht auf. Er vernahm es und schloß das Fenster wieder...
Oft und oft saß der Vereinsamte in der Küche und fing einen Brief an. ›Hanni!‹ schrieb er und kam nicht weiter. Er zerriß den Bogen und begann von neuem: ›Liebe Hanni!‹
Hand und Hirn erlahmten ihm.
›Liebste Hanni!‹ jagte seine Feder auf einmal dahin und flog über's Papier: ›Du bist schuld, hast mich ruiniert — Du Hurenweib — Du Dreckfetzen — gewissenlose Ehebrecherin — herzliebste, gute Hanni! — Du Satan — Du scheinhei-

lige Furie — verlogenes Mensch, Du — — Liebherzige, arme, gute — heilige Ha — —‹ Er brach ab. Er hielt es nicht mehr aus. Herz und Seele waren ihm zerschnitten.

Draußen stummte die Nacht. Er zog sich an und verließ unhörbar die Wohnung. Drunten auf dem Platz sah er ohnmächtig in die Höhe. Groß und mächtig wölbte sich der sternige Himmel über die Häuser. Bolwieser spähte rundum und schlich weiter. Immer schneller ging er. Durch verborgene Gassen wanderte er, gelangte an den Fluß und bog in den schmalen Fußweg ein, der sich hier an den steil abfallenden Uferhängen entlangzog. Die dunklen Häuser versanken hinter ihm. Lind fächelte die Luft. Ganz aufgebrochen war der Frühling. Ab und zu zirpte ein räkelnder Vogel kurz im Gebüsch. Holundersträuche rochen betäubend.

Langsam kam Ruhe über den Bahnhofsvorstand. Er hielt nicht inne, wenngleich der feuchtlehmige Boden das Gehen erschwerte und müde machte. Der Pfad zog sich aufwärts, und schließlich kam der stumme Wanderer aus der Tiefe in eine unabsehbare, flache, nur da und dort von gespenstischen Weiden bewachsene Gegend. Eine große Stille umgab ihn. Es duftete nach Gras und feuchter Erde. Bolwiesers Lungen sogen in vollen Zügen an der nächtlichen Frische. Allgemach verspürte er Kraft in den schweren Gliedern. Weiter schritt er, ohne Einhalten, gleichsam als wandere er in eine ungeahnte, fremde Freiheit hinein. Jeder Hauch der Luft wischte ein verkrustetes Stück muffiger Vergangenheit von ihm weg. Er atmete gedehnt und erweckt. Noch nie war er in die Umgebung Werburgs gekommen, überhaupt kaum jemals in einen Wald, auf eine Wiese. Er kannte sein

Leben lang nichts als seine vier Wände, Hanni, seine Ehe, den eintönigen Dienst, Fahrten nach München, Wirtsstuben und die kärglichen kleinbürgerlichen Unterhaltungen. Nun, da er hier auf dem scharfgezackten Vorsprung des grasbewachsenen Abhanges stand, wurde ihm weit und rein zumute. Er sah hinunter auf den mondbeglänzten Fluß, der eine breite, schwellende Biegung machte. Jede Welle lächelte silbern und zerging lautlos. Drüben buckelten sich fliehende Hügel. Darauf ballten sich starrschwarze Waldungen. Alles war ruhig und groß und friedlich, und der Blick landete immer wieder in der sternbesäeten Unendlichkeit des klaren Himmels...

Von nun ab schlich Bolwieser jede Nacht so aus der Stadt und wanderte in die fernsten Gegenden. Erst wenn die frühesten Morgennebel aufschleierten, kam er in seine Wohnung zurück. Diese Einsamkeiten richteten ihn auf. Ein gefaßter Gleichmut kam mehr und mehr über ihn. Er bangte nicht mehr vor der Zukunft. Er vergaß sie fast, genau wie die Vergangenheit.

Eines Tages fing er an, alle Möbel in der Wohnung zusammenzuschieben, und dabei fand er im aufgerissenen Futter seiner Dienstmütze das kleine, schäbige, verschwitzte blaue Notizbuch, in welches er seinerzeit, als Hannis Tyrannei ihren Höhepunkt erreichte, stets Hergang und Verlauf jedes, auch des kleinsten Gezänkes genauestens aufgeschrieben hatte.

Es war dies eine Art hilfloser Selbstwehr gewesen, ein Ausweg, den er sich — vielleicht, um ihr in späterer Zeit damit entgegentreten zu können — selbst erfunden hatte. Eine schauerlich sinnlose Chronik war das. Dumme, nichtssagende Wortplänkeleien gab es darunter und schikanöse Tatsachenverdrehungen. Etwa so:

›20.März, mittags. Hanni sagte: ‚Iß doch nicht so viel. Man muß sich doch in Gottesnamen beherrschen können. Das viele Essen ist bloß Angewohnheit... Siehst sowieso schon wie eine Mastsau aus!‘
Ich habe aufgehört und kein Wort mehr gesagt. Auf der Stelle, mittendrinnen.
Sie ist ärgerlich geworden, hat geschimpft.
Ich habe gesagt: ‚Ich tu doch bloß, was du sagst.‘
‚Ich hab' nicht gesagt, du sollst einfach alles überlassen!... Das ist bloß Bosheit von dir. Jetzt verderben die Sachen.‘
Kann gar nichts verderben.
‚Das essen wir halt abends‘, sage ich. Sie fängt auf einmal zu schimpfen an, ich verdrehe alles. Ich treib' sie in die Höhe, ein ganz gemeiner Kerl sei ich. Ich weiß nicht warum.‹
Oder:
›14. April, abends.
‚Hannerl‘, sag' ich, ‚komm, sei gemütlich. Hör' doch das ewige Aufräumen auf!‘ Ich bin in der besten Laune, und weil ich weiß, sie verträgt kein Einreden, küss' ich sie und scherze. Sie wird trotzdem ärgerlich. Was ich denn immer zu nörgeln hab', meint sie, und ob ich vielleicht diese Arbeit machen will?
‚Ja‘, sag' ich, ‚gern... Aber zu was ist denn die Käserin da. Kann's doch die machen.‘ Mit der aber ist sie unzufrieden und meint, ihr kann sie überhaupt keinen Respekt beibringen. Ich mein', das kommt wahrscheinlich daher, weil sie sich mit der Alten zuviel eingelassen hat.

‚Komisch', sag' ich, ‚zu *mir* traust du dir alles sagen, aber zu irgendwem Fremden nicht... Da hast du gleich Angst...' Das bringt sie auseinander. Das stimmt wahrscheinlich. Jetzt geht das Zanken schon wieder an. Ich könnt' mich grad beschweren über sie, hält sie mir vor, kurzum, zuletzt bin ich ein infamer Lügner, ein ganz boshafter, niederträchtiger, weibischer Wortverdreher. Ich gebe nach. Was tu ich? Ich lächle. Es ist bitter. Man hat keine gemütliche Viertelstund' mehr. Ich geh zum Merkl. Ich trink' und sauf'... Ich komm' nicht mehr an sie heran. Sie zeigt mir nur mehr Stacheln. Dumm, so dumm, daß man sich das Leben jeden Tag so vermisten muß. Ist doch so kurz, so kurz...‹

Derartige Notizen wiederholten sich in langweiliger Reihenfolge. Bolwieser schüttelte den Kopf und mußte seltsam lächeln. Aus all solchen Unwichtigkeiten, aus all diesen Kläffereien setzte sich seine wankende Ehe zusammen, und *er* hatte es nie gefühlt? Ihm war das immer noch etwas Beseligendes trotz dieser tausend und abertausend Nadelstiche.
»Ge — we — sen«, murmelte er und verbrannte das Büchlein. Mit festerem Sinn begann er seine Aufräumearbeiten wieder. Es war, als mache er letzte Ordnung mit sich.
Die Käserin hörte das Geschiebe.
»Scheint grad, wie wenn der Herr Vorstand wegziehen möcht'«, erzählte sie dem Mangst: »Den ganzen Tag rumort er rum droben...«
»Muß doch... Der kann doch die Dienstwohnung nicht behalten. Er muß doch raus und dem Nachfolger Platz machen«, klärte sie der Sekretär auf und ließ durchblicken,

daß er jetzt wohl die längste Zeit bei ihr in Logis gewesen sei. Da bekam die Alte ein unfrohes Gesicht und sagte nichts mehr. Von diesem Tag an mochte sie ihren Untermieter nicht mehr.
So sind die Menschen schon: Sobald ein Ereignis unerwünscht in ihre Interessen greift, wandelt sich ihre Meinung.
Nicht anders war es bei der Alten. Sie fand jetzt rührend mitleidige Worte in bezug auf den unglücklichen Vorstand. Schad' sei's für ihn, er sei immer ein rechtschaffner Mensch gewesen, seine Eh' halt...
Und dann streute sie ihre Giftkörner über Mangst aus.
»Es kommt nie was Besseres nach«, schloß sie meistens: »Ich sag' ewig, wenn der Bettlmann auf ein Roß kommt, kann ihn der Teifl derreit'n...« Sie schilderte den düsteren Emporkömmling mit der erdenklichsten Unfreundlichkeit.
Und — daß es nicht vergessen wird — es waren in Werburg noch etliche Menschen, die an sich gar nicht so schlecht über Bolwieser redeten. Sie sahen in ihm nur das Opfer Hannis und Merkls.
Der Greinbräuwirt, der Windegger und der Magertsrieder triumphierten nunmehr, weil — wie sie sich auszudrücken pflegten — ›Recht eben doch Recht wird, wenn's auch oft lang hergeht‹. Stolz blähten sie sich auf am Wirtstisch, und unerschöpflich waren ihre Debatten.
»Hab' i' net recht g'habt... Neue Besn kehrn gut, hab ich allweil g'sagt, aber wer ausharrt bis ans End', der wird selig!« prahlte der Wirt. Der erste Satz galt seinem Todfeind Merkl, dessen Wirtschaft jetzt nicht mehr die Anziehungskraft ausübte wie ehedem. Das Publikum einer Kleinstadt

ist wetterwendisch. Wenn einmal der Reiz der Neuheit verflogen ist, flaut das Interesse ab.
Der zweite Satz betraf die solide Haltbarkeit des Greinbräu. Als ältestes Wirtshaus prangte es auf dem besten Platz. Die verlaufenen Gäste fanden wieder langsam zurück in seine weitläufig heimelige Stube.
Und außerdem und überdies — schon eine Zeitlang munkelte es da und dort, daß der Merkl einen neuen Geldmann suche und Tag für Tag ein zuwideres Gesicht hermache. Einige wollten sogar wissen, daß der Torbräuwirt verkaufen wolle. —
»Spuka tuat's, wo ma hi'schaugt bei eahm«, meinte der Viehhändler Margertsrieder vom Merkl, schob fidel seinen runden, zerschabten, grünen Filzhut aus der Stirn, verzog sein breites Maul und setzte unflätig dazu: »Entweder is' er der Bolwieserin z'aufdringli wordn oder er hot nix taugt... Und do is's aus g'wen mit der Herrlichkeit... Sie hot eahm einfach 's Geld kündigt... Hahaha, mei' Liaba, so geht's mit dö verbot'na Liabschaftn! Do muaßt beim Zeig (Zeug) sei oda du bist der Ausg'schmierble...« Er lachte heimtückisch und fand Beifall. Er biß mit seinen verwahrlosten braunen Zahnstumpen fester auf das Mundstück seiner Weichselpfeife und begann mit den Fingern zu schnackeln. Rhythmisch, wie zum Tanz, stampfte er mit seinen Nagelschuhen auf den Boden und sang heiser in die rauchige Luft:

»Freunderl, drum hör' auf mi':
Mach' mit koan Eh'weib nix!
Bist bloß da Stier für sie
und sie dei Schicks'...«

Ein wieherndes Gelächter dankte in der Runde. Er mußte sein selbstgedichtetes, einfältiges ›Gstanzl‹ oft und oft wiederholen. Der Bolwieser war völlig vergessen, in gewisser Hinsicht auch Hanni. Nur die Schadenfreude über den ›hinunterrutschenden‹ Torbräuwirt war Trumpf.

Doch bleiben wir bei der Sache. —

XXV.

Zu was noch weitschweifig erzählen! Jeder Mensch kennt jene trostlosen Verhandlungen, welche täglich die Schwurgerichtssäle beleben. Die eine ist interessanter, die andere verläuft wie abgekartet, traurig ist's allemal.

Der Prozeß gegen den Werburger Bahnhofsvorstand verlief trocken. Es gab gar keine Sensation, denn der Angeklagte gestand unumwunden, und die Zeugen konnten eigentlich gar nichts Neues mehr vorbringen. Hanni war in Trauerkleidern erschienen und machte beim Gericht einen guten Eindruck, weil sie tief gebeugt zu sein schien. Merkl erregte hin und wieder eine fühlbare Antipathie. Windegger und den Krämer Sailer vergaß man sofort wieder. Einzig und allein der gänzlich veränderte, schlampige Bolwieser interessierte jeden. Unerschüttert und ruhig bekannte er sich als schuldig.

Die Werburger, die im Zuhörerraum saßen, waren bewegt, als sie das Urteil hörten. Hanni weinte schluchzend auf. Als Bolwieser abgeführt wurde, wollte sie auf ihn zu. Er machte nur eine kurze abwehrende Geste. Bleich verließ der Torbräuwirt den Gerichtssaal und verschwand eilig von der Bildfläche.

Schon am nächsten Tag wurde der Verurteilte ins Zuchthaus Straubing überführt. Verschlossen, aber ohne Renitenz ließ er alle Prozeduren über sich ergehen. Er war ein Sträfling, wie ihn die Wärter wünschten. Er machte keine Umstände, klagte nie, unterzog sich jedem Befehl und trug sein Schicksal wie etwas Unabänderliches.

Die erste Zeit, in der Einzelhaft, litt er noch. Des Nachts,

wenn der Wachbeamte durch den sogenannten Spion die Zelle revidierte, bemerkte er den Häftling oft unruhig auf und ab gehend oder stumpf auf der Pritsche sitzend.
»Hinlegen! Marsch! Herumgehen ist verboten!« erklang die Stimme vor der Türe. Bolwieser hielt steif inne, besann sich kurz und folgte. Er legte sich auf die Pritsche und brütete. Er atmete schwer, so, als bekomme er keine Luft. Das Vergangene tauchte auf. Er hatte geglaubt, es sei überwunden. Hier in dieser untätigen, abwechslungslosen Stille aber erwachte es wieder. Es kroch aus allen Ecken und Enden und saugte sich wie eine quälende Schlangenbrut schwer auf seiner beengten Brust fest. Verschwommene Bilder zogen vorüber. Er wollte sie verscheuchen, wollte gewaltsam an etwas anderes denken, aber es gab nichts, an das sich denken ließ. Er wand sich fröstelnd auf seiner Liegestatt. Die Stunden wurden zu Ewigkeiten. Er lag gleichsam in der Gruft des kohlschwarzen Nichts und roch nichts als üblen Modergestank. Seine Zunge wurde trocken und war zuletzt wie ein Stück Filz im Munde. Der Gaumen verlor die natürliche Speichelkraft und klebte wie Leim. Ein rasender Durst quälte ihn. Er griff im Dunkel nach der blechernen Wasserkanne, führte sie gierig an die Lippen, aber leider — er hatte das Wasser tagsüber ausgetrunken. Er war das Haushalten mit so selbstverständlichen Dingen noch nicht gewöhnt.
Zermürbt versuchte er die Kanne wieder auf ihren alten Platz zu stellen, doch seine Hände waren zu schwach und zitterten. Sie entfiel ihm und es gab ein stumpfes Gepolter.
»Was ist denn los da drinnen? Was machen Sie denn?« hörte er den Wärter.

»Ach, ich hab' so Durst, aber kein Wasser mehr«, gab er kleinlaut an.
»Morgen gibt's ein's«, war die Antwort.
Der Gefangene drehte sich verdrossen auf die andere Seite und schluckte bitter. Er schlief nach langer, quälender Zeit ein, und da weitete sich vor ihm ein Lichtrund, und aus dieser Helligkeit formte sich ein nackter, fülliger Frauenkörper, dessen Konturen sich immer wieder verwischten. Es schien nicht eine, es schienen hundert hintereinander stehende Frauen zu sein, die groß und unwirklich vor ihm aufwuchsen. Er griff danach. Seine krallenden Finger fäusteten sich in der leeren Finsternis. Er stöhnte, ächzte. Er vermeinte flüchtig das tausendfache Gesicht Hannis zu sehen. Es lächelte zärtlich und verführerisch, anzüglich und verlangend. Er schrie. Er brüllte.
»Herrgottsakra! Ruhe da drinnen!« plärrte ihn der Wärter grob an. Erschreckt schnellte er in die Höhe, und da war wieder das ganze Elend um ihn. Sein Körper flog und dampfte schwitzend. Dann fror ihn um so mehr.
»Wenn Sie nicht ruhig sein können, spukt's!« drohte der Wärter.
»I — ich hab' doch bloß geträumt!« wimmerte der Sträfling verzagt.
»Ah! Geträumt...! *Das* Träumen kennen wir schon! Ruhig jetzt!« wies ihn der Mann an der Türe zurecht, und seine Schritte verhallten wieder.
Wie eine zu Tode geschundene Kreatur wickelte sich Bolwieser fester in die dünne Wolldecke und versuchte ängstlich, sich wach zu erhalten. Über diese Angst hinweg aber rannen die peinigenden Erinnerungen von einst und ver-

schütteten ihn wie eine erstickende Lawine. Die Rippen seines Brustkorbes schmerzten. Er japste nach Luft. Er wölbte sich verzweifelt auf und biß seine klappernden Zähne aufeinander. Eine haltlose Wut brach auf. Unnatürliche Grausamkeiten jagten durch ihn.

›Zerstückeln! Zerschneiden! Die Därme einzeln herausreißen, zertreten werde ich sie!‹ sagte er sich im stillen und ruderte mit den Armen in der finster-kalten Luft, als wühle er schon in Hannis blutigem Körper. Seine Sinne schwanden. Die schrecklichsten Halluzinationen gaukelten um ihn. Und da, mit einem Male war ihm, als erwärme das Blut der Geschlachteten seine erstarrten Finger. Ein rätselhaftes Wohligsein rieselte in seine Adern, und Reue würgte plötzlich in seinem trockenen Schlund. Er lag mit dem Bauch nach unten auf der Pritsche. Er stemmte beide Arme und bog seinen Oberkörper in die Höhe. Seine brennenden Augen glotzten. Die Arme ertrugen die Last nicht. Er sank nieder auf das Keilkissen und umschlang es, umkrampfte es unsagbar verloren wie der Mörder sein zuckendes Opfer. Er küßte es, und wehrlos rannen dicken Tränen über seine kalten Backen. Er weinte und weinte. Er zerging furchtbar.

Solche Nächte gab es viele. Auch am Tage verfolgten ihn diese Vorstellungen oft. Dann rannte er wie gepeitscht in der engen Zelle herum, immer schneller, immer veitstanzmäßiger. Es kam vor, daß er den beengenden Kragen seines Sträflingskittels aufriß, sein Gesicht verzerrte sich grausig und oft preßte er seinen Körper an die kalte Wand, so fest, als wolle er sich in die Mauer drücken. Er schlotterte und schlug sogar den Kopf an die Mauer, daß er dumpf und stumpf erdröhnte. Auf einmal aber gab der Insasse der Nebenzelle durch Klopfzeichen Antwort, oder der Wärter rief ihn barsch zur Ordnung, und er erwachte wie gerädert aus seinem Zwangszustand. Sein ganzes Inneres war krank. Aber die Tage waren doch besser. Es gab wenigstens eine leichte Helligkeit und etliche karge Abwechslungen — Wecken, Kübelausleeren, Waschen, Anziehen, Rundgang im Hof und Sonntags Andacht.

Endlich mußte der Sträfling wieder einmal zum Direktor.

»Haben Sie über etwas zu klagen?« fragte dieser.

»Nein, über gar nichts, Herr Direktor«, antwortete der eingeschüchterte Mensch unterwürfig.

»Halten Sie sich weiter so gut... Was wollen Sie für eine Beschäftigung?« erkundigte sich der Direktor.

»Ich bin mit allem zufrieden, Herr Direktor... Ich dank' für alles«, erwiderte der Befragte abermals hündisch, und das gefiel. Von jetzt ab durfte er Tütenkleben und bekam einige Vergünstigungen. Das half ihm über die Schwere hinweg. Er wurde in eine Gemeinschaftszelle verlegt, und mit der Zeit vernarbten seine Qualen. Er glitt gewissermaßen in eine stoische Ruhe. Er reifte heran zur gut funktionierenden Nummer und schien nicht mehr arg zu leiden. Er war der Stillste im ganzen Zuchthaus, zeigte stets einen schweigenden Ernst und eine willenlose Beflissenheit. Seine Mitgefangenen mochten ihn nicht. Er gab sich nicht ab mit ihnen. Er galt als Kriecher und Angeber, obwohl er nie etwas verriet. Er sah überhaupt nichts. Er liebte und haßte keinen. Mißstände nahm er hin ohne ein Dawider. Bekam er einen Befehl, so knickste er kurz und quittierte mit einem tonlosen ›Dankschön‹.

Sich gegen etwas aufbäumen hatte er nie gekannt. Er war

ein williger Mensch ohne eigenen Willen. Nun, da er ganz zerbrochen war, ging er nur noch wie ein Rädchen einer immer gleichlaufenden Maschine. Jede Empfindung schien erstorben.
Es kam in dieser Zeit einmal ein Rechtsanwalt zu ihm und unterbreitete ihm Hannis Scheidungsabsichten. Er nickte zu allem.
»Es ist auch nicht notwendig, daß Sie vor Gericht erscheinen«, meinte der Anwalt rücksichtsvoll: »Ich versteh' das, Herr Bolwieser... Wenn man so erscheint, das behindert...«
Wie ein dummgeprügelter Schulbub sagte Bolwieser: »Jawohl... Dankschön.« Der Anwalt sah ihn erschüttert an. Er unterrichtete ihn nicht weiter, ließ den Sträfling eine Vollmacht unterzeichnen, und zu Ende war die Besprechung. Bolwieser war fast froh, als er wieder zurückgeführt wurde. Nach zirka einem Monat erhielt er den Bescheid, daß seine Ehe mit Hanni rechtsgültig geschieden sei. Gleichgültig nahm er es hin, schier so, als verstehe er überhaupt all das nicht mehr. —

In Werburg veränderten sich manche Dinge. Mangst wurde wirklich zum Bahnhofsvorstand befördert und war der Pflichteifer selbst. Merkl trieb niemanden auf, der ihm Geld zu einer — wie er's umschrieb — ›Stützungsaktion‹ gab. Er fand aber einen Käufer und konnte seine Schulden begleichen. Er verzog, und es verlautbarte, im Österreichischen habe er eine neue Wirtschaft erworben. Man vergaß ihn fast absichtlich schnell. Wer aber hatte denn den ›Torbräu‹ erworben? Das ließ sich lange nicht genau herausbringen.

Endlich aber sickerte doch durch, daß der Greinbräu der nunmehrige eigentliche Besitzer sei und einen gefügigen Pächter dorthin gesetzt hatte.
Und der Schafftaler war Hausbesitzer geworden. Jeder Mensch wunderte sich darüber, was doch so ein scheinbar windiges Friseurgeschäft für eine gewinnbringende Sache sei.
»Hmhm, nicht zum Glauben! Nicht zum Glauben«, schüttelte jedermann den Kopf: »Und umbauen tut er... Seltsam! Grad großartig macht er alles... Das kann er doch nicht alles rausgewirtschaftet haben...«
»No, er wird halt ziemlich einen Batzen Geld aufgenommen haben«, meinten wieder welche und zweifelten: »Es muß sich ja erst zeigen... Tüchtig ist er, jaja, aber er übernimmt sich, scheint's, doch... Wir erleben's noch, paßt's auf!«
Sie erlebten indessen ganz etwas anderes. Wie Donner brach es in Werburg ein, und die Blitze, welche dabei aufleuchteten, erhellten jäh jene verborgenen Kanäle, aus denen Schafftalers Finanzen flossen. Nämlich eines Tages fuhr der Friseur nach München und ließ sich dort in aller Stille mit der geschiedenen Frau Bahnhofsvorstand Bolwieser trauen.
Das machte allerorten böses Blut. In Passau fast noch mehr als in Werburg. Die Neitharts waren außer sich. Wochenlang lag der Brauer schon an schwerer Gicht darnieder, kein Glied und kein Gelenk gehorchte ihm mehr, nicht wehren und nicht helfen konnte er sich, und das war ihm gerade zu jener kritischen Zeit am ärgsten. Er belferte, er schimpfte, bellte und kam außer Atem.
»Was?« schrie er: »Was? Eine Neitharttochter und ein win-

diger Baderwaschl?... Was?! Du mit so einem gräuslichen Lausfanger! Pfui Teuf'l!... Ich kenn' die Welt nimmer!... Du mit so einem Frau'nzimmer-Abschmierer... Herrgott! Herrgott, ist's denn möglich! Herrgott!« Er prustete wie ein Walroß. Seine Schläfenadern drohten zu platzen. Sein Herz kam nicht mehr mit. Er verfluchte Hanni.
»Rühr'n wenn ich mich könnt! Rühr'n...!« drohte er mit der zitternd erhobenen Faust. Die alte Neithartin war ganz zerwirbelt vor Angst. Es sah aus, als treffe den Fleischberg jeden Augenblick der Schlag. Hanni verließ das Zimmer. Sie war wohl erregt, doch sie stand am Ziel ihrer Wünsche. Sie ertrug alles. Ja, sie hatte kein Erbarmen, sie stritt mit ihrem sterbenskranken Vater wie ein Mann, kalt und unnachgiebig. Ihr harter Kopf und Neitharts noch härterer — man kann sich die Streitigkeiten ausmalen. —
In Werburg erregte Schafftalers Verheiratung Ärger und Verstimmung. Verschiedene Bürgerstöchter hatten sich Hoffnungen gemacht, und nun saß dieses ›eigensinnige, schamlose Weibsbild‹ im begehrten Nest, thronte mitten in der Stadt und triumphierte über all ihre Widersacher. Anfangs zog sich die Damenwelt zurück und versuchte einen Boykott des Schafftalerschen ›Etablissements‹. Das Geschäft litt hart daran. Bedrohlich sah es um seine Rentabilität aus. Aber es gab keinen Konkurrenten am Platze und — wo in aller Welt kann denn die Weiblichkeit auf die Bedürfnisse der Eitelkeit verzichten!
Langsam und schüchtern kamen die Damen wieder daher. Sehr zugeknöpft und widerstrebend zwar, aber eben doch. Der Friseur zeigte sich gewissermaßen dankbar. Die geschickte Devotion, die er an den Tag legte, schmei-

chelte den Damen. Er siegte. Alles renkte sich nach heftigen Widerständen wieder ein. Die Murrenden verstummten, die Aufregung zerrann wie eine lockere Sandbank, welche der reißende Fluß überströmt und weiterspült. Wieder wie ehedem florierte das Geschäft des kulanten Friseurs, wieder ging es aus und ein dort wie in einem Taubenschlag, und das Geschehene wurde hingenommen wie etwas, von dem man nicht gerne spricht.

Hanni sah man fast nie, und das war vielleicht gut so. Man konnte sagen, sie verschwand ganz und gar hinter der Persönlichkeit ihres Mannes. Der nämlich hatte etwas Unwiderstehliches den Damen gegenüber. Er war unerschöpflich im Erfinden neuer Bedürfnisse, der Reichtum seiner gewiegten Einfälle machte die Kundschaft zugänglich und ergiebig.

Und er war bezaubernd Tag für Tag. Er schien nicht zu altern. Jede Stunde sah er jung und begehrenswert aus. —

XXVI.

Es war an einem kahlen Spätherbsttag, da schüttete der Himmel seine ganze Regenlast hernieder. Der schottelnde Zug kämpfte sich mühsam über die zerpeitschten Ebenen und hielt schwer schnaubend in Burgreith an. Ein schäbig aussehender Mensch mit stoppelbärtigem Gesicht, mittelgroß gewachsen und in der Rechten einen dicken Spazierstock, stieg als einziger aus, durchschritt die Sperre und trottete mit hochgezogenem Rücken auf der breiten, ausgefahrenen Werburger Staatsstraße weiter. Niemand beachtete ihn.

Es fing schon zu dunkeln an. Außerhalb der Ortschaft riß der Wind an den Allee-Apfelbäumen und trieb die schiefen Regenschauer fast flach über die öden Breiten. Der späte Wanderer mußte sich mitunter gegen die heftigen Stöße stemmen. Sie zerwirbelten ihn gleichsam, sie lupften seine Gestalt ab und zu vom Boden auf und schienen sie mit fortzureißen; oft und oft spalteten sich die Enden des schützenden Mantels unter den Knien und schlugen krachend hin und her. In kürzester Zeit war der Mann durch und durch naß. Das Wasser rann nur so an ihm herab, und die aufgeweichten Schuhe quietschten leicht pfeifend.

Der anfahrende Zug kroch aus Burgreith, rollte schneller dahin und verschwand nach einer sacht ansteigenden Biegung in einem Hügeldurchbruch. Sein dumpfes Getöse ging schnell im Sausen des Windes und im Geprassel des unbarmherzigen Regens unter. Die verlassene Landschaft wellte sich. Drüben auf sanften Anhöhen leuchteten etliche gelbe Lichter massiger Einödhöfe auf. Wurfweit dahinter dunkel-

te unabsehbarer Wald in die gejagten Wolken. Zur Linken gab es Felsbrüche und ineinander verlaufende Hügel, und endlich, nach einigen großen Windungen, öffnete sich ein ziemlich schroff abfallender Talkessel, den am anderen Ende ein breit gebogener Flußarm begrenzte. Unten in der Mulde ragten Kirchtürme und vereinzelte Schlote auf, Hausdächer stuften sich ineinander, helle Fenster und leicht schwankende Straßenlaternen reihten sich aneinander und, umstellt von farbigen Signallichtern, vielfach durchschnitten vom wirren Gestäng der eisernen Maste, schälte sich der Bahnhof aus der dampfenden Helligkeit —: Werburg.
Da stand er also, der ehemalige Bahnhofsvorstand Xaver Bolwieser, und seine Blicke hingen minutenlang an dem lichtdurchkreuzten Wirrwarr da drunten. Er fror und schlotterte. Vielleicht überlegte er lahm. Seine glanzlosen Augen belebten sich nicht. Sie blieben stumpf und traurig. Die Entlassung aus dem Zuchthaus hatte ihn gänzlich zerbrochen. Vorher war er ein Leben lang in einer geordneten Existenz gestanden und hatte funktioniert. Eigentlich ohne Willen und Selbständigkeit. Dann kam das Unglück und zerstörte alles. Wiederum nach harten Monaten fügte sich der Sträfling, entsprechend seiner Veranlagung und Gewohnheit, in den automatischen Trott des neuen Lebens im Kerker, war schließlich zufrieden und verlöscht und wünschte im Grunde genommen keine Veränderung seines Daseins mehr. An einem Tag aber konnte er gehen. Er begriff es nicht. Er stand wie sein eigener Leichnam auf einmal wieder inmitten einer fremd gewordenen Welt. Das war zuviel. Er fand sich nicht mehr zurecht. Er ging einfach

weiter, er ging und ging und wußte nicht, wozu. Mit irgendwelchen dumpfen, trägen Entschlüssen setzte er sich schließlich auf die Bahn und fuhr hierher.

Und da türmte sich wiederum das graue Ende vor ihm.

Er gab sich plötzlich einen Ruck und bog in ein aufgeweichtes, schmales Seitensträßlein ein, das sich rechts nach rückwärts bog, hügelan stieg und in einen verstrüppten Hochwald mündete. Er sah nicht mehr um, wanderte weiter und weiter in die plätschernde, stockfinstere Nacht hinein.

Er sah nicht ein, weshalb er so plan- und ziellos dahinirrte. Er kam wiederum ins Freie, die Regentropfen sausten auf ihn nieder, er blieb nie stehen. Ein geducktes Dorf kam, Hunde bellten zerrissen, buschbewachsenes Sumpfland begann, und er sank oft knietief in den Morast. Er keuchte und schwitzte und spürte seine Füße kaum mehr. Er landete endlich auf dem rutschigen Uferweg des Flusses, tappte weiter und stand auf einmal vor einem drohend knurrenden Hund, der ihm den Weg versperrte.

Seltsam, er war ärgerlich darüber. Er wollte nicht einhalten, doch das Tier riß an der Kette, machte wilde Sprünge und fing wütend zu bellen an. Er blieb notgedrungen stehen und prüfte seine Umgebung. Linker Hand dehnte sich der angeschwollene Fluß aus, rechter Hand schien Flachland zu sein, und vor ihm ragte eine niedere, schwarze Hütte mit zeltähnlich spitzem Dach auf.

»Mistvieh verdammtes!« knurrte Bolwieser, denn nun sprühte die nasse Kälte wieder über seinen schüttelnden Körper. Seine Beine waren zentnerschwer, seine Sohlen schmerzten. Er hob unwillkürlich seinen Stock zum Hieb. Das reizte den Hund noch mehr. Er kläffte wie am Messer.

Ratlos sah Bolwieser in die undurchsichtige Weite. Da wurde ein winziges Fenster vor ihm hell, und nach einigen Minuten öffnete sich eine knarzende Türe. Das weckte ihn ein wenig aus seiner Benommenheit. Er hob das Gesicht und bemerkte im Lichtschein einer Sturmlaterne einen Mann. Die Gestalt sah aus wie ein knorpeliger, astloser Baumstamm.

»Ist wer da?« rief der Mensch ungut: »Was ist denn los?«

Bolwieser gab nicht gleich an. Er schaute unverwandt auf den Fragenden, der jetzt genauer leuchtete. Der Hund beruhigte sich ein wenig. Der Hüttler bemerkte endlich den späten Wanderer.

»Wohin denn zum Teuf'l!« fragte er abermals.

»Nirgends«, gab Bolwieser endlich an, und wieder sah ihn der andere an. Zwei, drei Sekunden vergingen. Der Hüttler trat mißtrauisch näher und prüfte den verregneten Menschen.

»Noja, was stehst denn nachher so saudumm her?« fuhr er brummig aus sich heraus, und da bat ihn Bolwieser winselnd um Unterschlupf.

»Mach, daß du 'reingehst, weiter!« befahl der Hüttler, und der andere folgte.

Wie eine dreckige Höhle sah das Innere der armseligen Hütte aus. Die rohen, alten Bretterwände waren da und dort mit Lehm verschmiert oder Stroh, und alte Lumpen dichteten die Risse ab. Der windgepeitschte Regen trommelte unausgesetzt. Der Boden war die blanke Erde. Nur zwei schmale Bretter lagen vor dem primitiv zusammengezimmerten Strohbett. In der einen Ecke stand ein mit vergilbter, löcheriger Wachsleinwand bedeckter Tisch, auf welchem Messer und Gabel, eine Tabakspfeife und Zündhölzer lagen. Darüber hing ein hölzernes Kruzifix und einige schwarz gewordene Heiligenbilder. Eine Banktruhe, ein einziger Stuhl, eine stellagenähnliche Anrichte und ein verrosteter, selbstgebauter Herd vollendeten das Mobiliar. Rußige Pfannen und hölzerne Kochlöffel hingen an der Wand, und in einer Ecke türmten sich alte Seile, Fischereigeräte und sonstiger Krimskrams.

»Bist ein Handwerksbursch?... Hast dich verlauf'n?« erkundigte sich der bärtige alte Hüttler. Er hing die Sturmlaterne über den Tisch.

»Ja —«, stockte Bolwieser zögernd: »Ich kenn' mich nicht mehr aus da in der Gegend.«

»Hm, ja mein Gott, wennst Platz hast auf der Bank... Was anders hab ich nicht«, meinte der Hüttler und deutete auf die Truhe. Er ging auf den noch glimmenden Herd zu, nahm die Ringe ab und legte etliche Torfstücke auf die Glut: »Setz' dich hin und häng' dein nasses Zeug auf... Da!« Er zog einen Strick quer über die Ecke: »Gib's her...«

Ohne ein Wort gehorchte Bolwieser. Er zog seinen patschnassen Mantel ab, seinen Rock, seine Schuhe und bemerkte nicht, daß der Alte am Herd die Sachen interessiert prüfte. Allem Anschein nach war ihm etwas Auffallendes unterlaufen.

»Scheinst gar was Besser's zu sein... Tragst ja pfenniggutes Zeug«, sagte er, drehte sich um und maß den Fremden forschender: »Was treibst denn sonst für ein G'schäft?« Der Befragte wurde verdattert. Wahrscheinlich kam ihm jetzt erst zum Bewußtsein, wie wohl ein Dach überm Kopf tat. Am Ende hatte er auch Angst, der Hüttler mache kurzen

Prozeß mit ihm und wolle ihn wieder fortschicken. Er bekam schrecklich bitthafte Augen, schluckte und rührte sich nicht mehr.
»Hast Dreck am Steck'n?« wandte sich der Alte abermals an ihn: »Wirst g'sucht?«
»Nein — nein«, stotterte Bolwieser und bettelte auf einmal weinerlich: »Ich weiß nicht, was ich anfangen soll... Bittschön, bittschön, laß' mich bloß die heutige Nacht da, bittschön!«
»Ja, meinetwegn... Aber ich möcht doch wenigstens wissen, werst bist?« ließ der Hüttler nicht locker, und nach einigem Hin und Her erzählte der Fremde.
Der Alte wurde mit der Zeit aufmerksamer, und seine Miene verlor das Mißtrauen. Es war auch, als ginge ihm ein Licht auf.
»So — so«, sagte er zum Schluß: »Sooo, *der* bist?... Hm, jaja, ich hab' schon einmal sowas läut'n hör'n... Hm, so *der* bist du?... Ja, ich bin schon öfter 'neikomma nach Werburg... Mag sein, daß ich dich schon g'sehn hab'...« Er sah in Bolwiesers wehes Gesicht, stellte die Schnapsflasche hin und bot ihm zu trinken an. »Das wärmt auf«, brummte er freundlicher, ging schweigend an den Herd und briet Kartoffeln auf.
»Da, iß jetzt«, reichte er dem Ausgehungerten den Brotlaib. Er gab ihm eine alte trockene Hose und ein zerfranstes Hemd.
»Hast es denn so verruckt gern g'habt, dein Weib?« fragte der Alte den Essenden, nachdem man geruhig am Tisch beisammenhockte. Bolwieser nickte schwer, und das Zäpfchen seines Halses bewegte sich ein wenig.

»Jaja, dieses Gernhab'n, hm«, machte der Hüttler nach einer Weile wieder wie aus einem gleichgültigen Nachdenken heraus: »Das Gernhaben!« Er lächelte halbwegs und setzte dazu: »Ewig geht das nie nicht... Da laßt einer mit der Zeit nach, und der andere, den macht's fort und fort wilder... Zuletzt ist sowas die Höll'... Man sollt' sich nicht drauf einlass'n...« Er stand auf und kramte unter seiner Liegestatt, brachte zwei rauhe Roßdecken zum Vorschein und richtete seinem Gast auf der Truhe ein Lager.

»Keiner kann halt aus seiner Haut«, brummte Bolwieser nach langer Zeit viel leichter.

»Jaja, schon, schon... Und, weiß der Teuf'l, keiner kann eigentlich was dafür... Zwisch'n einem verliebt'n Weibsbild und einem verliebt'n Mannsbild, da dreh' ich die Hand nicht um... Ist jed's gleich«, murmelte der Alte. Er legte sich in sein strohraschelndes Bett und wickelte sich ein: »Lösch 's Licht aus...«

Draußen rumorte der Sturm, als ginge die Welt unter. Der Fluß rauschte mitunter wie fernes Donnergrollen. Die ganze Hütte ächzte ab und zu...

Lange drückte sich Bolwieser am anderen Tag herum, bis er ging. Der Alte sagte nicht: »Bleib da.« Er ließ ihn gehen. Fährmann war er. Gleich vor der Hütte lag das breite Boot im Fluß.

»Gehst jetzt wieder nach Werburg?... Ist gutding vier Stund' hin«, meinte der Hüttler und hatte einen leichten spöttischen Zug um die Nasenflügel: »Gehst wieder zu ihr?«

Bolwieser sah zum ausgeregneten, stockgrauen Himmel auf, gab keine Antwort und marschierte fester davon.

»Da!... Da mußt geh'n... Da kommst doch ewig nicht hin,

he!« rief ihm der Alte nach: »He! Gehst ja grad entgegengesetzt!« Aber der Davongehende gab nicht an. Er blieb bei seiner Richtung. Der Hüttler schüttelte bloß den Kopf.

Fast eine Woche lief Bolwieser in der fremden Gegend herum. Er wagte nicht zu betteln. Er wanderte durch die Wälder, Flächen und Dörfer wie durch ein ausgestorbenes, ewiges Nichts. Völlig erschöpft und verhungert kam er schließlich wieder zum Fährmann zurück, und der ließ ihn bei sich.

Es war das härteste Leben, das die zwei führten. An den Wintertagen sah man sie die Eisschollen vom Ufer weghakken. Sie zogen das Boot an Land und deckten es zu. Einer sägte Holz, der andere spaltete es. Der Alte kochte, der Jüngere holte Milch und Kartoffeln im nahen Dorf. Still und verträglich lebten die zwei mit ihrem Hund. Nach und nach ähnelten die Männer einander. Jeder hatte einen dichten Schnurr- und Vollbart, einer wie der andere trug das gleiche Zeug am Leib.

Die Dörfler erzählten sich's wie ein dunkles Märchen: »Da ist zum alten Alois ein Zuchthäusler gekommen. Früherer Bahnbeamter aus Werburg. Den hat sein Weib ruiniert, weil er sie gar zu dumm gern gehabt hat. Jetzt will er nichts mehr wissen von der ganzen Welt. Ist kein unrechter Mensch. Wird halt weitermachen auf der Fähr' draußen, wenn der Alois in die Ewigkeit muß.«

Sie hatten eine Art lächelndes Mitleid mit dem zusammengeschrumpften, verwahrlosten Menschen und schenkten ihm, wenn er Milch holte, manchmal ein Ei oder ein Trumm Butter, einen Laib Brot oder einen Krautkopf. Etwelche versuchten hin und wieder, mit ihm zu reden, machten

Andeutungen und scherzten spaßhaft, ob er nicht mitgehen wolle, morgen sei in Werburg Dult. Er tat nicht verschlossen und schüttelte unangerührt den Kopf.
»No, aba vielleicht is' a Hochzeiterin für di' drinn, z' Werbung, Xaverl!« spöttelte der Loringerknecht, und alle in der Stube schauten listig auf Bolwieser.
»Verlangt mich nicht danach«, gab der zurück, als verstehe er nichts.
Es geschah, daß Bauern vom Viehmarkt oder von der Dult aus Werburg heimkamen und berichteten, daß es noch eine irdische Gerechtigkeit gäbe. Nämlich, wußten sie, jetzt sei's grad umgekehrt. Den Xaverl habe die jetzige Schafftalerin selbigerzeit grausam unterm Pantoffel gehabt und sei ihm ewig untreu worden, nun mache es der Schafftaler mit ihr so. In einem fort sei er in Weibergeschichten verwickelt, und ganz ›dasig‹ und vergrämt sei seine Alte.
Das erfuhr auch Bolwieser von jenem vorwitzigen Loringerknecht. Der Bursch glaubte, was er wunders gut daran tue. Indessen der Xaver bekam keine andere Miene.
»Hm, mein Gott, so ist's halt«, brummte er und tappte davon. Er erzählte sogar seinem ›Hausvater‹ Alois nichts davon. —
Im zweiten Jahr, an einem frostglitzernden Wintertag, bewegte sich ein schmaler Trauerzug von der Fährmannshütte auf das Dorf zu. Der Totenwagen fuhr voraus, und das plappernde Beten der Leute klang hinterher. Gläsern stand der Himmel um die große gelbe Sonne. Die Bärte der Männer waren steifgefroren. Die Kälte biß. Die Räder knirschten, und die Pferde stapften dampfend dahin.
»Herr, gib ihm die ewige Ruhe!« leierten die Weiber.

»Und das ewige Licht leuchte ihm«, antworteten die bassigen Männerstimmen.
»Herrgott, hot aa (auch) seiner Lebtog nix Schön's g'habt, der Aloisl«, raunte der alte Loringer während des Betens seinem Nebenmann, dem Ehringer, zu: »Und jetzt macht's der Xaverl... Mei' Liaba, do muass oana (muß einer) scho gor nix mehr wuin (wollen) vo der Welt, wenn er mit dem G'schäft z'friedn is'...« Und beide warfen flüchtige Blicke auf Bolwieser. Der trottete mit gebeugtem Kopf. Sein Gesicht war ruhig und klar. Während die anderen beteten, blieb sein Mund verschlossen.
Seither versorgt der ehemalige Werburger Bahnhofsvorstand die Fähre und lebt nicht anders als der selige Alois. Im Sommer, wenn er seine winzigen Gemüsebeete vor dem Häusl umgräbt oder wenn er reglos und stumm aufragt aus dem Boot, das er langsam und sicher über den Fluß schiebt, dann hat seine Gestalt dieselbe Farbe wie etwa das grüne Wasser oder die saftigen Breiten ringsum. Im Winter ist er weiß und eisglitzernd wie ein Schneemann. So eingegangen ist er in den ewigen Wechsel der Natur, als wäre er ein Stück von ihr: Gewächs oder Kreatur oder letztes Abbild.
»Kalt Wetter wird's«, sagen die Bauern, wenn der Xaverl seine verhutzelte Pelzmütze, auf der kleinen Bank vor der Hütte sitzend, ausbessert. Es braucht noch lange nicht danach auszusehen.
»Landregen kommt«, sagen sie, wenn er das Boot nach Feierabend zudeckt. In der anderen Frühe fällt rundum grauer, endloser Regen.
»Ah, schön bleibt's!« widersprechen sie jedem Zweifler: »Der Xaverl hat doch seit gestern keinen Hut mehr auf.«

Und über den erntereifen Feldern weit und breit steht Tag für Tag die segnende Sonne. Der einsame Hüttler scheint jede verborgene Regung im Atmosphärischen zu spüren. ›Er riecht das Wetter‹ heißt es.
Aus aller vergänglichen Lebendigkeit ist er. Wie fortgeweht aus dem Menschlichen. Nur das unablässige Auf und Ab der Elemente rührt ihn noch...